彩色故事片

山道弯弯

编　剧：谭谈　主要演员：王馨
导　演：郭阳庭　　　　赵春明
摄　影：林景　　　　李凤绪
　　　　　　　　　　华福生
　　　　　　　　　　刘霞

西安电影制片厂摄制　　中国电影发行放映公司发行

电影《山道弯弯》海报

电影《山道弯弯》广告画

电影《山道弯弯》在湖南郴州外景地拍摄。上
图为金竹（王雁饰）、二猛（赵春明饰）、凤
月（李凤绪饰）在试镜，下图为摄影师在拍摄

人民美术出版社连环画《山道弯弯》封面

湖南美术出版社连环画《山道弯弯》封面

山道弯弯

中国电影出版社连环画《山道弯弯》封面

凤月为二猛量身做衣

河北柳子戏《苍岩月》剧照之一，原载《人民日报》

二猛被招工进矿，凤月在嘱咐二猛

《苍岩月》剧照之二，原载《人民日报》

山道弯弯

谭 谈 著

典藏版

贵州出版集团
贵州民族出版社

图书在版编目（CIP）数据

山道弯弯 / 谭谈著. — 贵阳 : 贵州民族出版社，
2024.6

（名作回眸）

ISBN 978-7-5412-2887-2

Ⅰ. ①山… Ⅱ. ①谭… Ⅲ. ①中篇小说—中国—当代
②电影文学剧本—中国—当代 Ⅳ. ①I247.5 ②I235.1

中国国家版本馆CIP数据核字（2024）第110496号

山道弯弯
SHANDAO WANWAN

著　　者	谭　谈
图书策划	李江山　魏润滋
责任编辑	文　智
责任校对	邓　慧
装帧设计	姜　龙　傅莎莎
出版发行	贵州民族出版社
地　　址	贵州省贵阳市观山湖区长岭北路贵州出版集团18楼
邮　　编	550000
电　　话	0851-6829384
印　　刷	长沙鸿发印务实业有限公司
开　　本	880 mm×1230 mm　32开
印　　张	9.75
字　　数	210千字
版　　次	2024年6月第1版
印　　次	2024年6月第1次印刷
书　　号	ISBN 978-7-5412-2887-2
定　　价	89.00元

目 录

小说

山道弯弯

　　她又来了，到公路旁边来了，到黑水溪边来了。晚风，梳理着她的头发。孩子，拉扯着她的衣角。浑浊的黑溪水，模糊地印下她的倒影。这是一个苗条的身影，一张秀丽的脸庞。

　　她徘徊在溪水旁，久久地凝望着前面的山和山间的路。山，青翠翠的。山顶山坳，覆盖着绿竹。山名呢，也像这山一样秀丽、漂亮：翠竹峰。山坳间，有两条不同时代开拓出来的路。那攀山而上的，是古老的石板路；那弯弯曲曲的，是年轻的公路。不知为什么，她，是那样偏爱着那条远古时代留下的路……

一

　　这条古老的石板路，又清晰地展现在她的眼前。一块块被脚板磨得光滑滑、被煤尘染得黑浸浸的石板，攀山铺展，叠级而上。山坳上，原先有一座古亭，那是先年间从煤矿挑煤下资江河去的脚夫歇息的地方；而今，变成了公社药场的场部，盖起了一栋在这一带看来是十分堂皇的红砖楼房；古亭已寻不到一点残迹。那古老的石板路的左边，一条年轻的公路，威武地、一个"之"字一个"之"字地冲山而上。汽车，撒着欢，拖着长长的灰尾巴在这山间公路上奔跑，都是拉煤的。

　　在这座秀丽、陡峭的山峰那边，有一座远近闻名的煤矿。在那里，活动着她的心上人。今天，她背着三岁的欢欢，到这里来接他三次了。过了三次客车，都不见他从车上下来。有时，为了省点车费，二三十里山路，他常常憋着傻劲，甩动两条腿走回来。今日里，那山间光滑的石板路上，也久久地见不到他熟悉的身影。

　　她的面前、脚下，流淌着一条小溪。溪水从哪里流来？又流到哪里去了？她不知道，没去考究。只见溪水夹着煤尘，翻着黑乎乎的波浪，漫过光滑的石块，拐过一个个急弯、无忧无虑、嘻嘻哈哈地向前奔去。欢欢不知什么时候挣脱了她的手，扑向溪边寻找自己的欢乐去了。

　　她不知什么时候从口袋里掏出来一个漂亮的田螺壳，在手心里旋动着。目光，痴呆地望着转动的田螺壳。孩子离开了她，她也没有发觉。这里,一抹阳光,透过云层,射到了她的脸上。这是一张二十七八岁的少妇的脸,秀丽、端庄。一弯柳叶眉,衬托着一对丹凤眼。阳光,赠给她一脸黝黑的健康肤色。那会说话的眼神,时而深沉,似乎在思索什么;时而不安,似乎在担心什么;时而欣慰,又似乎在等待什么……

"妈!妈!"

前面溪水中,传来欢欢痛苦的叫喊。她一惊,手中那光滑、漂亮的田螺壳滑落下来了。她连忙弯腰拾起,循声望去,只见欢欢站在溪水里,一只小手乱甩着。嫩嫩的手指上,吊着一只茶杯大的螃蟹。螃蟹那对小虎钳似的夹子,牢牢地夹着欢欢的一只大拇指,甩也甩不脱。

"哎哟,痛!哎哟,妈!"

"你这是怎么啦!"她急忙向欢欢奔去。

"我去捉它,它咬我!"

在欢欢的哭嚷声中,她奔过去了。她一把将欢欢从溪水中抱上来,变着法子才把那只作恶的螃蟹取下来。欢欢的大拇指被夹破了,流着殷红的血。小欢欢在妈妈的怀里伤心地哭着。她一边替孩子包扎着伤口,一边盘问着孩子:"你去捉它做么子呀?"

"给爸爸下酒呀!"欢欢止住哭泣,含着泪花,睁着大眼,天真地望着妈妈,"爸爸说过,螃蟹是下酒的好菜。"

真像有一股蜜,注入她的心田。她把自己的脸紧紧地贴在欢欢的脸上:"好宝宝,爸爸的好宝宝!"

"妈,我痛呀!痛呀!"

"认真听妈讲故事,手指就不痛了。"

"好，你快讲，快讲！"

她搂着孩子，在溪岸边选了一块草地坐下了。手，又不自主地从口袋里掏出那个田螺壳。脚下，黑浸浸的溪水，从很远很远的地方流来，向很远很远的地方流去。她转动着田螺壳，望着面前这古老的小溪，理了理思绪，这样开口了：

"妈妈像你这么大的时候，你老奶奶就经常给妈妈讲这样一个故事。"

"妈妈，老奶奶是哪个呀？"欢欢打岔，问妈妈。

"就是妈妈的奶奶呀！你别打岔，打岔就听不好故事了。"

欢欢听话地点点头！摇着小手说："你快讲，我不打岔了。"

"很久很久以前，一个山村里，有一个细伢子，十多岁的时候，就死了爹，死了娘。爹娘死了以后，他很勤快，每天清早起来，就下地去做功夫。到田里扯草呀，给麦苗松蔸呀，或者，就提着粪筐箕捡野粪。每天很晚很晚才回来。回来后，还要自己生火做饭。有时，他早晨煮好一天的饭，中午、晚上回来吃现饭。有一天，他下地回来，正准备吃早晨留下的冷饭。可是，掀开锅盖一看，哟，热气腾腾的，刚煮熟的饭。再一看，菜碗里，盛着热乎乎的新鲜菜，几个荷包蛋……"

"妈，哪个给他煮的呀？"欢欢听得很入神。这时，忍不住又打岔了。

"他也不晓得呀！"

"那到底是谁到他屋里来了呢？"欢欢着急地想马上弄清原委。

"第二天，他下地回来，屋里又是热饭热菜在等着他。他想，一定要弄清不可。下午，他扛着锄头出去，到煮晚饭的时间，他就收工回来了。扒到窗子边朝里一望，只见灶边，一个漂漂亮亮的妹子，正在生火做饭呢。"

"妈，那是谁呀？锁了门，她怎么进去的呀？"

"一个田螺精。"她说着，将手中的田螺壳在欢欢面前晃了晃。

欢欢没注意妈妈手中的田螺壳，继续问她的问题："田螺精是什么？"

"田螺长得很大很大，就成精了。成了精，就能变成人。"

"那她为什么要来为他煮饭呢？"

"她见他干活舍得用力，为人诚实，便爱上了他。"

"咯咯……"欢欢甜蜜蜜地笑了。一双快活的大眼睛，久久地看着妈妈。机灵的小家伙，在思索着什么呢？她手上提着的那只螃蟹，焦躁不安地舞动着它那对铁钳似的夹子，咬着捆它的稻草。

公路上，没有车叫；山径上，不见人影。眼睛望痛了，脚也站麻了。她拉着欢欢的手，在木板桥上走动。从桥这边走到桥那边，又从桥那边，走到桥这边……

"爸爸怎么还不回来呀？"欢欢瞪着大眼，问妈妈。

"矿上的工作忙。"

"那他今天会不会回来呢？"看来，小小的欢欢，也尝够了等人的苦味了。

"会的。爸爸今天过生日呀！"

"你们大人也过生日呀？"欢欢偏着小脑袋，看着妈妈。

"傻妹子！大人，细伢，什么人都会有自己的生日的。"

"那，它呢？"欢欢指了指被妈妈用稻草捆住了的螃蟹。

做妈妈的不知怎么回答自己的孩子了，一把将欢欢搂在怀里。这时，那山间公路上，一辆红色客车开过来了。一声喇叭，震得满山响。她赶忙抱着孩子，向公路边走去。这是最后一班过路的客车了。那爸爸，该在这辆车上。

车停了，走下来三个人，没有他。最后，一个熟悉的身影，从车上闪下来了。他是这个家庭中的另一个成员，欢欢的叔叔——二猛。他也是矿工，在社办小煤窑里当挑夫。这些社办小煤窑，还是原始的开采办法。煤，全靠一根弯扁担挑出来。他年方二十五，身材高大、壮实。但，三年的小煤窑的挑夫活计，却使他的背微微有点驼了。

"欢欢！嫂嫂！"二猛提着两瓶酒，一块肉，兴冲冲地走过来。隔老远，就大喉大嗓地嚷开了。

"叔叔！"欢欢从妈妈身上滑下来，迎着二猛奔去。

二猛放下手中的东西，一把将欢欢抱起，就势往空中一抛，一只手将欢欢高高地举了起来。空中，立即爆发出欢欢清脆的笑声。

"哥回来了吗？"二猛放下欢欢，问嫂嫂。

她笑笑："只怕是任务紧抽不开身吧？"

"没回？"

"叔叔，我还要举高高，我还要举高高！"欢欢围着二猛打圈圈。

二猛被欢欢缠得脱不开身，猛地发现了那只被稻草拴着的螃蟹在地上挣扎，忙提起来送到欢欢面前，说："快提回去，给爸爸过生下酒吃。"

"我怕！我怕！"欢欢晃了晃自己那只被螃蟹夹伤的小手。

"勇敢些！"二猛把拴住的螃蟹递给欢欢。欢欢迟疑了一下，终于提过来了。

"兴许，他没有赶上车，走路回来。我从小路上去接接他。"

二猛说着，把酒、肉等物交给了嫂嫂，转身踏上了那条古老的石板路。西斜的太阳，从云层里钻出来了。阳光铺满古朴、光滑的路面，照亮了满山的竹林。欢欢拉着妈妈的手，目送叔叔远去。猛地，想起了刚才开过去的汽车，想起了还没有归来的爸爸，幼小的心灵，把这两个风马牛不相及的东西扯到了一起，问道："妈，汽车的爸爸在哪里？"

多么有味的问题呀！这叫她，这个山村少妇怎么回答得上来？她"噗"地一笑，轻轻地对欢欢说："等会爸爸回来了，你问爸爸吧！"

说完，她提着二猛带回来为大猛贺生的东西，拉着欢欢，离开了黑水溪，踏上青石板上坡道，朝那栋暮霭笼罩的矮小的农舍走去。

二

太阳落山了，大猛还没有回来，二猛也没有回来。

屋里，飘满了诱人的鸡肉香。一抹晚霞，从窗口斜射进来，把屋里照得亮堂堂的。房内的摆设很简陋。外屋是茶房，只有一个破旧的碗柜，一张火桌。大猛夫妇的卧室里，放着一张湘中农舍里常见的老式床，两个方方正正的木柜子。那是用来装粮食的。一个漆得红光闪亮的衣柜，算是这个家庭里最贵重的家具了。二猛的困房，就更简单了，只放了一张空床，仅有的一套铺盖，带到小煤窑里去了。他每次回来，常常是到邻居家打游击，睡搭铺。看来，这些年，这个家庭日子过得不顺心。

茶房里的煤火很旺。一只沙罐子放在火上，里面炖着一只没生过蛋的仔鸡，诱人的鸡肉香飘满了这间小小的屋子。她在案板前忙碌着，细心地切着干牛肉，切着红辣椒、姜丝子。过门五年了，她知道大猛特别爱吃姜丝辣椒炒牛肉。今天，是他满三十。半年前，她就买下五斤牛肉烘干，收在屋里了。

欢欢在堂屋里逗着螃蟹玩。她要妈妈用一根线拴住螃蟹的一只脚。她牵起线头，时而把螃蟹提起来，看着这只曾经欺负过自己的螃蟹，在空中舞动七脚八爪，痛苦地挣扎，她报复地放声大笑，嚷着："看你还夹我不，看你还夹我不！"她时而把螃蟹放在地上，让它自由自在地爬行，追着螃蟹的屁股喊，"快，加油！快，加油！"孩子，自有孩子的乐趣。

"欢欢。"

妈妈在茶房里叫她，她没有听见，还在追着螃蟹的屁股喊："快，加油！"

"欢欢！"

茶房里妈妈的声音提高了。玩得专心的欢欢这才抬起头来，答应着"哎！"

"到外面望望去，看你爸爸和叔叔回来没有？"

"好！"

她提着螃蟹，迈出大门，到屋外坪里望了一下，又很快地进屋来了，向妈妈报告："大路、小路，我都看了，没看见有人来。"

"你站在屋前坪里望着去，看到爸爸他们从山上的石板路上下来了，就进来告诉妈。"

欢欢点点头，听话地出去了。她牵着她的螃蟹，到屋前的小坪里玩开了。

晚霞渐渐地隐退，天色暗淡下来。屋里，一样一样的菜，已经做好摆到了桌子上。欢欢还没有进来报告。她心里有些不安起来。

"欢欢，看到山上有人下来吗？"

"没！"

玩螃蟹玩得正出神的欢欢，听到妈妈喊她，抬头草草地望了一下，飞快地答复着妈妈。金竹只好自己来看了。她急步走到坪里，用手搭在额前，溶溶暮色里，一条黑浸浸的青石板路，冷冷清清地卧在山坡野草间。看不见一个人走动。

又闷等了一阵。天全黑了，几点星光，闪烁在远远的天际。桌上的菜，冷了。她只好把炖得软烂的鸡肉，又倒入沙罐中，放到火上煨着。

"砰"的一声，一个人闯了进来。她心中一喜，迎上前去。

"嫂嫂，哥没回？"进来的是二猛。

"你去接，还问我？"

"我接到九十亭，还不见他。我怕他搭矿上的货车回来了，就打转身了。"

"怪。"她轻轻地说，"二猛，饿了吗？要不你先吃饭吧？"

"不，不饿，再等等。哥也许是被什么事情拖住了，动身得晚。"

这时，外面断黑了。欢欢玩螃蟹也玩腻了，回到屋里来。

"妈，爸还不回来，我肚子饿了。"

她用搪瓷饭碗，装了点饭，又到沙罐里夹了块鸡腿，递给欢欢："去，到外面看着去，看到对面山上有手电光，就准是爸爸回来了。这回，你爸爸一定会给你买花衣服回来。"

"你骗人！"欢欢用筷子指着妈妈说，"上回爸爸在家，你和爸躺在床上说的话，我都听到了。爸说，发了工资要给你买斤毛线打衣服，你不要他买；爸说要给我买件花衣服，你也不要他买。你说手要捏紧点，省着点，储点钱好给叔叔结婚。叔叔，结婚是什么呀？"

二猛，这个二十好几的大小伙子，被小侄女的一句话问得满脸通红，讷讷着，答不上话来。她，抿嘴笑了笑，拉着小闺女到屋外张望去了。

外面，起风了。满山的翠竹，在风中摇曳，发出动听的声响，像是谁吹响了一支巨大的竹箫，演奏着一支深沉的乐曲。时值仲秋，晚风颇有凉意，如清凉的水，洗涤着她那发烫的面颊。

"滴！滴！——"

汽车喇叭声，震得满山响。一道雪白的光柱，穿透沉沉夜幕。一辆汽车，从公路上穿山而下。也许，孩子的爸爸搭这辆车回来了。霎时，她的心跳加快，发烫的面颊更热了。这对恩爱夫妻，又是快两个月没有见面了呵！

车灯的光柱，时而射向东边，时而扫向西边。汽车，拐了一个"之"字，又一个"之"字。终于下完了二九一十八道坡，奔到山脚下来了。

"二猛，来汽车了，也许你哥回来了。"

听到嫂嫂的喊声，二猛飞快地从屋里出来了。

"欢欢，快放下碗，接爸爸去。"她用手捋了捋自己的头发，这样吩咐欢欢。

欢欢腿脚勤快，一会儿就提着那只大螃蟹出来。

果然，汽车在村口黑水溪旁边停住了。"噼里啪啦"地从汽车上跳下来好多人。借着微弱的星光，她辨认出这是一辆带篷的解放牌大卡车。

一管管手电光，晃过了黑水溪，朝自己的屋子这边来了。"嗨，真是他回来了！"她心头一热，一种美滋滋的味儿涌动在心窝窝。她数了数面前闪过来的光团，共五个。"咦，他还带了朋友来喝酒呢！嗯，满三十，是该高兴高兴。"她这样想着，低头对欢欢说："快跟叔叔接爸爸去，妈回屋去捡拾捡拾。"

她打转身回屋来。这阵儿，她心里是甜的，脚步是轻的。进屋以后，她首先是用沙罐子打了罐水，放在火上烧着。接着，她把春上采摘的、用枫毛球烘出来的好茶，从瓷坛里抓了一把出来，放在一个个红花花杯里，浓郁的茶叶芳香，扑鼻而来。同志们远道而来，一定口渴了。等会矿上的同志一进屋，给他们一个送上一杯香茶。

准备好茶。她又取来了酒壶，把自己酿制的米酒灌上一壶，放到火旁热着。然后，她把饭桌仔仔细细地抹了一遍。一样一样的菜，冷了该热的，她把它倒进锅里，准备放到火上去热。安排好这些以后，她把散放在几间房子里的几条凳子，全部寻了出来，用抹布抹得干干净净，整整齐齐地摆放在桌子四周。

当她轻轻盈盈地忙完这些以后，外面地坪里响起了脚步声。来了，来了！她在心里想着。赶紧端着煤油灯，到外边去迎接。按捺不住喜悦的心情，轻声细语地说：

"请屋里坐，屋里坐。我们这山冲冲里，连个电灯都没有，黑灯瞎火的，请大家将就着点。"

"呵，你是金竹同志吧？"

头一个进来的，五十多岁了，高个子。他迈进屋以后，对着她这样问道。

她怔了一下，接着点了点头。这时，跟在后面的一个后生子，赶紧上前向她介绍道："这是我们矿工会苏主任。"

"哎哟，是主任呀！矿上的领导同志真看得起我们呀！"

她亲热地招呼着苏主任他们到桌边的凳子上坐。这时，水开了。她赶忙把沙罐子提来，往茶杯里冲着茶。煤油灯光下，只见开水冲得细嫩的、香气四溢的茶叶在杯子里打着圈圈。她把茶一一送到每位同志面前。大家没有欢乐、喧嚷的言语，恭恭敬敬地接过了她的茶。她又取来了特意买来待客的一包精装"洞庭"牌香烟，每人敬上一支。

五个手电都进屋来了，却不见大猛。二猛和欢欢也没有跟来。他们哪里去了？未必摸黑上代销店买么子东西去了？唉，家里什么都备下了，酒不缺，烟不少呀！

　　她把一只只酒杯，一双双筷子，摆到了桌子上。苏主任坐在桌子边，看着她欢快地做着这一切，脑袋不由得渐渐低下去了。

　　又过了一阵，还不见大猛他们来。她心里不禁有点生气了：这人也真是，把朋友们领来，自己溜到哪里去了！她怕苏主任他们难等了，薄薄的嘴皮轻轻动了动，说："苏主任，你们一定饿了，先喝酒吧。别等……"

　　这时，门外响起了急促的脚步声。她望了一下门口，忙提起酒壶，一边往酒杯里斟酒，一边招呼苏主任他们入席："来了，大家桌边坐吧。"

　　一道手电光射了进来。大队的老支书走了进来。身后，跟着一位她不相识的生人，还有二猛和欢欢，却不见大猛。

　　"老支书。"金竹迎了上去。

　　苏主任站了起来，上前和老支书握手。老支书裤筒卷着。两个腿肚子上尽是泥巴。看来是刚从地里回来，没有来得及洗脚就上这里来了。

　　"抽烟。"苏主任递上去一支"大前门"牌香烟。老支书正在吸着"喇叭筒"，见苏主任给他敬烟，忙拱手，接过来，把它夹在耳朵上。

　　"大家桌边坐吧，桌边坐吧。"金竹提着酒壶，招呼着。

　　老支书和苏主任无言地对望着，大口大口地吸着烟。屋子里的气氛有点特别。这时，金竹回过头去，问二猛："你哥呢？"

　　二猛的头低低地埋下去了。

　　金竹的心猛地一缩，似乎感觉到了一点什么。她转脸看看苏主任，苏主任阴沉着脸；她侧身望望老支书，老支书寿眉紧锁。她看看矿上来的其他同志，一个个脸色都显得悲戚。顿时，整个屋子在她的眼前转动起来，一种不祥的预感在她的心头涌动。她睁大着眼睛，大声地问道：

"大猛呢？大猛呢？"

"他……"

"他怎么了？"

"他……"

话，在苏主任的喉咙里哽住了。一种可怕的预感，揪着金竹的心！她大步扑向苏主任，紧紧地抓住了苏主任的手，问着："苏主任，你说呀，你快说呀！"

"王大猛是个好同志，好矿工！"苏主任艰难地吐出这两句话，止不住的泪水，涌出了眼眶，房子里的气氛异样地严峻。

"苏主任，你说呀，大猛到底怎么啦？"金竹的双腿颤抖起来。

"他，今天下午，为祖国的煤炭事业光荣献身了！"

"咣当！"

金竹手里的酒壶掉落下来，砸碎在她的脚底下。

天旋地转，排山倒海。万钧雷霆在金竹头上炸开，她一下瘫坐到了酒染湿的地上。屋外，风大了。秋风摇动着满坡满岭的翠竹。风中，千万枝翠竹演奏着一支揪心揪肺的悲壮的歌。那只螃蟹，不知什么时候从欢欢的手里滑下来了，搬动着它大大小小的爪子，在黑暗中慌乱地爬动……

金竹傻了，二猛傻了。只有欢欢，没有听明白大人们讲的什么,她想念着爸爸,等待着爸爸回来,好送上自己捉来的螃蟹,给爸爸贺生,给爸爸下酒。她张开着小手,从叔叔怀里挣脱出来,嚷叫着向门外跑去:"爸爸怎么还没有回来?我要爸爸!我要爸爸!"

这亲密、稚嫩的声音,催人落泪,揪人心肺呵!

桌上的菜冷了,火上的沙罐,水干了、鸡肉烧焦了。一时谁也没有顾及它。一场灾祸,疾风般地降落到这个温暖、和睦、幸福的家庭里,卷走了这里的一切欢乐。屋子里的气氛是这样地冷酷、窒息、沉闷、悲切。苏主任的话,在这样的气氛里讲出来,格外地热乎,像一股地下温泉,流入金竹冷却了的心胸:

"大猛是为党、为社会主义事业献身的。党、社会主义会关照他这个家。你们有什么困难,好好跟组织上说……金竹,你一定要坚强些呵!"

屋前坪地里,响起了"咚咚咚"的脚步声。自然,这样的消息,比山里的风还走得快些。村子里许多听到讯了的人,纷纷朝这栋矮小的农舍奔来。

三

灵堂,就设在屋前的坪地里。在老支书的组织下,很快地在坪地里搭了个棚子。这一带地方的风俗,凡在外面死去的,尸体都不准抬进屋去。

棺材从汽车上被卸了下来，抬到了灵堂。往日小老虎似的大猛，如今被白布捆着，安详地卧在里头。金竹，扒在棺材上痛心地哭着，没有声音，只有止不住的泪水滴落下来。头发散开了，披在肩头上。几名青年妇女，强拽着她，劝慰着她。欢欢不知从哪里钻出来，一把抱住妈妈的腿，放声哭着、喊着："我要爸爸！我要爸爸！"金竹转过头来看欢欢，只见欢欢的手里，还提着那只从黑水溪里捉来给爸爸下酒的螃蟹。她爸爸，却永远不要她的螃蟹下酒了。瞬间，金竹的心间，又插进了一把尖刀，痛不欲生地嚎啕起来。这时，一位大嫂子把欢欢抱走了。欢欢在她的肩头上叫嚷着："爸爸！我要爸爸……"

一盏煤气灯，挂在棚顶上。雪白的光芒，把灵堂照得透亮。灵堂里里外外，挤不开的人。二猛，再也没有往日那高喉大嗓，人像傻了似的，痴呆地站在棺材旁，望着长眠的哥哥落泪。晚出的月亮，在遥远的天际，露出了半张苍白的脸，窥视着这一幕人间的悲剧。

响鞭炮了，棺材要封口了。碎心裂肺的金竹，在灵前哭得死去活来。一双漂亮的丹凤眼，已经肿成了核桃样。她挣扎着朝大猛的尸体扑去，好几个力气大的嫂子，强行拽住她，搀着她。

二猛站在棺材的另一边，默默地落着泪。男子汉坚强些，善于抑制自己的感情，没有像嫂嫂一样拜天倒地地哭。突然，从他的身后，伸过来一只手，拽了他一下。他回头一看，是秃二叔。

"你来一下。"

"么子事？"

"打个商量。"

两人走出灵堂，朝坪地东头的一株枇杷树下走去。秃二叔五十岁光景，身材矮小，心里鬼点子蛮多。有人背地里唤他"鬼二叔"。他是二猛一个远房叔叔，常常是这个家庭大政方针的参谋。前年，他曾出面为二猛张罗婚事，把他堂客嫂子的一个侄女，也是金竹姨妈的女儿凤月，介绍给二猛。开初，热火了一阵。后来，凤月被选到大队代销店当了营业员，情况发生了变化。愣头愣脑、骨子很硬的二猛，受不了她的冷眼，接受不了她那些苛刻条件，再也没有去登她的门了。刚才，猛听到大猛的死讯，对煤矿有关劳保政策略知一二的秃二叔，窜到了凤月的家。一会儿，他喝得醉醺醺地出来了。他是个酒鬼。早几年，阶级斗争天天抓的时候，他这个祖宗三代讨米要饭的无产者，当着队里的贫协组长。地主、富农家杀猪、办喜事，或者弄到了一点什么好吃的东西时，都得请他去喝上两杯。不然，他就会马上派你的义务工，或者动用点别的什么处罚手段整治整治你。一些贫下中农看不惯，向他提意见："这是阶级界限不清。"他瞪着醉眼，喷着酒气对人家说："过去他们不是这样吃得住我们？这叫以牙还牙，阶级斗争天天抓。"有人挖苦他："你这是阶级斗争天天喝吧？"他很不服气，反驳道："你以为我坐在桌边光喝酒？我还得教育他们。我这个贫协组长，有这个责任！"干了没半年，贫下中农对他意见很大，把他给撤掉了。没有官衔，还有"贫雇农"这块硬牌子，他还是照样到地主家、富农家里去吃点、喝点。去年，绝大多数"地富"的帽子摘掉了，他再也难吃到便宜的了。于是，他走上了他爹的老路，当起说嘴媒人来捞点酒喝喝，挣点钱花花。

两人走着走着，来到了枇杷树下。二猛把壮实的身子靠着枇杷树，张着泪眼，问：

"二叔，么子事呀？"

"别光顾着伤心，有些事，你要冷下来想一想。"秃二叔喷着酒气，这样开导着二猛。

"么子事？"

"你哥哥是因公牺牲的。按照矿山上的规定，可以去一个亲人顶职。你……"

"有嫂嫂。"

"让她顶？"

"该她顶嘛。"

二猛的眼睛瞪得圆圆的，奇怪地望着秃二叔。夜深了，风很凉。一阵山风吹过来，秃二叔那又瘦又矮的身子，不禁哆嗦了一下。他小眼睛眨了眨，说："人都说，是亲三分向哩。你是我侄子，金竹以后是我什么？就很难说了。你想想，一个二十多岁的小寡妇，入了矿，吃上了国家粮，当上了工人，每月拿上几十元票子，那不很快成了人家怀里的人呀！你可莫傻哟，自己成了国家工人，凤月还不追着你的屁股来呀！唉，我这个做叔叔的看着你二十五六，还打单身，心里也不自在。给你提个醒，主意全靠你自己拿呀！"

"……"

二猛闭口不言。风，轻轻地摇动着头上的枇杷树，沙沙，沙沙，发出均匀的、有节奏的声响。

"你可要认真想想。哥哥是因公牺牲的，顶了职，矿上领导说不定还能照顾你开上个机器什么的。到那时，自己当国家工人，堂客当商店营业员。发工资时，票子放水一样来，几多有味呀！"

秃二叔的话，随着轻风，灌入二猛的耳朵。这时，灵堂里乐器大作，鞭炮轰响，棺材封上口了。金竹悲痛的哭声，针儿似的刺着二猛的心。他捏了捏拳头，拿定了主意，对秃二叔说："请转告凤月，我们走不到一条道上。我，还干这小煤窑的挑夫！"

"唉！"秃二叔轻轻地叹息了一声，"后生家，在这个口子上，要抱着脑壳认真想一想。不听老人言，吃亏在眼前啦！"

"我已认一百个真想了。"二猛又是一句牛蹄子都踩不烂的话。

"好，算我多嘴。"秃二叔瞪了二猛一眼："要不是占着这个本家'叔'字上，我还懒得来替旁人操心呢！"

"二猛，二猛！"

有人在叫他。二猛转身答道："哎，做么事？"

"苏主任请你去商量些事。"

"找你了。你……唉，谁叫我占着这个'叔'呢？"秃二叔轻轻地拍了二猛一下，"我还规劝你一句，不要太蠢了"。

二猛没有答话，离开枇杷树，匆匆地朝屋里走去了。

四

　　人们渐渐离去了。灵堂里，只剩下一些守灵的人了。为了悼念死者，安慰生者，也驱赶这里守灵人的瞌睡，他们开着一架留声机，播放着悲哀的音乐。

　　悲切的音乐声，不停地灌进屋来。就在这几个小时前还摆着一桌酒菜，等待着满三十的大猛归来的桌子边，召开着一个会议。煤矿负责人和死者的亲属，正在磋商着大猛的善后问题。这是一种最棘手的工作。以精明干练著称的苏主任，也常常为死者亲属提出的苛刻条件，伤透了脑筋。哎，鬼知道眼下这个会上，他们又会提出一些什么样古怪的条件来呢？此刻，他一边给所有的与会者递烟，一边在心里默着神，如何把这个会议开好。

　　看来该到的人到得差不多了，苏主任立起身来，开始向死者亲属详尽地介绍国家的有关劳保政策，和矿上多年来处理此类事情的习惯做法。他尽量把死者亲属有可能提出来的每一个问题，都先发制人地作一番解释，并且适当地留有余地，以便死者亲属一旦提出过高的要求时，再把手松一松，使问题得到圆满解决。

　　房子里很静，大家都在认真听着苏主任讲话。灵堂里留声机播放的哀乐，不时地灌进屋来，使房子里平添了一种肃穆、悲壮的气氛。老支书把夹在耳朵上的一支烟取下来，叼到嘴上点燃了。他缓缓地吐出一团烟雾，用眼睛瞅着金竹。金竹散披着头发，红肿着眼睛，坐在一张竹椅上，垂着头，痴呆呆地看着地下。桌子中央的煤油灯火，一跳一跳，怜惜地把昏淡的光亮洒向这间矮小的农舍。

"金竹，你是不是先说说？"

老支书这样催她。无可非议，她是这件事的权威发言人。

金竹抬头看了看大家。在屋里坐着的，除了矿上来的干部和队上的老支书、队长外，就只有她和二猛。这时，她猛地想起了一个人。一则，他是本家的远房叔叔；二则，他原是队上的贫协组长。这两年虽然没选他当了，旁人也不烧他的香火了。然而，金竹却还丢不开这个历史带来的习惯。这时，她轻轻地说："是不是把二叔也请来？"

"二叔？哪个二叔？"老支书道。

"秃二叔。"有人明白了，解释道。

"好，好。"苏主任连连点头。

"二猛，你看？"金竹问弟弟。

二猛闷头不作声。这时，有人传话唤秃二叔。秃二叔本来早已挤在窗口下的人群里，窥视着屋里头的动向。这时听到传话唤他，他倒偷偷地溜开了。

"秃二叔，有请！"

"咦，不见了？"

"溜啦！"

"身价高啰！"

"……"

人群里叽叽喳喳地议论开了。

好大一阵子，总算把秃二叔请来了。苏主任连忙起身，给他让座。这个矮小的老头，赶紧向苏主任礼貌地哈哈腰，谦让道："领导同志坐，领导同志坐。"

"找你来商量商量大猛的后事，你是大猛的长辈，帮他们拿拿主意，当当参谋吧！"苏主任说着，递过去一支香烟。秃二叔赶忙弯腰接过烟，嘶哑着嗓音说："蒙领导看得起，不过，我……"他迟疑了一下，连盯二猛几眼，才接着说："我只不过是大猛的一个堂叔父，做不得主。主要还是靠二猛和金竹他们自己拿主意呀！"

说话间，秃二叔点燃了苏主任递过来的烟，从鼻孔里喷出两股烟雾。

门外，窗口，挤了好多的人。三人一伙，四人一堆，交头接耳，轻声地议论着：

"金竹算是苦中有福，这一下能放下锄头把，当工人去了。"

"过两年，找个当干部的男人，穿不愁，吃不愁，上班一路走，下班同路归，几多的味呀！"

"两年？"一个胖大嫂轻轻地笑了，"只怕等不住。打个赌，保管不出一年，就成了人家怀里的人了。"

"谁像你这样骚呀？间得三夜不困男人，就受不了！"有人取笑胖大嫂。

"呼"的一下，胖大嫂的一个拳头，落到了这位取笑她的瘦长子中年男人背上了。人群里引起了一阵小小的骚动。

屋里仍旧沉默着。秃二叔向二猛使了好几次眼色了。二猛却低着头坐在门边的一条矮凳子上，一声不吭。屋子里，烟雾弥漫。

"金竹，今年不到三十岁吧？"苏主任把头侧向金竹，问。

"二十八。"队长代她回答道。

"按照规定，职工因公牺牲，不满三十岁的妻子，可以顶职。我看，这件事情是不是先定下来？"苏主任用目光征询着队长、支书和亲属们的意见。

队长、支书都赞许地点了点头。秃二叔连连干咳了两声，又用眼睛盯了二猛一眼。二猛正好抬起头来，看到了秃二叔使过来的这个眼色。这时，门外人群里的议论声低下来了，大伙都屏声静气地听着二猛对这一决定的态度。

"二猛，让你嫂嫂去顶职，你看呢？"苏主任问二猛。

"好！"二猛回答得很干脆。

秃二叔长长地吐了一口烟，斜了二猛一眼，慢慢地站起身来了。他朝苏主任哈哈腰，又朝老支书和队长点点头，接着，用手轻轻捶了捶自己的额头，说："上年纪了，熬不得夜，少陪了。"

"二叔，把你请来，你还没有帮我们做主呀！"长久未开口的金竹，这时候开口了。

"这个主，我做不了呵！"

秃二叔用手分开挤在门口的人群，干咳着，扫兴地走了。

"嫂嫂，"二猛瞥了秃二叔一眼，扬起头对金竹说："就这么定了吧，天经地义！"

一汪泪水，又涌上了金竹红肿的眼眶。这时候，多少事情，在她的心里翻波滚浪。她，过门到这屋里五年了。五年间，不顺心的事，一件压一件。先是婆婆病，送公社卫生院，住县人民医院，欠了一屁股债。婆婆故去不到一年，爹爹又离别了这一家人。咽气前，爹爹伸着手，指指跪在床前的二猛，对大猛和她说："二猛还没有成亲。爹管不了这桩事了。请你们兄嫂……"后面的话还没有吐出来，老人就咽气了。爹这块心病，被他们夫妇俩接过来了。夫妇俩省吃俭用，用两年时间，还清了债。接着，他们又储钱准备给弟弟成亲。前年，秃二叔拉线，把凤月介绍给二猛，金竹心里喜饱了。表妹妹变成弟媳妇，这是亲上加亲呀！开初那些日子，凤月常到这里走动，金竹也催二猛常去凤月家走走。两人来往密切，挺热火的。今年初，她和大猛请人修理了房子，准备商量给弟弟办婚事。哪知，就在这时候，凤月被选拔到大队的代销店当上了营业员，身价突增，唱开高调，要开高价了。看来，不备下一千元办不了这桩婚事。二猛是个愣头青，对这种"商品女人"疾之如仇，他再也不登凤月家的门了。这桩事情，就这么悬着。老人交代的事情，没有办好，她和大猛心里一直不安。如今，大猛又……作为一个嫂嫂，小叔子的婚事，更成了她的一块心病呵！如果这次二猛能顶职进大煤矿当上国家工人，凤月一定会愿意过门来了。可是，自己却……

苍白的月亮，从山顶的翠竹尖尖爬了上来，升到一竿子高了。灵堂里悲哀的音乐，不停地飘进房来，撕裂着金竹的心。她矛盾极了！痛苦极了！这一瞬间，大猛上次离家去矿前的那一天夜里的情景，又涌上了心头。那夜，夫妇俩上床以后，又照例盘算一番家务事。大猛看到秋天来了，天气凉了，而欢欢的秋衣已破，便与她商量，发工资后，给孩子扯截花布回来。她说，别了，把破衣补补再穿些日子，能省着点就省着点。丈夫想给她买件棉毛衫，她也摇头，说："用破衣服做里衣也行呵。我们得储些钱，把二猛的婚事办了。"大猛激动得把她紧紧地搂在自己怀里……而今，二猛的婚事，大猛还没有来得及为他办，就……走了。连个吩咐也没有留下，就匆匆离去了。她想，做嫂嫂的活着，不能光盘算着自己如何过得好，要尽到做嫂嫂的责任呵！

什么时候，她从口袋里掏出了那个田螺壳，在手心里捏出汗来了。这是她过门时带过来的，在她身边已经整整五年，那漂亮的壳壳，磨得光洁平滑了。这时，她慢慢地站起来，对着苏主任，对着老支书，轻声细语地，却又语调坚定地说："让二猛去顶职吧！"

"我？"二猛站起来了。

"他？"老支书站起来了。

"二猛？"挤出门去了的秃二叔，又挤进来了。

金竹细声细气的一句话，却如同一个炸弹响开在屋里屋外，反应如此之强烈！屋里的人一时哑住了。屋外的人却叽叽喳喳，七嘴八舌地开始议论。

"蠢！"瘦长子中年男人说。

"心真好！"一个老婆婆有些哽咽的声音，"世上难寻这样的好人。"

"太实心眼了。"这是胖大嫂的话，不像赞扬，也不像批评。

"吵么子！听里面矿上的干部说。"有人关注着事态的发展，提醒人们注意听矿上苏主任表态。

苏主任沉思了片刻，开口了，他这样说："金竹，你还是慎重考虑考虑吧。"

"我反复想过了。"金竹马上回答。

"嫂嫂，你这是干什么？应该你去！"二猛着急地说，话音未落，被已挤到身边来了的秃二叔踩了一脚。

"矿上的事，更需要男的，二猛去比我合适。苏主任，你说是不是？"

话，平平淡淡。里面，却跳动着一颗火热的心！苏主任、老支书，屋里屋外的人，一齐激动地望着金竹，望着这个平日看不起眼的、极其普通的女人。

五

晚霞，红得像火焰，亮得像金子。山尖岭端上的一根根翠竹，在红灿灿的云霞的陪衬下，姿态美丽极了。

大猛就安葬在翠竹峰下。霞光，照着这堆新坟。坟旁，金竹亲手栽下了一根绿竹，寄托她对大猛深深的思念。此刻，坟前，摆放着几盘菜，都是前天金竹为大猛满三十做的，全是大猛最喜爱吃的菜。谁会想到，它竟会成为祭品，摆到了这里。欢欢也跟着妈妈来了。她双手托着一个小盘子。小盘子里，放着她提的那只螃蟹。如今，煮熟了。红红的壳，像一朵花开放在盘中。

金竹搂着欢欢，坐在这些祭品前。现今的青年人，自然不信迷信了。贤淑的女人扯不断思念丈夫的情丝，泪水，滴湿了新坟上的泥土。

风，沿山而来。满山满岭的竹子摇动起来，像在低沉地哼着一支歌，一支悲壮的歌。金竹栽在新坟前的绿竹，也摇晃起来，像是代替嘶哑了喉咙的金竹在哭泣。

"妈，我冷。"

欢欢低低地说。金竹将欢欢紧紧地搂在怀里，用自己的体温，温暖着孩子。

"妈，爸爸为什么要死呀？"

"……"

又一行泪水，从金竹的腮颊上滚落下来，掉到欢欢的胸襟上。

"我不要爸爸死，我不要爸爸死！"欢欢像往日抱着爸爸的脖子撒娇一样，抱着妈妈的脖子倔强地叫嚷着。"我要爸爸回去，我要爸爸回去……"

孩子的话，如针扎着金竹的心。欢欢，你太年幼了，你哪里有本领能让爸爸再同自己一道回家去？不懂事的孩子呀，你的话儿戳得妈妈心儿痛。

风，很轻，很凉。灌进衣领，全身发冷。金竹在坟前痴呆地盘坐着，一动也没动。人，常常有这样的情形，痛苦的时候，爱回想欢乐的往事，给自己寻来更大的痛苦。这时候，金竹就是这样。

她和大猛，没有城里的青年人相爱时游公园、遛马路的经历；也没有某些情人互赠礼品、共立山盟海誓的记录。她像多数普通村姑一样，经人介绍，与大猛见过一面，就订了婚。正当大猛储备了一些钱，准备办婚事的时候，大猛妈妈病了。钱，全部用来给妈妈治了病。这时，有人劝她晚些过门，说，这次不讨几件衣服，过了门，就难得有一件新衣上身了。更有甚者，看大猛家境贫寒，现在又病了娘，劝她另选婆家。她不，她觉得大猛娘病了，家里没有女人，这时候更需要她。自己应该在人家需要的时候去。于是，她简简单单地备办了几件东西，走进了大猛的家。

那一夜，简单的婚礼结束以后，她和大猛走进新房。床上，铺的是条只值几元钱一床的棉毯，盖的是床蓝印花布的被子。坐在床沿上，大猛望着她，好久，好久，才缓慢地说："真难为你了！……"

"不许你这样说！"金竹娇嗔地掩住了大猛的嘴，"我只要你人好"。

大猛抓住了她的手："你知道我好不好？"

"好，你诚实、勤快、心地好。"

"你了解我？"

"娘病了，把结婚的钱用去治病了，没钱结婚。不是你亲口告诉我的吗？我觉得，孝敬老人，不讲假话，不讲大话的人靠得住，信得过。"

大猛再无话可说了，两颗泪珠夺眶而出。不知是为了掩饰自己的激动，还是因为别的什么原因，他猛地一下搂住她，睡到了那个印花布枕头上……

"奶奶说，人活着，不能光想着自己如何过得好。"在大猛的怀里，她这样说。

"呵！"大猛似乎明白了，又似乎不明白。

金竹突然伸出一只手来，在大猛面前晃了晃，笑眯眯地说："给你看一样东西。"

"什么东西？"大猛立即去抓她的手。

"咯咯咯……"金竹使劲地捏着手，不松开，大猛翻身爬到金竹身上，终于把金竹紧捏着的手掰开了。手心里，是一个壳面光滑、花纹漂亮的田螺壳。大猛愣住了，看这干什么？他一时解不透。

"这……"

"这是奶奶给我陪嫁的。"

"拿这陪嫁？"大猛更加困惑不解了。

"你听过田螺姑娘的故事吗？"

"听老辈人讲过。"

"那田螺姑娘为什么爱着那个穷汉子呢？"

"……"大猛的眼睛亮了，他大概明白了什么。

"还不是看他诚实、勤快。"

是的，金竹小时候，常常和奶奶坐在屋前的竹丛下，听奶奶讲许多古老的故事。她是踏着这山间古老的石板路长大的，是听着"田螺姑娘"那样的故事长大的。老奶奶的、我们民族的传统的道德美，熏陶着她。她慢慢地懂得，人不能只为了自己，活在这个世界上，就要尽一份责任。对父母，要尽到子女的责任；对丈夫，要尽到妻子的责任；对弟妹，要尽到兄嫂的责任。

她是遵循着这么一条老奶奶传授给她的、自己认定的道德准则，走到这个家庭里来的。五年间接连不断的不顺心的事向她压来，但她尽到了做儿媳、做妻子、做母亲、做嫂嫂的责任。五年的生活虽然清苦，但夫妻间却是恩爱，婆媳、叔嫂却是和睦的。

西边天际的美竹图收去了，晚霞隐没了，星星赶着月亮上了天幕。还不甚知人间悲苦的欢欢，在妈妈怀里睡熟了。

"嫂嫂。"

什么时候，二猛来到了金竹身边，喊她。

"天都黑了，回去吧？"

说着，二猛抱过了金竹怀里的欢欢。金竹扶着这杆新栽竹子，站立起来了。在地下盘坐得太久，双腿已经麻木。她深情地望了望这堆新坟，艰难地挪动了脚步。风大了，她那头披在肩头的黑发在风中飘动。

"二叔和你说了没有？"金竹问二猛。

"么事？"

"我请他再去凤月那里跑一趟，帮你们把关系沟通沟通。"

"嫂嫂，你也是！我和她谈不拢的，你们莫操空心了。"

"傻子，都快二十六啦！不细了。"

"也不很老！过两年再说。"

"怎么？瞧不起凤月了？"

"哪里话，是她瞧不起我呀！"

"……"

金竹再没吭声。一双凉鞋，踩在砂石路上，留下一路嚓嚓嚓的脚步声。

"到矿上，要发狠干。"过了一阵，金竹把话题扯开了，"你哥哥，年年都拿回了奖状，我想你也会的"。

"我怕比不上哥。"

"只要舍得干，你会胜过你哥。不论分配干什么，头一要注意安全。"

"好。"二猛顺从地应着。嫂嫂对他的关照，使他心里热乎乎的。他下意识地把欢欢搂得紧紧的，小心地看着前面的路，怕踩塌一脚，伤了自己不打紧，伤了欢欢心里痛。

"行头你哥那套还可以，只是你没有一件好一点的罩衣了。我给了点钱给秃二叔，托他交给凤月，请她替你挑件衣料，帮个忙，赶点时间把它缝好，她会裁剪，家里又有缝纫机。"

"你看这……"二猛怨声怨气地说。

"你不乐意她给你缝？"

没有回答。响起一路嚓嚓嚓的脚步声。

六

欢欢这两天也够累了，大人们忙着办丧事，没有多少精力来管她，让她在外头打游击，从东家转到西家。她有时哭喊着爸爸，可是爸爸再也不会和她一起玩了。现在，小家伙甜甜地睡到了妈妈的床上。

"表姐！表姐！"

有人在窗口轻轻地喊。金竹正在替二猛清理衣物，准备他明天入矿要带的行头。听到喊声，知道是凤月来了。她赶忙去开门。

"凤月，进来呀！"

凤月进来了。这是一个长得挺漂亮的妹子，白净净的脸模子，亮晶晶的大眼睛，留一头运动发，着一身的卡衣。脚上，一双丝袜套双白边塑料底布鞋。没有一点乡下姑娘的"土气"。样子大大方方，举止洒脱。进屋以后，一双眼睛四处梭动，像是在找谁。

"二叔带来你的钱，说是要我帮二猛选截衣料，做件衣服。"

"是呀！我想你会乐意帮这个忙的。"

凤月浅浅地笑笑，向金竹狡黠地眨巴着眼睛。转手把一截衣料送到了金竹面前："你看，这种布，合意吗？"

"二猛，你看谁来了！"金竹朝二猛的困房喊着。房子里，没人答话。金竹心里生疑，二猛明明没有出去呀？未必这阵子睡熟了？说不定，这家伙还在生凤月的闷气呢！

"人没来，没个尺寸，不好裁剪呀！"凤月拐着弯说。

"说不定，二猛这阵子偷偷到你家找你去了呢！"

"是吗？"

"我已经告诉他了，请你挤点时间给他做件衣服。他听了笑眯眯的。"

"看表姐说的！"凤月低着头，甜甜地笑了，"他这次进矿，不知分配个什么工种"。

"人还没去呢。"

"该不会分配下井吧？"凤月的声音很低。

"这可难讲。"

"井下工人工资是高。可就是不太安全。"

金竹没有回答。凤月的一句话，戳到了她的痛处。她想起了大猛，心里如有针尖儿在扎似的。

"表姐，那我走了。"凤月起身告辞了。

金竹没有挽留，她说："也好，免得二猛在那里老等你。"

凤月踏着月色，沿着青石板镶成的坡道下去了。金竹送她到门口，刚一转身，二猛端端正正地站在她的面前。

"你，在屋呀？"金竹并不感到突然。

"嗯。"二猛闷声闷气地哼道。

"凤月来找你了，你不应该这样。"

"那该哪样？"

"人家回心转意了。"

"你没听出来？她还等着看我干什么工种呢？开汽车，她自然乐意。要是下井，嗨，探你的闲事了！这种人，哼！"

金竹轻轻地叹息一声，说："走，我送你到她家里去，让她给你量量尺寸，赶制出这件衣服来。"

"我不！"

"听话！"金竹用从来没有用过的严厉的声音。

二猛只好顺从地跟着嫂嫂走了。过了黑水溪，又走了一段公路，便来到了公路边的代销店。这里是这个山区大队的繁华区。或者说，是全大队政治、文化、经济的中心。有药店、医疗站，有碾米站、磨粉房，有大队部，还有一座小学校。

凤月的家离代销店不远，她平日就睡在代销店里。现在，或许还在店里。金竹走近店门，门已关了。她用手轻轻地敲了敲。

"谁？下班了，买货明天来。"屋里传来凤月极不耐烦的声音。

"表妹，是二猛来了。"

"呵，是表姐呀！看我糊涂的！"

"咣当"一声，大门开了。凤月笑嘻嘻地站在门口，请金竹和二猛进屋。金竹说："欢欢还睡在床上呢，我得马上回去。"她把二猛送进屋后，自己转身往回走了。

二猛涨红着脸，痴呆呆地站立在房子中央，凤月瞟了他一眼，"扑哧"一声笑了：

"菩萨，坐呀！"

没有坐，没回话，这个猛小子仍旧傻乎乎地、极不自然地站立着。

"要当工人了，瞧我们咯些农蠢子不起了呀！"

二猛的脸涨得更红了，粗大的脖子连连抽搐了几下。想说点什么，一时却又没有说出来。

"别当真，跟你开个玩笑呢。"

凤月轻松地笑着。那对漂亮的、亮晶晶的眼睛，多情地盯着他。小伙子武高武大，虎背熊腰。此时此地，在凤月的眼里，不像过去那样呆板、讨厌了，反而显得威武英俊，对自己颇有几分引诱力了。

"表姐叫我给你选截布，做件衣。你看，这衣料合意不？"

凤月笑眯眯地把衣料送了过来。

"不用看了。"这是二猛进屋说的头一句话，"国家出的布，我都合意"。

"那跟你做件花衣，也合意吗？"凤月挑衅地说。

"合意！"二猛咬着牙齿说。

"咯咯咯……"凤月笑弯了腰。

一盘糖果端过来了，一杯香茶递过来了。二猛还是没有坐，站着。心里，又自然地想起了年初那回到她家里受到冷遇的伤心事。不喊坐，不倒茶。她二嫂子说他傻高傻大；她小妹子瞟了他一眼，耸着肩膀从他身边窜了过去。那次使他的人格受到了一次痛心的侮辱。

"看你这副相！脸像打了霜的红茄叶似的，还在生我的气吧？"凤月柔声细语地说着，瞟了二猛一眼。见二猛没吭声，她叹息一声，接着说："你不晓得！做女真难！爹爹的主意，妈妈的话，都得听啦！唉……现在好了，一切都好了。真是老天有眼啦！"

二猛低着头，一双手也像没了摆的地方。凤月的话，不知他听进去了，还是没有听进去。反正，他没有顺着她的思路接话茬，却岔开话头说道：

"请你量尺寸吧。"

"急了？"

"嗯。"

"明天么时候动身？"

"呷了早饭。"

"我今晚就做好，明天一早就送来，保证不耽搁你走马上任。"

　　凤月调皮地笑了笑，拿出了布尺，在二猛的身上量开了。一双女人白嫩嫩的手，在他的身上这里挨一下，那里撞一下，二猛的全身极不自在起来。他的脸涨得血红，呼吸也急促了。不知是姑娘有意呢，还是小伙子过于敏感，他感到对面的凤月离自己越来越近了，两个身子似乎快挨到一起了。

　　几分钟过去了，凤月给二猛量了肩宽，量了袖长。接着，便扯着布尺量起二猛的腰大来，她弯下腰去，脸挨近二猛的身子。她闻到了一种诱人的男人的气息。这一瞬间，胸腔里翻上来一个热浪头。她张开纤细的手，一把抱住了二猛的腰。那白净净的嫩脸蛋儿，就势贴到了二猛的胸脯上。二猛像触了电一样，身子抖动了一下，又呆呆地立住了。他隐隐地感觉到，对方鼻孔里喷出来的一股热气，灌进了他的胸窝里。顿时，他的全身麻酥酥的……

　　"到矿上，头一要给领导提个要求。"凤月把脸贴在二猛的胸口说。

　　"……"二猛的胸脯急促地起伏着。

　　"你就说，哥是井下牺牲的，要领导照顾个地面工作。"

　　二猛的呼吸更急促了。凤月的脸还贴在他的胸脯上。他憋不住了，劈头问道："量好了吗？"

　　"嗯，嗯。"凤月抬起头来，用手拍打了二猛一下，嗔道："菩萨！"

　　把二猛搬弄了好大一阵，量不够，看不够。猛听到二猛这不懂味的话，不得不收起布尺，轻声地、恳求地说："我连夜给你赶。今夜你就别走了，躺到我这张床上，陪着我做衣吧！

啊？"说完，她那对亮晶晶的眼睛，向二猛投去期待的目光。

二猛一时云里雾里。半晌，他才像从梦中醒了过来，对凤月说："我，走了。"

话未落音，他已推门飞快地出去了。

"这个菩萨，真不懂味！"凤月望着二猛离去的身影，在心里头嘀咕。

二猛高一脚低一脚在铺满月光的山道上奔走。脸，火辣辣的；身子，滚烫烫的。深秋的夜风，吹拂过来，落在脸上，扫在身上，凉鲜鲜的。一种从来没有过的复杂感情，在他的心头涌动。长到二十五岁的大小伙子，头一次受到一个大姑娘大胆的攻击，他感到突然，既害怕又留恋……

回到家里，金竹还没有睡，正蹲在炉火边炒着花生。二猛走进屋来，她忙关切地问："量好尺寸了？"

"量了。"

"这么久，就只量个尺寸？"

"……"

"没有谈点别的什么？"

二猛讷讷着，答不上话来。他转口问金竹："这么晚了，炒花生干什么？"

"明天给你带到矿上去吃呀！"

"算了，我又不是细伢子。"

说着，他走进自己的房子里，睡去了。躺在床上，茶房里金竹翻动花生的"嚓、嚓"之声，一下一下传进屋来，一声不漏地全部落在二猛的心上。

七

启程了，动身了。二猛将走向新的生活！小煤窑古老的弯扁担，别了！村寨里可爱的乡亲们，别了！

村子里家家户户正在吃早饭。二猛走过来了，大人细伢，婆婆老倌，全部端着饭碗出来了，和二猛打着招呼，说上两句祝福的话。二猛嘎嘎叽叽的大嗓门，又响起来了，向长辈们致意，向同伴们问好。

金竹抱着欢欢在后面送行。欢欢的小肚子里装满了问号，不时地问叔叔这是什么，那是什么，常常把这么大个二猛问得答不上话来。金竹的目光，在前面的路上搜索着。心里在寻思，凤月为什么还没有来？莫不是昨晚上二猛的话刺伤了姑娘的心？

到了黑水溪，过了木板桥，就上公路了。突然，从溪边的一个竹丛里，跳出来一个人，笑声，洒满了黑水溪：

"哈哈哈……害得我好等呀！"

这正是凤月。

金竹笑了："鬼妹子！躲在这里等呀！二猛在屋里左等不来，右等不到，急得跳哩！"

"嫂嫂！"二猛瓮声瓮气的声音。

"表姨，"欢欢喊凤月，"你跟叔叔玩捉迷藏呀？"

"小精怪！"凤月笑嘻嘻地把欢欢抱了过去。

"衣服……"

"报告表姐：圆满完成任务！"

金竹的话未说完，凤月活活泼泼地双脚一并，调皮地向金竹打了个立正，放开银铃似的嗓门说。接着，凤月把一件熨得伸伸展展的男上衣，递了过来。

"给谁？"金竹问。

"给你呗！"凤月调皮地做着鬼脸。

二猛已经走上了木板桥。一头挑着一只红漆木箱，一头挑着用塑料布包着的花包被。一根小巧精致的竹扁担，在他宽厚、结实的肩头上优哉游哉地闪动着。

"二猛！"金竹喊道。

"嗯。"二猛闷声应道。

"放下担子，试试凤月亲手给你赶做的衣衫。"

"表姐！"这时，凤月的脸蛋上流露出了一点点姑娘的羞涩。

"试么子？量了尺寸的。"

也许是想起了昨晚上的情景，凤月红着脸低下了头。

"妈妈，叔叔做新衣裳，我也要做新衣裳！"欢欢在凤月的怀里，瞪大眼睛看着凤月手里提着的小兜里的二猛的新衣，又望望金竹，叫嚷着。

二猛霎时像窜进了一个刺篷里似的，全身上下怪不舒服起来。想想哥哥生日那天，也是哥哥去世那天，从小欢欢口里吐出的话，心如汤煮。哥哥嫂嫂，为了自己，连新衣也舍不得给孩子做一件呵！

"好，好。"金竹的眼眶也湿润了。自然，她也一定想起了大猛生前和她商量给孩子做件花衣的事。做父亲的这个心愿没有实现，却又过早地去了。九泉之下，他该不会埋怨自己的妻子吧？

金竹抖动着手，从凤月手里接过欢欢，连连亲着孩子的脸蛋，说："过几天妈到合作社扯来花布，请表姨给你做新衣服。"

"我要最好看、最好看的花衣服！"欢欢高兴地嚷着。

"乖孩子，表姨一定给你做最好看的花衣服！"凤月说。

木桥上，二猛呆立着。欢欢和金竹的话，字字句句如砂石入心。这个坚强的小伙子，听了这段对话，眼眶发潮了。

"好。凤月，你送送二猛。我该回去了，猪还没有喂呢。欢欢，跟叔叔、表姨再见。"

孩子最听妈的话，她扬起了小手，对二猛、凤月说："叔叔，再见！表姨，再见！"

二猛鼻子一酸，两颗热泪夺眶而出。

"二猛，到矿上，不论分配做么子工作，头一要注意安全呀！"金竹叮嘱着，眼眶又湿了。

二猛点了点头，脚下的木板桥闪了闪。

凤月也跟着上了桥。站在二猛身后，轻声问："等汽车？还是……"

"走！"二猛说。

"表姐，欢欢，请打转身吧！"凤月向金竹母女扬着手。

金竹点点头，答应着。脚板却立在原地，一步也没有挪动。

二猛开步走了，步子很大，很猛。一双大脚板，踩在路面上，咚咚响。凤月小跑着，吃力地跟着他。跨过公路，就要踏上那条古老的石板路了。凤月转过身来，再一次招呼金竹：

"表姐，你们回去吧。"

金竹答应着，身子还是没有动。她看着二猛挑着行李，走上了弯弯的山道。古老的石板路上，响起了他沉重的脚步声。二猛径直朝前走，没有回头。他不愿意让嫂嫂和欢欢看到他眼眶边的泪痕。

这时候，太阳从翠竹峰顶上跳出来，阳光铺满了光滑的石板路。

八

这天傍晚，二猛披着晚霞，乘着清风，从翠竹峰那黑浸浸的石板路上走下来了。进矿整整一个月啦，还是头一次回家。一个月里，欢欢扯着妈妈的衣角，到黑水溪边来过好几次了！

二猛走后的第五天，凤月得到确切的消息，他进矿以后，分配当上了电机车司机。到大煤矿参观过的凤月，见到过那玩意儿。她向妈妈描绘道："这个电机车呵，就是小火车一样的。一个车头后面，挂着一个一个铁箱子，拖得蛮长蛮长的。"

"那，二猛当上火车司机啦？"

"差不多。反正算是个轻快工夫。"

"妹子，算你有福分！上回没有完全把线扯断。"

凤月含笑地在母亲面前低下了头。

"抓紧定个日子吧。"

"妈妈!"

凤月娇滴滴地倒在胖胖乎乎、颇有几分富态的母亲怀里。

到了黑水溪,过了木板桥,二猛兴冲冲地走完一段上坡道,看到了熟门熟户的自家的屋。

老远他就喊开了:"嫂嫂!欢欢!"

一个圆乎乎的小脑袋出现在门口,这是欢欢。小家伙手里用棉线提着一只大螃蟹。她看见二猛回来,丢下螃蟹,飞跑着扑了过来,欢叫着:

"叔叔!叔叔回来了!"

二猛一把抱住欢欢,走进屋去,不见金竹,问道:"妈妈呢?"

"上自留地了。"

"你一个人在家?"

"妈叫我在家玩螃蟹,看着屋。"

二猛放下提袋,拉着欢欢,走出门来了:"走,我们也上自留地去吧!"

"妈要我看屋。"

"把门锁上。"

二猛拉着欢欢,沿着熟路,到自留地上来了。晚霞渐渐失去了它艳丽的色泽,天快断黑了。这时,金竹正在扬着耙头挖土。汗水,大颗大颗地往下滴,秀丽的脸庞,由于用劲的缘故,涨得通红,宛如一朵刚刚绽开的石榴花。离自留地还有一百多米远,欢欢就挣开了叔叔的手,欢叫着向金竹扑过去。

"妈,叔叔回来了!叔叔回来了!"

金竹听到欢欢的嚷叫,忙撂下耙头,直起腰来。热汗,浸湿了她额前的刘海，一对清亮的丹凤眼，给二猛送过来两束热情的光芒。

"嫂嫂。"二猛喊道。

"呵，回来了？么时候到的？"

"刚进屋。"

"走，回去弄饭吃。"

二猛一把夺过了金竹手里的耙头，说："你回去煮饭吧，我挖完这点土就回。"

"不了。走了这么远的路，累了。回屋里歇歇去吧。"

"不累。"二猛就势一扬，把耙头举到了头顶，"挖完就回来，是准备种萝卜菜吧？"

"是的。"金竹不安地说，"唉，这么远走回来，也不歇歇。欢欢，你是跟叔叔到这里玩，还是跟妈回去。"

"我跟叔叔玩。"

金竹走了，脚步很轻快地走了。进屋以后，她手脚麻利地烧饭、炒菜。她煮了芋头，又炒鸭蛋。鸭蛋里放了许多辣椒。她在心里想："这个猛子，像他哥，吃得咸，又吃得辣。"

房子里飘出一阵阵饭菜的香味。当金竹把一样一样二猛爱吃的菜端上桌子的时候，二猛扛着耙头，拉着欢欢回来了。

一碗热气腾腾的饭，送到了二猛手里。二猛接饭时，金竹问："见着凤月了？"

"没。"

"刚才打她店门前过，没进屋？"

"门关了。"

"你没敲敲？"

二猛闷头扒饭，没有回答。

"听说你在矿上开电机车，他们家可高兴了。"

"那，现在他们家该恼火了。"

"怎么？"

"我要求下井当采煤工了。"

"这……"金竹手里的碗，险些滑落在地。

"矿上开大会动员，号召干辅助工种的同志，充实到井下采掘一线去。我报了名。"二猛平平淡淡地说。

金竹没有作声，吃着闷饭，好久一阵，她说："只怕凤月想不通。"

"由她吧！"

撂下饭碗，二猛提起了他的兜，喊着在桌边扒饭的欢欢，"看，叔叔给你买什么来了？"

欢欢刚刚抬起头来，二猛已经把一件挺好看的花衣裳递到了欢欢面前："好看吗？喜欢吗？"

"好看！好看！"欢欢叫嚷着。

"二猛，刚刚领到一个月工资，就这么花呀！"

"嫂嫂，这个是买给你的。"二猛从兜里掏出了一捆竹叶一般绿的毛线。

"你……"金竹把毛线推了回来，"送给凤月吧。"

"哥早就要给你买的，你不让。这一个月里，我做梦都想着对不起哥，对不起你。你，你就收下吧。"这个硬汉子说这几句话，嗓子眼都有点发哽。

金竹没有再说什么了，很快地接过了毛线。

"还剩下十块钱。"

"不！不！"金竹连连摆手，"你，你应该存点钱"。

二猛硬要塞过来。金竹清亮的丹凤眼转动了一下，似乎想起了什么，她终于把钱接过来了。

"好，钱，我接着。这毛线，去送给凤月，听话！"金竹的语调里，稍稍流露了一点点做嫂嫂的威严。

"二猛贤侄回来了？"

这时，秃二叔跨进门来了。他常常是一张醉脸，喷着酒气。看来，刚才又到哪里喝酒去了。金竹迎上去，搬来凳子请坐，又送来一杯茶。二猛从口袋里掏出了离矿回家时，在矿贸商店买的那包"洞庭"牌香烟，递给秃二叔一支。

秃二叔忙起身，双手接过烟，笑眯眯地说："这番老侄阔起来了，烟都是包了银纸的。"趁金竹进里屋取什么去了，他又轻声补了一句："听你二叔的话，没有吃亏吧？往后，别把二叔给忘了。"

"只有二叔，说到哪里去了。一个挖窑的，会把个长辈忘了吗？"

"听人讲，你在矿上开电火车呀？是啵？"秃二叔把香烟放到鼻子前闻了闻，准备夹到耳朵上，见二猛划燃火柴送火过来了，忙衔着烟向火前伸去。

"不是电火车，是电机车。"二猛纠正道。

"反正是电火起动的机器车。"

二猛明白了秃二叔说的那"电火"的意思，笑着点了点头。

"那个电火，硬是个怪物，看又看不见，摸又摸不得。不小心，烧死人不晓得信，顺了气，火车也推得动。真是个怪东西。"秃二叔津津有味地发表他对电的见解，不时吧嗒两口香烟。他抽烟也怪，吸得猛，吐得慢：一口烟吸进，得等上好半天，才让烟慢慢地从鼻孔里喷出来。

"二猛，你算是交上红运了，找到了这么一个好工作。人一值钱，就什么都好办！"秃二叔发出了感慨，"前几天，他舅妈对我说，她想把你和凤月的事情早点办了。一切从简，什么都不要你备办了。你看，这几多好？"

这时，金竹端来了一盘炒黄豆，一碟子盐姜和一壶米酒，放在秃二叔和二猛面前，招呼道："二叔，没有什么好招待，喝杯酒，吃几粒炒豆子吧！二猛这事，还要靠你多关照。"

"一定，一定。二猛，你自己的意见呢？什么时候办好？"有了酒，秃二叔特别地兴奋起来，嗓门也高了。

"只怕人家不会干了。"二猛瓮声瓮气地说。

"哪里的话！这个，包在二叔身上。"秃二叔喝了一口酒，抛几粒黄豆子进口，语气很粗地说。

"下个月，我下井挖煤了。"

"犯了错误？"秃二叔抬起头，惊异地看着二猛。

"没。"

"那为什么？"

"我自己要求的。"

"你呀，唉！"秃二叔放下酒杯，叹了口气。默了默神后，他突然扬了扬手，神气地说："即使是这样，婚事也包在你二叔身上！凤月的工作，我保证做好！你就只管准备当新郎吧。"

"表姐。"

这时，窗外面有人在轻轻地叫。

金竹听出来了，忙开门迎了上去。"凤月，快进屋，二猛回来了。"

凤月跟着金竹进屋来了。她看见秃二叔，忙说："是姑爹呀！"

秃二叔不知是想起了他那一串刚刚落音的不负责任的大话了呢，还是多喝了点酒，扁扁的脸膛通红通红的。他朝凤月点点头，讷讷道："来看看二猛。"

二猛起了一下身，没有喊凤月，又坐下去了。这时，金竹忙从一条长板凳上拿起那一捆竹叶般绿的毛线，给凤月，说："二猛领到头一个月工资，给你买了一斤半毛线。你看看，喜欢不？"

"只有表姐……"

凤月双手接过毛线，在灯光下细心地翻看起来。秃二叔喝着闷酒。二猛"咣当咣当"地嚼着炒黄豆。

"凤月。"二猛嚼碎几粒黄豆，头也不抬地喊道，声音很响。

"呃。"凤月转过头来。

"告诉你：我下井当采煤工了。"

"真的？"

"嗯。"

"……"

见凤月没有答话，二猛又说，语气梆硬："我们的事你看着办吧。"

刚才牛皮吹得咕咕叫的秃二叔，这时候却像只偷油的小耗子，坐在桌子边，一声不吭，只顾喝他的酒。金竹的心咚咚直跳，她在内心埋怨二猛太那个了，准会把事情搞糟。

　　"你……"凤月吃了一惊。转念一想，不对，早几天有人到矿上去，还看见他在开电机车。为什么突然下井采煤去了？不会的，这个木菩萨，还挺会考验人哩！想到这儿，她眉毛一扬，头一偏，说："你在矿上干什么，我都高兴。"

　　"好表妹！"金竹悬着的心，总算落了下来。

　　一轮圆月，挂在翠竹峰顶上。清淡、柔和的月光，射进窗来。秃二叔喝足了酒，已经告辞走了。金竹拉着欢欢进了里屋。欢欢躺在床上，玩着妈妈时时带在身边的那个漂亮的、五彩斑斓的田螺壳，听妈妈讲那个古老的田螺姑娘的故事。二猛还是坐在那矮竹凳上。刚才凤月的话，给他心里注进了一股热辣辣的东西，现在心窝窝还热乎着哩！凤月站在窗边，双目注视窗外，似乎在欣赏这秋夜明月，观赏那竹峰月色……

　　"多好的月亮！"

　　凤月柔声柔气地夸着月亮，转头看了看二猛。二猛从那矮竹凳上站立起身，向窗边走来。

　　"到外边走走去吧？"凤月发出邀请。

　　二猛轻轻点了点头。小伙子的心里，顿时涌动着一种甜蜜的潮水。长到二十五岁了，这还是头一回呀！凤月两束情绵绵的目光盯着二猛，见二猛涨红着脸点了头，她便对着屋里说道："表姐，我们到外边去走走。"

　　"好！"

里屋，传出来金竹喜滋滋的声音。

九

多情的月光，从窗口斜射进来，在房间里越拉越长。柔和的风，一阵比一阵凉。欢欢睡过去了，发出轻微的、甜蜜的鼾声。嫩嫩的小手里，还紧紧地捏着那个牵动着妈妈心肺的田螺壳。

金竹坐在床沿上，给欢欢掖掖被窝。又拿起二猛给欢欢买回来的花衣裳，凑到灯光下看着。心，浸在一种慌乱、起伏的思绪里。那对清亮的丹凤眼，望着窗口射进来的月光发起呆来。刚才，凤月告诉她，她和二猛出去走走时，她答应得那么爽快。可是，当她听到他们的脚步声在门外远去的时候，她的心里，像突然打翻了一个五味瓶，使她显得莫名其妙地不安起来。这种不安，一半是欣慰，庆幸二猛和凤月总算靠近了。一半是什么呢？她说不上。她坐在床沿上，给欢欢讲着故事，慢慢地乱套了，后一句不接前一句了。听熟了妈妈的这些古老的故事的欢欢，听着听着仰起小脑袋望着妈妈笑起来了："妈，讲错了！讲错了！"

金竹一怔，明白了，一把抱起欢欢，亲起嘴来。她脸红红的，就像抹了红粉子似的。她不明白，二猛跟着凤月出去以后，自己的心里为什么会像丢失了什么贵重的东西似的，慌得很，闷得很呢？

　　她毕竟是一个很有理智的人。她很快地赶走了脑子里那热一阵、冷一阵的复杂思绪，爱抚地哄着欢欢睡觉了。孩子，真听妈妈的话，她钻进被窝里，妈妈的手轻轻地在被窝上拍了拍。一曲催眠曲还未哼完，小家伙就响起了均匀的鼾声。

　　月亮的光线条，在房子里越拉越长了。天上的圆月儿，愈来愈斜西。夜，深了。二猛还没有回来。此刻，他们在何处？枇杷树下？绿竹林里？黑水溪边？还是……该谈得挺投机吧？金竹在心里猜测着。她衷心祝愿他们幸福。她想，二猛，是一块刚从泥土里挖出来的金子，表面还粘着厚厚的泥土。有眼力的人，才能透过泥土看到闪光的金子。他似乎傻乎乎的，实则，他憨厚、纯正、爽直。但愿凤月的眼睛能穿透泥土，看到这块闪闪发光的金子。

　　外面脚步响，很粗很重，金竹知道是二猛回来了。大门还没有关。一直等他回来。他跨进大门，没有朝金竹这边的房间打个招呼，就径直朝自己房里走去了。

　　"二猛。"金竹喊。

　　"嗯。"他闷声应道。

　　"回来了？"

　　"嗯。"

　　"洗个脚吧，有热水。"

　　"不了。"

　　他闷声闷气地走进自己的房间去了。金竹敏捷地感到情况不大对头，很想叫他来问问。然而，她话到嘴边，又咽下去了。他哥去世了，自己这个嫂嫂，有些事真不好管得太细呵，有些话吐不出口呵！

天刚蒙蒙亮，他那边的房门就响了。他走进茶房里，讲了声："嫂嫂，我走了。"

金竹翻身起床，边穿衣服边答话："你怎么啦？等天亮了，吃了饭再走呀。"

"不了！"

他的话音像闷雷，说完便跨出了大门。待金竹追出来，微微的晨曦里，只见二猛已经下完屋前的坡道，快到黑水溪边了。

她了解他那个脾气，晓得这时候追着他去问，也问不出一个名堂来。她叹息一声，转身进屋了。

下午，金竹刚刚从地里收工回来，秃二叔传过话来，说凤月又恢复了原来那些条件。金竹在心里默默想，全部达到对方的要求，至少要花上八百元。这不知是二猛的身价低了，还是凤月的身价又高了？

二猛回来得更勤了。每逢轮休日，只要下了班，就扯起两条腿巴子走二三十里山路赶回来，常常很晚才进屋。次日，清早就扛着锄头出门了。上自留地，挖土、锄草、施肥，从早干到晚。有时，金竹夺下他手中的锄头，要他回屋里去歇歇，他不肯，仍旧憋着劲傻干。金竹劝他到凤月那里去走走，他不搭言，也不动脚。从自留地里回来，就跟欢欢玩闹起来。要不，就背着竹篮到溪边洗猪草去了。凤月不时来走走。碰上二猛回来了，和二猛谈上些话；要是二猛没有回来，就陪金竹坐坐，打打讲。两人的关系，就是这样不咸不淡，不冷不热。

每月发了工资，二猛除了留下自己的伙食费和很少一点零用钱以外，全部送回来交给嫂嫂。有时四十，有时五十。金竹默默地接过钱，又悄悄地把它放到衣箱里一个秘密的地方去了。

翠竹峰上，又一批新竹吐翠了。一晃，二猛进矿工作已经八个月了。月底，他领到了七十元工资，三十元奖金。除留下三十元作伙食费外，全部塞进口袋，又沿着山间这条古老的石板路走回来了。

夜色沉沉的时候，他走进了熟门熟户的家。进屋以后，喝下金竹送过来的一杯凉茶，从口袋里掏出七十元钱，递给金竹。

金竹接过二猛的钱，把饭菜端上桌，招呼二猛吃饭。忙完这些以后，她转身向屋里走去。

一会儿，金竹手里拿着两个小布袋，从里屋走出来了。

"二猛。"金竹喊他。话音里浸透出一丝丝喜悦。

"嗯。"二猛抬起头来。

金竹把两个布包包递了过来，轻轻地说："这是你哥在的时候积下的，整三百。这，是你每月送回来的加上今天的七十元，整五百。我看，你吃了饭，喊二叔来一下，打个商量……"

"嫂！你……"筷子，从二猛的手中滑落下来，掉到桌子上。

什么时候，在外面玩耍的欢欢，溜进屋来了，猛地看到妈妈手里这么多的钱，小家伙高声叫嚷开了：

"哟，妈有咯多的钱！妈有……"

金竹赶忙用手捂住欢欢的嘴，并严厉地盯了她一眼。

"妈好狡的！这个也省省，那个也省省，总说她没有钱。"欢欢四岁了，懂得的东西多了。这时，她扭过身子，噘着嘴对妈妈说。

"嫂嫂,你怎么把钱都存下来了?你应当花,应当花!……你和欢欢太苦了!……嫂!……"二猛哽着嗓子嚷着,泪水夺眶而出。

"别发傻!国家每月给了我们抚恤金,我们过得不是很好吗?"金竹浅浅地笑笑。停了停,她用征询的目光望了望二猛,问:"是不是我现在就去把二叔喊来?"

二猛摇了摇头。

"总算积下了这点钱,能满足他们的要求了。我看,就将这件事情办了吧?"

二猛撂下饭碗,敬重地望了望嫂嫂。许多话,卡在喉咙里,一时半时吐不出来。他听了摇摇头,闷声闷气地吐出两个字:"莫急。"

一种莫名其妙的思绪,翻上了金竹的心。她惆怅地看着他……

第二天,二猛回矿去,走得很晚。太阳挨山的时候,他才动身。金竹拉着欢欢送他,送到黑水溪边,送到木板桥上。晚霞里,欢欢和二猛同时扬起了手臂。她看着二猛跨过公路,甩开大步,在这条古老的、攀山而上的石板路上,渐渐远去……

"金竹。"

秃二叔从对岸上了木板桥,他不知又到哪里喝了酒来,满嘴喷着酒气。

"呃,二叔。"金竹轻声细语地答着话。

"回去吧?"

"嗯。"

"一路走。"秃二叔说。

"好。"金竹抱着欢欢转过身来,指着秃二叔对欢欢说:"快喊二公公。"

"二公公。"欢欢甜甜地叫道。

"呃——"秃二叔拖着长音应道,眼睛笑眯了。

秃二叔走在前,金竹跟在后。上了一段坡,秃二叔吞吞吐吐地说:"二叔有句话想给你讲,又不好开口。"

金竹的心窝子一热,警觉地说:"侄媳妇有什么不是的地方,做长辈的只管说呀!"

"唉,这些日子,也难为你啦!"说到这里,秃二叔粗粗地喷了一口酒气。"一个女人,拖着个孩子,要忙内,又要忙外,着实难啦!"

两双脚步响。金竹的胸脯急促地起伏着。她似乎猜着了秃二叔下面的话,她有些害怕,等着他把话说明,秃二叔却又不说了。

走了一段闷路,他终于开口了:"这次,石湾里赵胖子从部队上回来迁家眷,没想到,他堂客没得福气,突然得急病死了。赵胖子在部队上混了个师部的科长了,听说是个县太爷那么大的官。"

他对我说这些话做甚?金竹听着,一颗心像突然被一只大手揪着,连呼吸都感觉困难了。她放慢了步子,一步一步挪动着。额角、鼻尖,渗出了细密的汗珠。

"赵胖子的父母想丧事喜事一起办,续个堂客带到部队去。

金竹，你看……"

这时，秃二叔转过头来看金竹，方知她已落后一截了。

"金竹，我刚才的话，你听见了吗？"

"二叔，你是多喝了些酒吧？"

"不！不是酒话。赵胖子的父母亲口托付我的。我把你的情况向赵家介绍了，他们一家人都满意。"秃二叔喷着酒气说。

"我……还没有想这事呀！"

金竹的心跳得很厉害，她紧紧地抱着欢欢，好像有人要把她抢走似的。

"现在是新世道了……"

"不，我不是……我是想，我的欢欢……"

"孩子当然带过去啦！人家一个大科长，还怕多这个乖闺女呀！"

"妈妈，要带我到哪里去呀？"欢欢用小手抱着金竹的脖子，问。

"欢欢，妈带你在家，不带你到哪里去。真的，不！……"金竹慌乱地安慰着孩子。

"唉！"秃二叔叹息了一声，"好吧，你好生想一想。这可是打起灯笼难寻找的好当呀！"

"我，不，我，不……"

金竹高一脚、低一脚地在石板上走着。热血，直往她的脑门顶上冲……

上了几级石梯，秃二叔又规劝了金竹几句，便晃晃荡荡拐上了去自家屋里的路。

金竹的脑袋里嗡嗡轰响着，她紧紧地搂着欢欢，飞快朝屋里奔去。这时，溶溶暮色罩住了翠竹峰。夜来了。

十

夜，大雨倾盆……

巨大的雨网，罩住了翠竹峰，罩住了黑水溪，罩住了盘山路，也罩住了山脚下翠竹寨的一栋栋不同年月修建起来的农舍。

弯弯山道上，金竹撑着一把青布雨伞，背着欢欢，吃力地行走着。昨天晚上，欢欢突然发高烧，额头热得烫手。她哼叫一夜，好不容易熬到天亮。她到大队的合作医疗站请赤脚医生看了看。那个年轻伢子给欢欢量了量体温，听了听心跳，说很可能是肺炎，要输液。而合作医疗站没有打吊针的器具，劝她赶快送公社卫生院。她饭没吃，脸没洗，背着欢欢踏上了这条盘山的石板路，翻翠竹峰奔公社卫生院去了。

在公社卫生院忙乎了一天，孩子总算退烧了。医生说不要紧了，开了些药，嘱咐他把孩子带回去，找赤脚医生打几天青霉素，就会好的。天挨黑的时候，她背着欢欢走出了卫生院。刚出门，天变脸了，落起雨来。她只好到路边一个熟人家里借了把伞。

天越来越黑，脚下的路模糊不清了。雨没住，风没停。她艰难地行走在山间石板路上。风打雨斜，她怕淋着背上的欢欢，使她的病情加重，便将伞严严实实地遮着孩子，自己身前的衣裤，淋得湿透了。唉，真是的，一个女人，没了丈夫，拉扯着孩子，真难呀！

爬上翠竹峰，她已经上气不接下气了。她想进山顶上公社药场的屋子里去歇歇，心里又惦记着栏里的猪一天没喂食，早该饿得嗷嗷叫了。她站在这栋红砖楼房的阶基上，把伞换了个手，缓了口气，又抬动脚步下山了。

刚下了几级石梯，前面一道手电光射来，随即传来喊声：

"嫂嫂！"

二猛来了。她不觉心头一热，想：他怎么知道欢欢病了？为什么从山下走来？她还未来得及问，二猛一溜小跑，冲到她面前来了："快把欢欢给我吧！"说着，一双粗壮的手把欢欢接过去了。

"你到家了？"

"嗯。见门锁着，一问，才晓得你带欢欢到公社卫生院看病来了。"

"你呀，总是惦记着家！"金竹动情地说。

"怎么样？欢欢的病。"二猛关切地问。

"医生说不打紧了。"

欢欢已经在妈妈的背上睡得很香，移到叔叔的背上，小家伙还没有醒来。金竹的背上没了欢欢，顿时感到轻松多了。她打着手电，为走在前头的二猛照着路。

雨点，敲打着遍山遍岭的树枝竹叶；风，摇曳着成百上千亩松树竹林。到处哗哗啦啦响，山里的雨夜热闹极了。手电光，点亮着一块一块光滑的石板。金竹紧紧跟在二猛身后，不时移动手电照照睡在叔叔肩头上的欢欢。心里，时不时翻上来一个热浪头。这是一种什么情感在涌动！她自己也说不清楚，也不愿意去细嚼。只觉得此时此刻心里怪热乎的、怪舒服的。

"嚓、嚓、嚓……"

二猛壮实的脚板，跟着金竹照过来的手电光，敲响一块一块黑浸浸的光滑的石板。心里头就像眼前这风雨逞狂的世界，很不平静。哥在世的时候，他很敬重自己的嫂嫂。哥去世以后，他更敬重自己这位真正值得人敬重的嫂嫂。眼看，哥离开人世一年多了。近些日子来，一种说不清楚的情感，越来越强烈地在心里波动。特别是看到凤月在他当工人前后的变化，使他更觉得金竹的可敬。金竹，真好的人！他常常对着翠竹峰，痴想着。一个念头涌上来，他马上惊惶地摇摇头，在心里责怪着自己：胡闹！她，不是旁人，是自己的嫂嫂呀！可是，他转而又想，嫂嫂也是人，是一个有血有肉、有感情的人，一个失去了丈夫的女人。她那么好，那么温顺善良，她为什么不能再得到一个女人应该得到的一切呢？

风，一阵猛似一阵。雨点很猛，砸到腿上，似乎有点隐隐发痛。长长的下坡路走完了，来到了黑水溪边。村寨里一栋栋农舍，透出一点一点暗淡的灯光。

踏上木板桥，二猛的心胸又如脚下的黑水溪，浪峰叠叠，水波滔滔。一种难以言喻的复杂的感情潮水，继续冲击他的心灵。唉！人，人的感情怎么这样复杂呢？

这时，金竹的手电光，射到前面去了。二猛抬动大腿，一步一步在木板桥上走动。风狂，雨猛，二猛的身子晃动起来。

金竹赶紧跟上去，用一只手托住二猛背上的欢欢。两人缓缓地走过桥去。

"呼——"

一阵旋风卷过来，金竹和二猛同时站立不稳了，脚下的桥板，随着他们身子的晃动，摇动起来。这一瞬间，两个身子不由自主地挨紧了，互相搀扶着，迎着风，顶着雨，向对岸走去。

两颗心，在木板桥上激烈地跳动着……

十一

回到家，吃了饭，喂了猪，洗了脚，一切安置妥当，已经很晚了。二猛把欢欢送到床上，便回自己屋里去了。这时，金竹也上床躺在了欢欢身边。忙了整整一天，很累了，可是，金竹又像大猛刚去世时的那些日子一样，怎么也睡不着。归途上的一幕幕情景，就像黑水溪里的水，在心头翻腾不息。生活，真是一部深奥的书呵。一个山乡女子，在这部书面前不知所措了……

"当！当当！"

半夜过深，突然有人敲金竹的房门。她警觉地从床上坐起来，问："谁？"

"我。"二猛瓮声瓮气的声音。

"有事？"

金竹披衣下床，靠着门边的墙壁，问。音调有点诧异，心也跳得快些了。

"没，没……"二猛慌乱地说。

"那……你……"金竹的声音很低了。

"睡不着，我准备回矿去了。"

"就走？"

"呃。"

"还烂早呀？"

"……"

没有回答。接着，传来脚步走动、拉动大门门闩的声音。金竹急了，忙点燃煤油灯，开门走了出来。

"嫂，我走。"

"你疯了！现在鸡还未叫，外面又下这么大的雨。"

金竹一把拉住二猛。外面，大雨哗哗作响。

二猛走进茶房坐下了，金竹也坐下了。一时间，谁也没有说话，两颗心，都在怦怦地跳动着。

半晌，金竹说："二叔前天来了，他说等你回来后，要和你商量一下你和凤月的事。"

二猛呆呆地坐着，不作声。半天，他哼出一声："还是让我走吧。"

"硬要走，也得煮了饭吃再走呀！我马上动手。"金竹夺下二猛肩头上的帆布袋子，挂到了墙壁上。茶房里，火烧起来了。一根根干竹枝丫丫，在火中哔剥作响。金竹把铁锅装上水挂在火上，然后坐在旁边用竹簸箕选着米，把混在米里的谷粒、稗子、沙土拣出来。

二猛自动担负起了烧火任务，不时将一把竹枝折断送进火中。突然，火中的竹枝，长长地喷射着火焰，发出"吱吱"的响声。老辈人说，这是火在笑，有喜事降临。平日，二猛准会乐一阵。此刻，他埋头想心事，没有理睬。

水开了，米下锅了。二猛埋着脑袋，突然冒出一声："我，我想过了。想了好久了！"

"……"金竹坐在火边洗着菜，听了他这没头没脑的话，抬起头来，望着他，问：

"么子事？"

二猛涨红着脸，卡住了口。金竹的心跳得厉害，不好再追问。

"我和凤月会过不好的。"二猛把头埋得更低了。

"会过得好的，会的……你应该……"金竹的心也乱了，不知说些什么话好。她摆弄着手中的菜叶，头也渐渐低下去了。

"我，是个挖煤的。她……"

"她不错呀，长得漂亮，文化又高，又是商店的营业员。你……"

"别说了！"二猛粗声粗气地打断金竹的话，"我全都想过了。"

"想过么子了？"金竹低低地问。

"我想，我想……我想……"

下面的话，二猛这些日子来，考虑过千百遍，此刻要把它吐出口来，却是那样的艰难！

又一节竹枝，在火堆里喷射着长长的火舌，发出"吱吱"

的笑声。火光中，二猛的一张脸，红到了脖子根。金竹的耳根子，也滚热滚热了。

"我想，"二猛咽了一口口水，鼓起最大的勇气，说出了这样一句话，"我想我们永远做一家，真正的一家！"

金竹手里的一把青菜，掉到了水盆里，水滴儿溅了她一身。她站起来，羞涩地向窗台边走去。心胸里，千波万浪奔涌着。二猛要说的话，她早就猜着了。可是，当二猛一下把它挑明，她却仍旧感到突然，感到紧张，感到慌乱……这个平平常常的女人，此刻，又想起了孩儿时奶奶讲的"田螺姑娘"的故事，好像那个没娘没爹的勤劳后生子，站到了自己面前。一丛火花，在她的心灵深处飞溅开了。然而，很快地，心里的火花熄灭了。一股浊黄的溪水涌上了她的心，淹没了这美好的记忆。她想，自己比田螺姑娘差一千倍，一万倍，而……而他……却比那后生好上一千倍，一万倍！他应该有一个比自己好的、比自己美的、比自己年轻的红花姑娘做伴儿。我，不能这样去害他，破坏他应该得到的幸福。快收起这念头，做一个好嫂嫂吧！她站立不稳，身子晃动了起来。她赶紧扑到窗子边，双手攀住窗台。窗外，哗哗哗哗，下着倾盆大雨。

二猛的头一直埋得低低的，几次想偷偷看看金竹，却没有这个勇气。他尖着耳朵，等着金竹回话。

她扶着窗台说话，音调都变了，里面浸满了痛苦，浸满了良好的愿望："二猛，把我当你的好嫂嫂吧！凤月，比我好一千倍。你，应该有一个比我好的……"

"我，我，我就觉得你好，你比谁都好。"

"不，不不……"金竹越发慌乱了。为了使他死了这条心，她违心地说："我，已经有了……"

"真的？"二猛的嗓门大了。

"二叔也为我找到一个人了。"

"哪里的？"二猛像是突然被谁擂了一拳，火气很盛地追问。

"石湾里的？"

"干么子的？"二猛的话，俨然像法庭上法官审讯犯人似的。

"部队上的。死了堂客。"金竹越说心越寒了，全身抖动起来。

"叫么子？"

"姓赵。刚讲起，还没有来跟你商量。"金竹的话一句比一句低。这时，一个"赵"字吐出口，犹如有一把尖刀插进她的心窝。

二猛气呼呼地抓住一把燃得正旺的竹枝，在灶膛里狠狠地拍打着。竹枝落处，灰尘四起。不一会儿，火熄了。那些被强行打熄的一个个竹枝上，冒着缕缕青烟。房间里，塞满了呛人的烟雾。二猛立起身来，抓起金竹刚才夺下的帆布袋子。呼地拉开大门，跑了出去。

金竹惊立着，用一种恐慌、痛苦的目光，望着门外。外面，雨更大，风更狂。一道闪电，撕破黑沉沉的天幕，一声炸雷，震得翠竹峰摇晃。

"二猛！"

片刻，金竹失声尖叫。她险些摔倒在地。她赶忙追到门边，已经看不见二猛魁梧的身影了。

这时，天空灰蒙蒙的。雨天迟到的黎明，已经降临到了山村。

她疾步回到里屋，摸了把伞，追出门来。外面，雨声大作，风声大作，雷声大作。她追到了黑水溪，追上了木板桥，只见一个人影呆立在木板桥上，光着身子淋着大雨。

"二猛！"

立在木板桥上的黑影儿一动没动。桥头两侧的青竹丛，在朦胧的曙光里，在狂风大雨中，摇曳、呐喊：呼——呼——

"二猛！"

金竹大步跨上木板桥，撑开一把伞，向二猛身边送去。

伞，遮到了二猛的头上，挡住了倾盆泻下的雨水。二猛的身子抖动了几下，不由自主地向一旁移了移，与金竹隔开了一定的距离。他没吭声，没答话。

金竹又把伞朝二猛身边送了送，为二猛遮着雨。此刻，该说一些什么样的话呢？金竹的心里慌乱极了，什么话也没有说出来，痴呆呆地站立着。

"呼——啦，呼——啦！"

风在呼啸，竹在摇曳。木桥下的黑溪水，一夜涨了几尺高，一个漩涡套一个漩涡，一个浪头压一个浪头，威威武武，浩浩荡荡，挺有气势地向前窜去。

"给。"

二猛把粗壮的手伸过来。金竹埋下头，将目光投了过去。顿时，她结实的身子弹动了一下。二猛的手心里，竟放着那个金竹一直珍藏在身边、花纹美丽、壳面光洁闪亮的田螺壳。

"这……"

金竹慌乱地往后退着。

"昨天逗欢欢睡觉的时候，我在你的枕头下拿的。没征得你允许，我……还给你。"

金竹的一双手，在胸前哆嗦着，一直没有伸过去接这田螺壳。

桥下，浪涛汹涌，耳边，狂风呼啸。金竹和二猛站立在木桥上，一时间谁也没有说话，心胸里却同时喧闹着一场急风暴雨……

终于，二猛硬邦邦的手，将田螺壳粗重地放到了金竹的手掌里。

"嫂嫂，我，对不住你。"这个硬汉子的话语里，夹杂着哭声。

"不，不不……"

金竹的心里更加慌乱了。她不知是把田螺壳收下好呢，还是不收好呢。她终于把这个陪伴她五个年头的田螺壳，紧紧地捏到了手心里。

两人默立片刻，二猛从金竹手里接过伞柄，急步往前走了。

金竹怔怔地站在雨中，望着二猛远去的身影，望着那条熟悉的石板路，任凭大雨浇身，她一动不动……

十二

二猛一连四个轮休日不见回来了。金竹心里慌得很，好像自己做了什么亏心事似的，茶饭无心，做事颠三倒四的。

前天，秃二叔又来过一次，和她磋商二猛和凤月的婚事。

他说，早几天在翠竹峰的路上碰着二猛，他对二猛说了这件事。二猛红着脸，啄着脑壳，同意了。凤月也来过一次，表白了她的心事。而今，可说是万事俱备，连东风都到了。

这是金竹多少日子来盼望的事呵！可是，当它真的要成为现实的时候，金竹的心里，却又涌起了一阵说不出的骚乱。她问自己：这是为什么？她警告自己：要多为别人想想。人活在世上，要尽到自己的责任……

个把月没有到自留地上来了。草没来拔，水没来浇，肥没来施。心里有事，干什么都没有心思。以往，二猛每个轮休日回来，自留地上的事他全包了，自己只到地里来看看。现在，这事得自己来管了。休工回来，把煮猪潲的大铁锅放到炭火上，她就到自留地上来了。

远远地，就看到自留地上有一个熟悉的身影。不是别个，正是二猛。晚霞，照在他那件火红的背心上，红光闪闪的。金竹心里一热，平日叫得挺顺口、挺亲热的"二猛"，此刻在嘴巴边滑过来滑过去，就是难以吐出口来。

二猛正蹲着身子在细心地拔草，金竹从身后走来，他没有发觉。金竹的脚步放轻了，多少感情往心头涌！他没有丢开这个家，没有忘记她和欢欢，没有忘记这块洒有他热汗的土地。他，真像他的哥，是一个和他哥一样诚实、善良的人呵……

她缓步走到了他的身后，他仍然没有发觉。站了半刻，她才轻轻地说："你，回来了。"

二猛转过身来，眼光一碰到金竹，脸红了，头低了。

"不进屋就上地里来了？"金竹语调柔和地说。

二猛没有回答，把头埋得更低了。

"吃晚饭没有？"

"在矿上吃过了。"二猛低低地说。

"这么快？"

"是搭矿上拉坑木的汽车回来的。"

"多久了？"

"刚到。"

金竹看看这块自留地，草没一根，土也松松的，很湿润，好像浇过水没几天似的。地里的辣椒、茄子，长得很好，果实累累。一挂挂花豆角，十分耀眼，靠塘岸边的那排丝瓜藤，长得真好。黑绿黑绿的藤叶上，吊着一条一条又嫩、又肥的丝瓜。菜地上的景象，真是喜人。金竹心里好生奇怪，问："刚到，这地收拾得这么好？"

"上两个轮休日，我都回来了。"

难怪秃二叔说他早几天在翠竹峰上碰见他。金竹的心里热辣辣的，吃惊地看着他，在心里想：这是一个多么好的人呵！

"没进屋？"金竹说。

"嗯。"二猛点点头。

"在自留地上忙一天？"

"嗯。"二猛又点点头。

"在哪里吃饭？"

"带了馒头。"

这个平日不显山、不露水、感情深沉的女人，此刻，那清亮的丹凤眼湿润了。她一把将二猛拉起，道："走，回家，欢欢心里想念着你呵！"

金竹用红辣椒、姜丝子炒了一盘干牛肉，硬要二猛再吃一顿晚饭。欢欢绕着二猛直转，甜甜地叫着：

"叔叔！叔叔！"

吃罢饭，金竹从衣箱里那秘密的地方，翻出了珍藏着的两包钞票，递给二猛，努力克制自己的感情，平平静静地说："是请二叔来，由他转交？还是你直接交给凤月？"

二猛偏过头去，没有接那两个装钞票的布袋，也没有答话。

金竹柔和地说："我们见识少，不会买东西。凤月在商店里，见得多，识得广，把钱交给她，由她自己去办吧。"

二猛仍然偏着头，没吭声。

金竹把布袋塞到二猛手里："你去交给她吧。我已经请了两个砌匠师傅，把那边两间屋子好好修理修理，把地填一填，把墙刷一刷。他们明天就进屋。"

二猛接住布袋，两颗眼泪滴到了布袋上。突然，他又把布袋塞还金竹，恳求地说："请你帮我交给她吧。"

金竹点了点头，接下了布袋。

一轮满月跃上翠竹峰的时候，金竹捡拾好了家务，洗了澡，穿得素净，朝凤月家里去了。

上了屋台，进了堂屋。金竹正要推门进茶房，听到里面有人正在说话："他姑爹，再来一杯。"

这是金竹的姨妈、那个富态婆婆的声音。

"够了！足够了！"秃二叔的回话。

金竹在门口站住了，没有进去。她是一个知趣的女人，人家在喝酒，她不想去打扰。尽管是自己的姨妈家。何况这位姨妈还一直看不起她这个作为不大的外甥女。

"他舅妈，"秃二叔沿用崽女的口气喊凤月妈，"井下工人，工资高，每月加奖金能拿上一百多块，钱多好办事。凤月往后的日子会好过的。"

"工资是高，就是不安全。他一旦有个好歹，就害凤月一辈子。"姨妈的话，说得很轻，却落得很重。

"哈哈哈……"

这是秃二叔少有的笑声。下面的话，说得很低，但还是被金竹听到了：

"万一碰上了，也是坏事变好事。凤月就能马上跳出这个穷山窝，飞到矿里顶职当工人了。那时候，每月能拿上几十块钱票子……"

霎时，金竹觉得仿佛有上百条火毛虫爬上了她的身子。她全身上下，火辣辣的。这些年来，她总是用自己那颗善良的心去思量这位被旁人指破了背脊的远房叔叔。别人数落他时，她只是默默地听在耳里，不记到心里去。总觉得他是老人，是自己的长辈，应该敬重他。而今，他……一股憎恶、讨厌、愤恨的感情，止不住地涌上她的心。天啦！人类中原来也有这样不干净的。

她不想在这里待下去了，她觉得这里是一个不干净的地方。她想跑到溪边去，跑到山里去，到那里去痛痛快快地哭一场。然而，这时候，屋里又响起了秃二叔那破锣似的声音。它像一根无形的绳子，紧紧地拴住她的心。她移动了的脚，又站立住了。

也许是酒后吐真言。下面，秃二叔说得更加赤裸裸了：

"嗨！一个女人，有了正式工作，还怕寻不到一个好主，何况我们凤月还长得花朵般漂亮。找个地委、省委的干部都不难……谁会像金竹那个蠢货！"

金竹感到受了极大的侮辱！顿时，脑袋里轰轰轰地响，心窝里隐隐约约作痛，她再也无力推门进去了。金竹调转身子，打起飞脚，往坡道上疯跑着……

穿过一片竹林，翻过一个小坡，她来到了这里，来到了大猛长眠的地方。双手紧紧地抱住自己亲手栽下的、如今枝叶青翠的竹子，嚎啕大哭起来。

人生，多么艰难的人生呵！

十三

天黑尽了的时候，金竹离开丈夫的坟地，拖着沉重的双腿，往回走了。一路上，高一脚，低一脚，跟跟跄跄。

快要进屋时，她站住了。定了定心，静了静气，冷静地思索了一番。她想，这话出自这个千人指、万人说的秃二叔的口。媒人的嘴，有几张干净的？姨妈没有这么说，凤月没有这么说。挺重要的，二猛已经应允了。自己只能搭桥、栽花呵……她把散乱的头发，用手指梳理好了。她把脸上的泪痕抹掉了，强挂一脸微笑，进了屋。

"妈！"欢欢从二猛的怀里跳出来。

金竹一把抱住欢欢，对二猛笑笑说："凤月不在家。等了这么久，也不见她回来。"

"她妈呢？"二猛轻声问。

"在。"

"说了些什么？"

金竹停了停，笑笑："她催着你们快把事情办了算啦。"

"她没嫌我下井？"

"没，没……"

金竹的心里一阵阵绞痛。她强行克制自己，脸上仍然挂着微笑。二猛低着头，没有注意她。

"钱，给她妈了？"二猛问。

"没有。还是直接交给凤月好。明天你回矿里去的时候，要从商店门前过，你自己交给她吧！"

说完，金竹掏出那两个小布袋，递给二猛。二猛接住了。

房子修好了，地板填平了，墙壁刷得雪白雪白。二猛的喜期越来越近。他照例每个轮休日都回来。与以往不同的是，每次回来都高高兴兴地往代销店跑一趟，常常回来得很晚。金竹的心里，有时涌出蜜来，甜；有时像吃了泡菜，酸；有时又像是喝了汤药似的，苦……一股股莫名其妙的思绪，常常扰乱她的心。每天晚上，忙完了家务，当欢欢缠着她要听故事的时候，她总是讲着那个讲烂了的"田螺姑娘"，欢欢听腻了，噘着小嘴闹着要她讲新的。她讲不出，以前听到的好多好多的故事，她都忘了，只记住了这一个。

这天傍晚的时候，她正在给猪喂食，下面几栋屋子里，叫叫嚷嚷。她把一桶猪潲倒进盆里，赶忙走出来，听见有人在喊。

"代销店起火了，快去救火呀！"

"救火呀！"

"……"

村子里沸腾了。男的、女的、老的、少的，提着水桶，端着面盆，从一个个屋场跑出来，冲过木板桥，朝大队部那边跑。金竹提着猪潲桶，也飞快地涌进了这救火的人流。

刚从火灾现场赶回来取楼梯的瘦长子男人，扛着长长的木梯子，气喘吁吁地往前跑着。他跑到胖大嫂身边时，被胖大嫂一把揪住，问："这到底是怎么搞的呀？这个凤月！"

"嘻！一条懒虫！下午进了一桶煤油，懒得搬进里间，就放在炉灶边上。给人灌了油后，又忘了盖油桶的盖子……"

"真混！以后看害了哪个男人。"

"害哪个男人？快和二猛结婚啦！"

"这个二猛，有霉倒！"

"……"

叫声、骂声、怨声，洒满了翠竹寨一条条弯弯曲曲的山道。大大小小的路上，人流似潮水向火光冲天的代销店涌去。火焰蔓延得飞快，眨眼工夫，火上屋顶了。天黑尽了，可翠竹峰下，却红光闪闪地亮了半边天。

一架架木梯搭上去了，几个壮实的男人，攀着木梯飞快地梭上屋去。他们站在火焰逼近的房檐上，接过下面传上来的水，往火头上泼去。屋顶上的火团越来越小了，只有屋脊上，几团火焰还在逞狂。站在屋檐边的梯子上，再用劲泼，水也达不到火焰处。这时，一个高大的汉子踩着烧黑了的木梁，几步冲上前去。一桶水倒下去，火焰就熄了一团。接着，他又接来了第二桶水……

突然，"随"的一声，烧黑的木梁断了，一团黑影，从火焰腾腾的屋脊上掉了下来。顿时，人群慌乱了，慌张地叫喊着：

"何得了呀！人摔下来了！"

"谁？"许多人伸长脖子问。

"站在屋脊上打火的那一个，好像是二猛。"

"二猛？！"正提着水桶走上来的金竹，一颗心刹地缩紧了，水桶从手中滑了下来，重重地砸在自己的脚上。她顾不上脚痛，拼命地往前面跑去。前面，人围了一层又一层，挤挤密密，严严实实。她使劲地扒开人群，侧着身子往里钻。

是二猛！是二猛！！此刻，他昏过去了，安详地躺在地上。头发烧焦了，眉毛烧焦了，脸也烧黑了。鲜血，从头上、腿上、手臂上流了出来，糊满了他那烧黑的身子。

凤月，头发散了，衣服脏了。往日那白净净的秀丽的瓜子脸，也染黑了。她蹲在二猛的身前，嚎啕痛哭着。金竹见了这一幕，双腿一软，险些倒了下去。

"闪开！快闪开！"

这时，人群外响起严厉的吆喝声。老支书腰间系着围巾，领着两个壮实后生子，抬着用两根竹竿做起的担架来了。二猛被抬走了，送到了公社卫生院。接着，又转到了矿职工医院。他的右腿"粉碎性骨折"，腿上大、小两根骨头都断了。

二猛的伤势这么重，需要人陪护。大队党支部经过研究，决定派凤月去。她是二猛的未婚妻，不多日子就要结婚了。她担任陪护比别人方便些。关于这次事故，待她把二猛护理好了以后，再作处理。

　　凤月到医院来了，细心地照理着二猛。他是为她摔伤的呀！她坐在二猛的床沿流着泪。二猛躺在床上，望着一行行热泪从凤月的腮颊上滚落下来，他的心里热辣辣的，劝慰凤月不要伤心。

　　医生来给二猛治疗。听说，搞不好脚会跛，这是很可能的，伤得太重了。这话，像一根根针插进凤月的心里。她为二猛担忧：要是那样，多么可怕呵！

　　消息，一个比一个坏。一个星期后透视了一次，伤口吻合不好；两个星期后又透视了一次，裂骨还是吻合不好。医生又在紧张地采取措施，凤月急得双手拍着胸脯，不安地在床边走来走去。"要是二猛落下个终身残疾，自己该受一辈子罪呵！难道……不！不能！他是为我残废的呵，我应该陪护他一辈子！"那……再往后想，她心寒起来，浑身哆嗦着。大颗大颗的冷汗从身上冒了出来。

　　她坐不宁，立不安了。脑海里如雷霆滚动，心胸间似开水煮沸。她那双大眼睛，常常失神地望着二猛，发着呆。

　　金竹隔几天来看一次。有时送些水果，有时送只炖熟的母鸡。家里养着两头猪，她脱不开身。路途又这么远，带着欢欢来行走不方便。她常常一个人清早步行来，在医院陪伴几个小时，问问情况，嘱咐嘱咐凤月，便搭晚班汽车赶回去。

　　这样过了一个月，二猛还是被绷在铁床上，下不得地。凤月的情绪越来越坏了。她常常走出医院，来到矿里的贸易商店。商店里人山人海，一对对青年男女，出出进进。她的心里怪痒痒的。突然，一个因工致残的人进商店来了，挂着拐杖，一瘸一拐的。走起路来，是那样刺眼。她赶忙用双手蒙住自己的脸，跑出了商店。脑子里轰轰作响，一双腿战栗着……

她很少在二猛的床边坐了。有时，她站在医院小花园里，呆望着山腰间电车道上的电机车奔跑。一看就是半天。二猛一杯水都难得到手了。曾经在他心灵里闪动着的几点火星，熄灭了。他的脾气越来越坏。

金竹又来了。今天，她送来了一大瓷盆清炖肚片。她把它端放在病床边的床头柜上，掀开盖子，喊二猛和凤月吃。

凤月双手捧着饭钵钵，呆坐着，眉头紧锁，没有动筷子。

金竹关切地问："怎么，身子不舒服？"

凤月点点头："脑袋痛死了。"

"请医生开药没？"

"开了。"凤月有气无力地说。

"唉！"靠床斜躺着的二猛，叹息了一声。

"要不，我在这里顶两天，你回去歇息一下，身子好些了再来？"金竹说。

凤月自然乐意。当天，她就搭晚班车走了。走时，她在二猛床前站了站，轻轻地对二猛说："我回去几天，也好给你弄点吃的来，你安心养息身子吧。"二猛没有回话，脸上毫无表情。金竹送她到车站，嘱咐她，家里两头猪，请她代为喂养一下。那头两百多斤的，是准备他们结婚时杀的。欢欢，也请她照看照看。凤月苦苦地笑了笑，点了点头，上车了。

汽车开动了，金竹追着车子喊："凤月，身子好些了，就马上来医院呀！"

凤月回家的第二天，就请村子里回矿的工人将欢欢带到矿上来了。金竹问欢欢："表姨的病好些了吗？"欢欢摇着头说："不知道。""那她说了什么时候来吗？"欢欢又摇着头："她没讲。"

躺在病床上的二猛，火气很盛地说："我早看出来了。要她来干什么！"

"不，她会来的。"金竹急急地说。

一个星期过去了，凤月没有来；十天过去了，凤月还没有来。矿工会苏主任是常来医院看看的，他见金竹作为一个嫂嫂，要给小叔子端屎端尿，不太方便，便派了一位男工人来陪护。这天，金竹见凤月这么久没有来，二猛的情绪越来越坏，常常长吁短叹，她心里也实在慌得不行了，想回家看看。她和前来陪护二猛的那位工人商量，那位工人欣然同意。她坐在二猛的床边，嘱咐了二猛一番，告诉他，她回家看看，去喊凤月来。

清早，她拉着欢欢，搭早班车回翠竹峰脚下来了。

十四

汽车开到黑水溪的木板桥边，停住了。金竹抱着欢欢，走下车来。

金竹正要拉着欢欢走上木板桥，前面突然传来一阵嬉笑声，她不禁停住了脚步。举目望去，只见桥那边走来长长的一队人。打头的，是几个妹子，穿得花花绿绿，簇拥着一位衣着艳丽、低头缓步的姑娘。姑娘的身后，几个壮实的小伙子，手里都提着鼓鼓胀胀的提包、背袋。

金竹愕然地立住在桥头。她看清了，那衣着艳丽的女子，竟是凤月。她打扮一新，上身穿一件紧身绿色刺花内衣，外套一件桃红色开司米套衫，下着一条草绿色的确良军裤。浑身上下，鲜艳刺目。头发，也到哪里去烫得卷卷的了。那矮小的、丑蛤蟆似的秃二叔，时而窜到前边，附在凤月的耳边说几句什么，时而跑到后边，和凤月妈叨叨几句，嘿嘿地笑两声。他们这是干啥呢？凤月要到哪里去呢？莫非……金竹在心里揣测着，一股厌恶的情绪，立即在她的心胸滚动。

队伍上桥了。金竹心一横，也迎面走了过去。低头轻步慢行的凤月，这时抬了一下头，整个身子顿时像触了电似的立住了。旁边的陌生人，不知发生了什么事，也跟着站住了。这时，秃二叔赶忙从队伍后面跑上前来，一切他都晓得了。此刻，这个平日鬼点子蛮多的老倌子，一时也找不到恰当的言辞来招呼金竹了，只是嘿嘿地干笑着，点着头："侄媳妇，你回来了，你回来了。"

金竹没有搭理他，一双喷着火焰的眼睛直盯着凤月。凤月被她的目光刺得碎碎地退了两步，头埋得更低了。这样足足僵持了一分钟，金竹轻轻地、也是轻蔑地说："表妹，打扮得这么漂亮，带这么多东西，要上哪里去呀！"

"嗯，嗯……"秃二叔把话接过来，应付着。

金竹瞟了秃二叔一眼，道："你少管闲事吧！我问的是凤月表妹。"

"我去哪？你管不着！"

凤月突然抬起头来，看也不看金竹一眼，涨红着脸，眼睛望着一边，语气很冲地说。一双腿，在木板桥上哆嗦着。

"二猛在等你呀。"金竹仍旧很平常地说。

"对不起。"凤月口气很硬，一反她平日温和的常态，显得颇有几分威风了。"我不愿进那脏屋子。祝你们幸福！那两个小布袋，今天我已托人送到医院去了。"

这是哪样的话！如此发臭、带刺。金竹全身上下，每一个毛孔都充满血了。只有四岁的欢欢，不懂得妈妈的心。她扯着妈妈的衣角，奇怪地问："表姨要到哪里去呀？她不和叔叔结婚了呀？"

这时，凤月低着头，气冲冲地从金竹身边走过去了。她要出远门了，到东北部队上找赵科长结婚去了。

木板桥在晃动着，为凤月送行的人，一个一个地走过桥去、站到公路边等早班过路的汽车。

秃二叔走近金竹，不自然地笑笑："本来，我为你好，要你去部队上享福。你……你又舍不得离开二猛。现在，你们表姐妹俩……就两全其美吧！"

痛苦、愤恨搓揉着她的心。她拉着欢欢，迈着很重的步子，走过了木板桥。欢欢看着这长长的队伍，蛮好耍的。她挣脱妈妈的手，追过桥去。

"我要到这里玩，我要到这里玩！"

此刻，金竹这个性情温顺、心地善良的女人，这个疼爱女儿、充满母爱的妈妈，不知哪来那么大的火，她一个箭步跑过去，一把拖住孩子，狠狠地打了两下嘴巴。欢欢委屈得哇哇大哭起来。她一把抱住欢欢，气冲冲地朝屋里走去。孩子的哭声，洒下一路。

那一天，凤月从矿上回来，愁着眉，苦着脸。妈妈问她："二猛的伤势如何？""医生说，搞不好会跛。""跛？"富态女人的眼睛瞪大了。凤月扑倒在妈妈的怀里，失声痛哭起来。秃二叔听到讯，说凤月回来了，风快就赶来了。凤月妈哭丧着脸把二猛会跛的消息告诉他，问他怎么办。他皱着眉头好久没吭声。凤月妈端出来几碟点心，斟满了一杯酒。秃二叔一边抿着酒，一边思索着。突然，他的小眼睛眨巴眨巴，焦黄的脸上露出了笑意："我这做姑爹的，当然会向着自己的侄女啦。二猛，毕竟是我的远房侄子啰。凤月，你看，到部队上去当军官家属好啵？马上就可以……"

"谁？"凤月问。

"赵科长。石湾里的。"

秃二叔向已回东北驻地的赵科长去信，热情地推荐了凤月。前天，赵科长回信来，表示愿意。只是，他提醒说，自己已年过四十了，年龄悬殊太大，请凤月慎重考虑。凤月主意早已定了，只等赵科长一句话。这时，大队党支部研究了这次事故的处理意见，决定撤销她代销店营业员的职务，并罚款三百元。这样，她恨不得马上离开翠竹寨，飞到赵科长的身边去。前天接到信，今天就动身了。

　　凤月从医院回来以后，村子里又是风，又是雨了。一些多嘴多舌、爱搬弄是非的堂客们，三五一伙地在传，在议论。说什么二猛和金竹早就那个了。一栋小屋里，住着一个小寡妇，一个老单身，会不来往吗？哪头牛闯到草堆里不吃草的？二猛每个轮休日都回来，家里若没一点想头，他何苦这么三几十里路走回来？凤月已经晓得了……明眼人心里有数，晓得这风是从哪里放出来的。对金竹，村寨里大多数公正的人，都说她是个百里难寻的好女人。对凤月，倒是有不少人指背脊。也有人暗暗地为二猛庆幸，觉得凤月丢开他，是好事。和金竹结合，比和凤月结合，日子会过舒心得多……

　　这一夜，金竹没有合眼。泪水，浸湿了枕巾，泡红了她的眼眶。一个女人，有什么比听到别人说自己这样的酸话更痛苦？这种人，明明是自己变心，却要造谣中伤别人，以此来掩盖自己不道德的行为。多么的可恶呀！她仿佛看到，二猛接到凤月退去的东西时，那张愤怒的脸，那颗痛苦的心！她在内心深深地责备自己，似乎二猛今天的痛苦，她也有责任似的。这个无情无义的凤月，二猛是为扑灭她引起的火灾负伤的呀！现在，在二猛最需要她的温情、最需要她的抚慰的时候，她却把他抛弃了，飞出去寻男人去了。这，是人做的事吗？

　　她，也算得上人吗？往后，二猛的腿变跛了，他怎么过？不知怎的，此刻，小时候奶奶向她讲的那个古老的故事，又走到她的脑子里来了。那个她梦见过多次的田螺姑娘，又站在了她的面前。她明白，二猛一直很敬重她；后来，深深地爱着她。她也……那时，她觉得二猛应该有一个比自己更好的伴儿。无论如何，自己不能去破坏他的幸福，而且她也害怕可畏的流言。几千年代代相传的封建观念不可能不侵蚀这个长年累月生活在边远山区的女人。但是，现在情况发生了如此大的变化，一切该来的都来了，流言变故，不仅没有击倒她，相反地倒使她坚强起来，她明确地意识到，她应该站到他的身边去，勇敢地接受他的爱情！

漫长的夜，在她矛盾、痛苦的思索中，过去了。黎明来到了山村，来到了翠竹峰。她翻身起床，请村子里的几个后生，把自己喂养的两条肥猪，送到食品站卖了。忙完这一切，已是傍晚时分了。她把房门落上锁，领着欢欢踏着屋前的下坡道下来了。

"妈，到哪去呀？"欢欢伏在金竹的肩头上，问道。

"你想到哪里去呢？"金竹抿着嘴笑笑，这样问孩子。

"我要去看叔叔。每回你都不带我去。"

"这回妈带你去呀！"

"真的？"

"真的！"

欢欢乐了，金竹也乐了。年轻的女人，像一个长途负重的人刚刚卸去重负一般，感到从未有过的轻松。很快地，她们来到了黑水溪边，踏上了木板桥。山村傍晚的景致，和母女俩此刻的心境一样，秀美极了。山，那般青；竹，那般翠。西天飞来一道道霞光，给山铺上金，给竹镀上红。顿时，竹，翠中透红：

山，青中夹赤。这是大自然的杰作，是一幅优美、清淡、高雅的图画。

一块块光滑的石板，从翠竹峰顶铺展下来，组成一条曲曲的山径。如今，有了公路，有了汽车，交通方便多了。今天，本来也还有一班过路车。金竹却决意劳动两条腿，走这条长满野花的古老的石板路。

"妈妈，我要捉螃蟹。"走到木板桥上，欢欢突然在金竹的背上嚷道。

"螃蟹会夹你的手。"金竹提醒她。

"我不怕！我要捉螃蟹给叔叔下酒吃。"

真乖的孩子！金竹心头一热，蹲下身来，把欢欢从背上放下来。然后，拉着她的手，向溪边走去。

她们在溪岸边的小洞洞里搜索着。好大一阵子，只见到一些上不了桌的、小小的螃蟹在洞穴里出出进进，一直没有寻到一只大螃蟹。金竹随手在岸上折了一截柳树枝，拿它往洞穴里戳着。柳树枝插进一个碗口大的洞里，突然，柳树枝被什么咬住了，抽不出来。小时候抓惯了这玩意儿的金竹，知道她戳到了一只螃蟹。她暗暗用上劲，慢慢地往外拖。快出洞时，陡地往上一提，一只碗口大的螃蟹，便丢到了溪岸草地上。金竹快步登上岸，一脚把螃蟹踩住了。

欢欢高兴得直蹦："捉住了！捉住一只大螃蟹了！"

金竹从刚收割的晚稻田里，找来两根稻草，把螃蟹牢牢实实地拴住，交给欢欢提着。接着，她从衣袋里摸出那个漂亮的田螺壳，递给欢欢：

“把这个也带给叔叔。”

“这，”欢欢眨巴着美丽的眼睛，“叔叔喜欢吗？”

“会喜欢的。”

“那，你自己交给叔叔吧。”

“……”

金竹怔住了，脸颊热起来。四岁的孩子，怎么会懂得妈妈的心啦！她们上路了，踏着长满野花的石板路。欢欢拉扯着妈妈的衣角，清风拂动着金竹的秀发。走一程，停下来，望望这条从峰顶上滑下来的古老的路，望望这满山满野的翠竹。

一路上，欢欢手里提着那只大螃蟹，缠着要妈妈讲故事。她讲了，讲的又是那个自己讲烂了的、孩子背熟了的古老的故事……

1980 年 9 月 11 日至 16 日匆草于

洪山殿——新化，12 月修改于长沙

电影文学剧本　山道弯弯

序幕

天高云淡。

明净、深蓝、广阔的天穹下，苍山如海。

一座覆盖着密密的竹林的山峰——翠竹峰，渐渐向画面推近。

翠竹峰越来越近。大风扫过竹林，竹林像海涛般起伏。

明丽的阳光，从浓密的绿竹的枝叶中筛下，点点滴滴地落在一条攀山铺展、叠级而上的古老的石板路上，把一块块被脚板磨得光滑的、铁青色的石板，装点得光彩灿烂，像明镜般地耀眼。

古老的石板路的旁边，一条新修的公路，一个"之"字一个"之"字地盘山而上。一辆辆拉煤的大卡车，在公路上缓慢地行驶。

被竹枝竹叶筛落的太阳光点照亮的石板路，拐了一个弯，又一个弯，从山顶向山脚伸展。在一块块光滑的石板路面上，叠印演职员表。

弯弯山道，不住地延伸。

路头伸到了山脚，伸到了碧清的竹溪河边，伸到了几根杉木跨溪而架的木板桥边……

一块块石板叠级而上，一个美丽的江南山村出现在画面，傍溪依山，坐落着一栋栋不同年月修建起来的农舍。有古老的木板房，有新修的红砖屋。屋前房后，竹林翠绿，一株株棕树，生机盎然。

路头攀山而上，向山坡上一栋低矮的、木板墙、木头梁柱的农舍伸去。弯弯的石板路面上，推出片名——山道弯弯。

第一章

一个秋日的早晨。

斜阳射进一栋木板房。木板房里，走出一个身材苗条的女人。她是矿工的妻子，普通的山乡女子——金竹。她二十七八岁的年纪，生着一张秀丽、端庄的脸庞。这时，她提着一桶猪潲，匆匆地朝木板房右侧的猪栏走去。

猪栏。两头膘肥体壮的架子猪，在摇头晃脑。

金竹匆匆走来，将一桶温热的猪潲，倒入圆圆的木盆。

两头猪津津有味地埋头吃食……

木板房门口，探出一张惹人喜爱的女孩子的脸，天真、活泼的黑眼睛，朝门外张望，口里，甜甜地唤着："妈！妈！"

她叫欢欢，金竹的乖女儿，今年四岁。

金竹提着空木桶，匆匆走来。

欢欢："妈，快！水开啦！"

金竹加快脚步，很快进了屋。

房间地板上，一只刚杀的母鸡，翅膀还在微微地动弹着。

金竹提着一罐开水走来，把鸡放入盆中，将开水淋了上去。鸡翅膀掀动了几下，水滴溅了出来。站在一旁观看的欢欢，慌忙向后退去。

金竹端着烫鸡的木盆走出门来，欢欢紧跟在后。

母女俩蹲在阶基上，拔着鸡毛。

欢欢："妈，爸快回来了吧？"

金竹："快了。"

欢欢："爸爸今天是满几岁呀？"

金竹："三十。"

欢欢："你们大人也过生日呀？"

金竹："傻妹子，大人、细伢，都是妈妈生的呀！妈妈生的那天，就叫生日。"

欢欢懂事地点着头："我知道了！我知道了！"

剁碎的鸡块，倒入沙罐中。

金竹提着沙罐放到煤火上。

欢欢拉着金竹的衣角，跨门而出，快乐地嚷叫："接爸爸去！接爸爸去！"

金竹拉着欢欢，来到竹溪河边。

透明的溪水，漫过一块块光滑的石板，无忧无虑地向前流去。

母女俩走上了木板桥，桥头两株茁壮的绿竹，在山风里抖动枝叶。

大大小小的螃蟹，在溪岸边的洞穴里爬出爬进。

欢欢挣脱了金竹的手，扑进了清清的溪水中。

金竹在木板桥上坐下，不由自主地从口袋里掏出一个漂亮的田螺壳，放在手心里，不住地旋动着。她沉浸在无边无际的遐想中。

水波荡漾，画面模糊起来……

隐约可见的水波上，映出这样一幅画面：

一间布置简单、朴素的新房。床上，铺的是条只值几元钱的棉毯，盖的是床蓝印花布的被子。大猛坐在床沿上，侧脸望着金竹，动情地说："真难为你了！……"

"不许你这样说！"金竹娇嗔地掩住大猛的嘴，"我只要你人好。"

大猛抓住金竹的手："你知道我好不好？"

金竹："好，你诚实、勤快、心地好。"

大猛："你了解我？"

金竹："娘病了，你把结婚的钱用去治病了，不是你亲口告诉我的呀？我觉得，孝敬老人，不讲假话，不讲大话的人靠得住，信得过。"

大猛激动的眼睛。

金竹突然伸出一只手来，在大猛的面前晃了晃，笑眯眯地说："给你看一样东西。"

"什么东西？"大猛立即去抓她的手。

"咯咯咯……"金竹使劲地捏着手，不松开。

大猛用全力把金竹紧捏着的手掰开了。金竹的手心里，是一个壳面光滑、花纹漂亮的田螺壳。

大猛愣住了："这……"

金竹："这是奶奶给我陪嫁的。"

大猛："拿这陪嫁？"

金竹："你听过田螺姑娘的故事吗？"

大猛："听老辈人讲过。"

金竹："那个田螺姑娘为什么爱着那个穷汉子呢？"

大猛讷讷地："爱，爱他……"

金竹："奶奶说，人活着，不能光想到自己如何过得好。"

大猛的眼睛特别地亮了，他大概明白了什么……

欢欢站在溪水里，痛苦地喊叫："妈！妈妈！"

她嫩嫩的手指上，吊着一只茶杯大的螃蟹。螃蟹那对小虎钳似的夹子，牢牢地夹住欢欢的大拇指。

她的小手乱甩着，甩也甩不脱。

坐在桥头上的金竹，听到欢欢的喊声，一惊，手中那光滑、漂亮的田螺壳，滑落下去了。她连忙弯腰拾起，朝欢欢奔去。

欢欢在溪水里抖动着双脚，哭叫："哎哟，痛！哎哟，妈！"

金竹急步奔到了欢欢身边："你这是怎么啦？"

欢欢张着泪眼："我去捉它，它咬我。"

金竹将欢欢从溪水中抱上来，生着法子取下了那只作恶的螃蟹。她一边替孩子包扎伤口，一边盘问孩子："你去捉它做什么呀？"

欢欢："给爸爸下酒呀！爸爸说过，螃蟹是下酒的好菜。"

金竹一把搂住欢欢，把自己的脸紧紧地贴在欢欢的脸上："好宝宝！爸爸的好宝宝！"

竹溪岸边，欢欢嚷叫着："妈，我痛呀！痛呀！"

金竹搂着欢欢在草地上坐下："认真听妈妈讲故事，手指就不痛了。"

欢欢："好，你快讲，快讲！"

金竹从口袋里掏出了那个田螺壳："讲个田螺的故事吧。"

欢欢不解地说："田螺也有故事呀？"

金竹："有。"

清澈、明亮的溪水，在阳光下泛着金波。金竹转动着田螺壳，望着面前这条古老的、世世代代在村前流淌的小溪，用手理了理头发，开口了："妈像你这样大的时候，你老奶奶就经常给妈讲这个故事……"

欢欢打岔，问妈妈："老奶奶是哪个呀？"

金竹："就是妈妈的奶奶呀！你别打岔，打岔就听不好故事了。"

欢欢听话地点点头，摇着小手说："你快讲，我不打岔了。"

金竹望着缓缓流动的溪水，深情地："很久很久以前，一个山村里，有一个细伢子，十多岁的时候，就死了爹，死了娘。爹娘死了以后，他很勤快，每天清早起来，就下地去干活——到田里扯草呀，给麦苗松蔸呀，提着粪箢箕拣野粪呀……"

清澈的溪水里，荡动着金竹和欢欢的倒影。溪水欢快地流动着，画外响着金竹深沉的声音：

"他每天很晚很晚才回来。回来后，还要自己生火做饭。有时，他早晨煮好一天的饭，中午、晚上回来吃现饭。有一天，他下地回来，正准备吃早上留下来的冷饭。可是，掀开锅盖一看，哟！热气腾腾的，刚煮好的饭。再一看，菜碗里，盛着热乎乎的新鲜菜，几个荷包蛋……"

欢欢忍不住又打岔道："妈，哪个给他煮的呀？"

金竹："他也不知道呀！"

欢欢："那到底是谁到他屋里来了呢？"

金竹："第二天，他下地回来，屋里又是热饭热菜在等着他。他想，一定非弄清不可。下午，他扛着锄头出去，到煮晚饭的时节，他收工回来了。扒到窗子边朝里一望，只见灶边，一个漂漂亮亮的妹子，正在做饭哩！"

欢欢搂着妈妈的脖子，问："妈，那是谁呀？锁了门，她怎么进去的呀？"

金竹将手中的田螺壳在欢欢面前晃了晃："一个田螺精。"

欢欢没注意妈妈手中的田螺壳，继续问她的问题："田螺精是什么？"

金竹："田螺长得很大很大，就成精了。成了精，就能变成人。"

欢欢："那她为什么要来为他煮饭呢？"

金竹："她见他干活舍得用力，不偷懒，便爱上他了。"

欢欢搂着妈妈的脖子，甜甜地笑了："我知道了，我知道了！"

欢欢把小嘴附到金竹的耳边说："每回爸爸回来，你总是煮好菜给他吃。你也爱上爸爸了，是不？"

金竹的脸倏地涨红了。她瞪了欢欢一眼，甜蜜地嘟噜道："傻妹子！走，捉螃蟹给爸爸下酒去！"

金竹拉着欢欢的手，向溪水里走去。

一只一只的螃蟹被丢到溪岸草地上。

金竹提着一串长长的螃蟹。

螃蟹恐慌地舞动着七脚八爪……

山间公路上，一辆红色客车开过来了。一声喇叭，震得满山响。

"爸爸回来了！爸爸回来了！"欢欢叫嚷着，提着她捉的螃蟹，飞快地往溪岸奔来。

小脚板在溪水里踩得水珠四溅。

金竹也伸直腰来，秀丽的脸上，掩饰不住地荡开了欢心的笑容……

车停了，走下来几个人。最后一个下来的，是一个二十五岁的青年人，身材高大、壮实。他是这个家庭中的另一个成员，欢欢的叔叔——二猛。他在社办小煤窑里当挑夫。

二猛提着两瓶酒，一块肉，兴冲冲地迎着金竹和欢欢走来。隔老远，就大喉大嗓地嚷叫开了："欢欢！嫂嫂！"

欢欢飞快地向二猛奔去："叔叔！"

二猛放下手中的东西，一把将欢欢抱起，就势往空中一抛，一只手将欢欢高高地举了起来。

空中，立即爆发出欢欢清脆的笑声。

二猛放下欢欢，问嫂嫂："哥回来了吗？"

金竹笑笑："只怕是任务紧，抽不开身吧？"

二猛："没回？"

没等金竹回答二猛的话，欢欢围着二猛打圈圈："叔叔，我还要举高高！我还要举高高！"

二猛被欢欢缠得脱不得身，猛地发现那串被稻草拴着的螃蟹在地上挣扎，忙提起来送到欢欢面前："快提回去，给爸爸过生日下酒吃。"

欢欢晃着那只被螃蟹夹伤的小手，撒娇道："我怕！我怕！"

二猛："勇敢些！"

欢欢迟疑一下，终于把螃蟹提过来了。

二猛："兴许，哥没有赶上车，走路回来，我从小路上去接接他。"

二猛把酒、肉等物交给嫂嫂，转身踏上了那条古老的石板路。

太阳，从云层里钻出来了，阳光铺满古朴、光滑的路面，照亮了满山的竹林。

欢欢拉着妈妈的手，站在木板桥头，目送着叔叔远去。这时，一辆拉煤的卡车从他们面前开了过去。欢欢抓住妈妈的手，天真地问："妈，汽车的爸爸在哪里？"

金竹"噗"地一笑，一把搂住欢欢："等会儿爸爸回来了，你问爸爸吧！"

西斜的阳光，从窗口射了进来，把这间农家的茶屋照得亮堂堂的。房内的摆设很简陋，靠墙放着一个油漆脱落的碗柜，靠窗放着一张吃饭用的火桌。

房中灶上的煤火很旺。沙罐里的鸡炖熟了，罐子口不时喷出一股股喷香的气体。

金竹在案板前忙碌着，细心地切着干牛肉。案板上，摆满了切好的红辣椒、姜丝子、葱叶子。

堂屋。欢欢正在玩螃蟹。螃蟹被一根线拴着，欢欢提着线头，悬空的螃蟹在空中舞动着爪子，痛苦地挣扎。

欢欢报复地放声大笑："看你还夹我不！看你还夹我不！"

茶房。金竹切完了干牛肉，放下刀子，喊："欢欢！"
堂屋。欢欢把螃蟹放在地上，让它自由自在地爬行。

欢欢追着螃蟹的屁股喊："快，加油！快，加油！"

金竹来到了堂屋，对欢欢："到外面望望去，看你爸爸和叔叔回来没有？"

欢欢："好。"

欢欢提着螃蟹正要出门，二猛一头闯了进来："嫂嫂，哥没回来？"

金竹："你去接，还问我？"

二猛："我接到九十亭，还不见他。我怕他搭矿上的货车回来了，就打转身了。"

金竹低头自语："怪！他说赶回来吃中午饭的，现在都半下午了，还不回来。"她抬头望望二猛："饿了吧？要不你先吃饭吧。"

二猛："不，不饿。"

欢欢："妈，我饿了！"

山区公路上，一辆带篷的解放牌汽车在急驶。车门上，隐约可见"湘中矿务局竹峰煤矿"字样。

山里起风了，满山的翠竹，在风中摇曳，发出深沉而尖锐的声响。

汽车穿山而下，拐完了一个"之"字，又一个"之"字。终于下完了二九一十八道坡，奔到山脚下来了。

茶房。金竹正在给欢欢补衣服，听到汽车的喇叭声，连忙放下手中的活计，奔门而出。

汽车在村口竹溪边停住了，"噼里啪啦"地从汽车上跳下来好多人。

金竹奔到屋前竹丛下，攀着今年春上才长出的一枝新竹，朝前张望。

一个个人影，从木板桥上走过来。

金竹喜悦地自语："这个鬼，还带朋友回来喝酒了！"然后，转过身去，朝屋里大喊："欢欢，快放下碗，接爸爸去。"

听到金竹的喊声，二猛飞快地从屋里出来了。

欢欢正在啃鸡腿，忙放下碗走出来，走到堂屋，她又返回堂屋去提那只螃蟹。

金竹对欢欢："快跟叔叔去接爸爸，妈回屋去捡拾捡拾。"

金竹脚步轻盈地走回茶房，环顾四周，一时不知从哪里忙起。

她用烧茶的沙罐打了罐水，放到煤火上。

她轻快地抹着火桌。

她把一只只茶杯放到火桌上，往茶杯里放着茶叶。

她往酒壶里灌酒。

她把冷了的鸡肉罐提到火边，准备放到火上去热。

她把散放在几间房子里的凳子，全都寻来了，用抹布抹得干干净净，整整齐齐地摆放在桌子四周……

转眼，屋子里收拾得井井有条。

外面脚步响。

金竹按捺不住心头的喜悦，扯扯衣角，抹抹头发，快步走到门边去迎接。

她站在门前，轻声细语地对客人们说："请屋里坐，屋里坐。"

苏矿长领头进了屋，他望着金竹："呵，你是金竹同志吧？"

金竹怔了一下，接着点了点头。

矿工吴小兵跟着苏矿长进来了，上前向金竹介绍："这是苏矿长。"

金竹："哎哟，是矿长呀！矿上领导同志真是看得起我们呀！"

火上的水开了。

金竹动作轻盈地提来茶罐，往茶杯里冲着茶。

开水冲得细嫩的茶叶在杯子里打圈圈。

金竹把一杯杯茶递给来客。转过身去，取来酒杯和筷子，把放在火边的鸡肉罐，顺手提到火上。

苏矿长看着金竹欢快地做着这一切，头，不由得低了下去。

吴小兵把脸侧到了一边。

屋前石板路上，几个人匆匆地走着。走在前头的，是个五十来岁的老汉。他裤筒卷着，两个腿肚上尽是泥巴，看来刚从地里回来。他就是翠竹寨大队的党支部书记，人称："老支书。"

二猛抱着欢欢走在后面，头垂着，看不清他的面容。

金竹歉意地请苏矿长入席："苏矿长，你们一定很饿了，先喝酒吧。你看我们家这个猛子，把领导同志请来，自己却溜到哪里去了……"

门外响起了急促的脚步声。

金竹再一次请苏矿长他们入席："来了，大家桌边坐吧。"说着，她提起酒壶，往酒杯里斟酒。

老支书跨门而入，后面跟着二猛和欢欢，还有一位矿上来的生人。

金竹迎上前去："老支书。"

苏矿长上前和老支书握手，然后，递过去一支香烟。

老支书正在吸"喇叭筒"，见苏矿长给他敬烟，忙拱手，接过来，把它夹在耳朵上。

金竹提着酒壶，一边请大家入座，一边转头问二猛："你哥呢？"

二猛慌乱地把脸别了过去。

金竹的身子猛地抖动了一下。她抬头看苏矿长，苏矿长阴沉着脸；她侧脸望老支书，老支书寿眉紧锁；她看看矿上来的其他同志，一个个脸色都显着悲戚。顿时，整个房子在她的眼前旋动起来。她睁大眼睛，大声地问："大猛呢？大猛呢？"

苏矿长抑制着自己的感情："他……"

金竹："他怎么了？"

苏矿长："他……"

金竹大步扑向苏矿长，紧紧地抓住他的手："苏矿长，你说呀，你快说呀！"

苏矿长布满血丝的眼睛里，噙满了泪水："王大猛是个好同志，好矿工！"

金竹的双腿颤抖着："苏矿长，你说呀，大猛到底怎么啦？"

吴小兵憋不住了，"哇"的一声哭了。

二猛搂着欢欢，低低地抽泣。

金竹手里的酒壶掉落了下来，砸碎在她的脚下……

外面，山风摇动着满坡满岭的翠竹。风中，千万枝翠竹演奏着一支揪心裂肺的悲壮的歌。

那只螃蟹，搬动着大大小小的爪子，在地上慌乱地爬动……

欢欢从叔叔怀里挣脱出来，叫嚷着向门外跑去，"爸爸怎么还没有回来？我要爸爸！我要爸爸！"

苏矿长一把将欢欢搂到自己怀里。

桌上的菜冷了。

火上的沙罐，水干了，鸡肉烧焦了。

苏矿长搂着欢欢，紧紧握着金竹的手："大猛是为党、为社会主义事业献身的。党会关照他这个家。你们有什么困难，好好跟组织上说……金竹，你要坚强些呵！"

山间小道上，人们在奔跑。大猛牺牲的消息，疾风般地传遍了这个山村。

山道弯弯

第二章

　　翠竹峰下一片坟地里，垒起了一座新坟。大猛，就长眠在这里。

　　胖大嫂搀扶着金竹，从坟地里的砂石山道上走下。一个青年妇女，抱着欢欢，紧跟在后。

　　二猛在哥哥的坟前栽一株翠竹，锄头一上一下，沉重、急促，像是倾吐二猛此刻的心情。

　　翠竹栽好了，二猛抱着翠竹，呆立。

　　突然，从后面伸过来一只手，拽了他一下。

　　二猛转头一看，是个五十岁光景的老头。他叫秃二叔，是二猛的一个远房叔父。

　　二猛转过身子，张着泪眼问："二叔，什么事？"

　　秃二叔喷着酒气，开导二猛："别光顾着伤心，有些事，你要冷下来想一想。"

　　二猛："哪样事？"

　　秃二叔："你哥哥是因公牺牲的，按照矿上的规定，可以去一个亲人顶职。你……"

　　二猛："就是嫂嫂。"

　　秃二叔："让她顶？"

　　二猛："该她顶嘛。"

　　秃二叔的小眼睛眨了眨："人都说，是亲三分向里。你是我侄子，金竹以后是我什么？就很难说了。你想想，一个二十多岁的小寡妇，入了矿，吃上了国家粮，当上了工人，每月拿上几十元票子，那不很快成了人家怀里的人呀！你可莫傻哟，自己成了国家工人，凤月妹子还不追着你的屁股来呀！唉，我这个做叔叔的，看你二十五六还打单身，心里也不自在。给你提个醒，主意全靠你自己拿呀！"

二猛的眼睛瞪得圆圆的，奇怪地望着秃二叔。

风，轻轻地摇动着他们身边新栽的翠竹，枝叶撞击，沙沙作响。

二猛和秃二叔离开了坟地，行走在砂石山道上，秃二叔继续开导二猛："你可要认真想想。哥哥是因公牺牲的，顶了职，矿上领导说不定还能照顾你开上个机器什么的。到那时，自己当国家工人，堂客当代销店营业员。发工资时，票子像放水一样来……"

二猛不耐烦地："请转告凤月，我们走不到一条道上。我，还干这小煤窑的挑夫！"

秃二叔："后生家，在这个口子上，要抱着脑壳认真想一想。不听老人言，吃亏在眼前啦！"

二猛："我已认一百个真想了。"

秃二叔："好，算我多嘴。要不占着这个本家'叔'字，我还懒得替旁人操心呵！"

这时前头有人喊："二猛，苏矿长请你去商量些事。"

秃二叔："找你了。你……唉，谁叫我占着这个'叔'字呢？"他拍拍二猛的肩膀，"我还规劝你一句，不要太蠢了。"

二猛没有答话，匆匆从砂石道上走下。

就在几个小时前还摆着一桌酒菜，等待满三十的大猛回来过生日的桌子边，召开着一个会议。老支书、大队长、金竹、二猛、矿上的同志，坐在一条条竹椅子上。精明干练的苏矿长，亲自给与会者递烟。

苏矿长环顾一下大家，看来该到的人到得差不多了，他沉重而恳切地说："请大家来，商量一下大猛同志的善后问题。根据国家的劳保政策……"

金竹屋前的石板坡道上，几个人匆匆走来。他们怀着关切的心情，来探听矿上如何处理大猛的善后问题。

茶房里，苏矿长的话讲完了。一时间，谁也没有发言，房子里静静的。

桌子中央的煤油灯火，一跳一跳。

老支书抬起头来，望望金竹。金竹披散着头发，埋着头痴痴地望着地下。

老支书："金竹，你是不是先说说？"

门外，窗口，挤了好多的人。大家屏声静气，朝房里张望。秃二叔侧着身子，朝窗口边挤去。

屋里。金竹抬头看了看大家，轻轻地说："是不是把二叔也请来？"

老支书："二叔？哪个二叔？"

大队长明白了，解释道："秃二叔。"

苏矿长连连点头："好，好。"

金竹望望弟弟："二猛，你看？"

二猛闷头不作声。

秃二叔偷偷地从窗口边溜出来，朝屋下的石板路匆匆走去。

人群里七嘴八舌：

"秃二叔，有请。"

"咦，不见了？"

"你看你看，溜啦！"

"身价高啰！"

"……"

老支书拉着秃二叔走进来。

苏矿长连忙起身，向他让座。

秃二叔向苏矿长礼貌地哈着腰，谦让道："领导同志坐，领导同志坐。"

苏矿长递过去一支香烟："请你来商量商量大猛的后事。你是大猛的长辈，帮他们拿拿主意，当当参谋吧！"

秃二叔弯腰接过烟："领导上看得起。不过，我……"他迟疑一下，连盯二猛几眼，接着说，"我只不过是他们的一个堂叔父，做不得主。主要还是靠二猛和金竹他们自己拿主意呀！"

秃二叔点燃苏矿长递过来的烟，从鼻孔里喷着烟雾。

扒在窗口外的人群，三人一伙，四人一堆，在交头接耳，轻声地议论。

几个老婆婆：

"这女人，命苦呵！"

"是呵，过门五年来，没过几天舒心的日子。先是放婆婆，后又死公公，欠了一身的债……这些苦处，她从来不对人说……"

"村寨里难寻出第二个这样贤惠的媳妇！"

"如今，日子刚开头，就……唉！"

一帮男子汉：

"大猛，几好的后生，年年都拿奖状回来的！"

"去年还评上了全矿务局的劳动模范啦！"

茶屋饭桌前的墙壁上，贴着一张印着照片的光荣榜。光荣榜两侧，是一张挨一张的奖状。上面标着不同的年月。

光荣榜渐渐向画面推近，上面的字样越来越清晰：

湘中矿务局一九七九年度劳动模范光荣榜。

首排第二张照片推向画面：这是一张魁梧英俊的青年矿工的照片。照片下端印着三个字：王大猛。

屋里。沉默。烟雾弥漫。

秃二叔向二猛使眼色。

二猛低头呆望着地下。

苏矿长吐出一口烟，对金竹："你今年还不到三十岁吧？"

老支书代金竹回答："二十八。"

苏矿长："按照规定，职工因公牺牲，不满三十岁的妻子，可以顶职。我看，这件事是不是先定下来？"

老支书，大队长，赞许地点点头。

秃二叔连连干咳两声，又用眼睛盯了二猛一眼，二猛正好抬起头来，看到了秃二叔使过来的眼色。

门外人群里的议论声低下来了，大伙都屏声静气地等着听二猛对这一决定的态度。

屋里。

苏矿长问二猛："让你嫂嫂进矿去当工人，你看呢？"

二猛挺干脆地："好！"

秃二叔长长地吐了一口烟，斜了二猛一眼，慢慢地站起身来。他朝苏矿长哈哈腰，又朝老支书和大队长点点头。接着，用手轻轻捶了捶自己的额头。

秃二叔："上年纪了，熬不得夜，少陪了。"

金竹突然站起来："二叔，把你请来，你还没有帮我们做主呀！"

秃二叔："这个主，我做不了！"

说完，他拨开人群，干咳着，扫兴而去。

山道弯弯

二猛瞥了秃二叔的背影一眼，扬起头对金竹："嫂嫂，就这么定了吧！这个主，我做了！"

金竹红肿的眼眶里，又注满了泪水。泪水蒙住了瞳孔，眼前模糊起来……

渐渐，画面由模糊变得清晰：

夜。一盏煤油灯在床前的木凳上跳动。

金竹在灯下补着一件破烂的衬衣。大猛走拢来，深情地注视着妻子，说："发了工资，给你买件棉毛衫吧？"

金竹："别了，把破衣补补再穿些日子，能省着点就省着点。"

大猛："该给欢欢买件新衣啦。"

金竹看看睡在身边的欢欢，摇摇头："她公公去世的时候，还念着二猛的亲事。我们得储些钱，把二猛的婚事办了。"

二猛的住处，墙壁用石灰粉刷得雪白。金竹正往墙上贴着画，秃二叔跨门进来。

秃二叔："凤月选拔到大队代销店当营业员了，她想把婚期推一推。"

金竹惊异的面孔。

秃二叔狡黠地眨眨眼："多备几个钱再说吧！"

矿山。井口，一队队矿工正准备下井。

一张张小伙子的脸……

金竹红肿的眼皮一合，两颗热泪夺眶而出。不知什么时候，

110

她从口袋里掏出了那个田螺壳。泪水沿腮而下，正好掉在手心中的田螺壳上。

她慢慢地站起来，看看苏矿长，看看老支书，轻声细语，却又是语调坚定地说："让二猛去吧！"

"我？"二猛站起来了。

"他？"老支书站起来了。

"二猛？"挤出门去了的秃二叔，又挤了进来。

屋里的人一时哑住了，屋外的人却叽叽喳喳，七嘴八舌地展开议论。

"蠢！"瘦长个子中年男人说。

"心真好！"一个老婆婆有些哽咽的声音，"世上难寻这样的好人。"

"太实心眼了。"这是胖大嫂的话，不像赞扬，也不像批评。

"吵什么！听里面矿上的干部说。"有人提醒人们注意听里面苏矿长表态。

苏矿长沉思着。片刻，他开口说："金竹，你还是慎重考虑考虑吧。"

"我反复想过了。"金竹马上回答。

"嫂嫂，你这是干什么？应该你去！应该你去！"

二猛着急地说，话音未落，被已挤到身边来的秃二叔踩了一脚。

金竹望着地下，平静地："矿上的事，更需要男的，二猛去比我合适。"她抬起头来，望着苏矿长："苏矿长，你说是不是？"

苏矿长激动的脸。

第三章

山间小路上，金竹背着一篮猪草，二猛担柴，缓步走来。

金竹："二叔和你说了没有？"

二猛："什么事？"

金竹："我请他去凤月那里跑一趟，帮你们沟通沟通关系。"

二猛："嫂嫂，你也是！我和她谈不拢的，你莫操空心了。"

金竹："傻子，都快二十六啦，不细了！"

二猛："也不很老！过两年再说。"

金竹："怎么？瞧不起凤月了？"

二猛："哪里话！是她瞧不起我呀。"

金竹一时不吭声了。一双凉鞋，踩在砂石路面上，发出"嚓嚓嚓"的响声。

"到矿上，要发狠干。"金竹把话题扯开了："你哥哥，年年都拿回来了奖状，我想你也会的。"

二猛："我怕比不上哥。"

金竹："只要舍得干，你会胜过你哥。不论分配干什么，一定要注意安全。"

"好。"二猛顺从地应着。

金竹："行头你哥那套还可以，只是你没有一件好一点的罩衣了，我给了二叔点钱，托他交给凤月，请她替你挑件衣料，帮个忙，赶点时间把它缝好。她会裁剪，家里又有缝纫机。"

二猛怨声怨气地："你看你……"

金竹："还在生人家的气呀？"

二猛没有回答。一双大脚板，在山路上轻一脚重一脚地走着。

金竹的卧室，摆着一张湘中农舍中常见的老式床，两个方方正正的木柜子，那是用来装粮食的。床的对面墙头，放着一个油漆得红光闪亮的衣柜，这是这个家庭中最贵重的家具了。

这两天，大人们忙着办丧事，欢欢从东家转到西家。现在，小家伙甜甜地睡到了妈妈的床头上。

金竹站在衣柜前，替二猛清理衣物，准备他明天入矿要带的行头。

"表姐！表姐！"

有人在窗口喊她。金竹赶忙来开门，边走边说："凤月！进来呀！"

门开了，凤月跨门而入。这是一个长得挺漂亮的妹子，白净净的脸模子，亮晶晶的大眼睛，留一头运动发，着一身的卡衣。她是高中毕业生，是山乡间那种羡慕城市时髦的姑娘，没有一点乡下姑娘的"土气"。样子大大方方，举止洒脱。进屋以后，一双眼睛四处梭动，像是在找谁。

凤月："我姑爹带来你的钱，说是要我替二猛选截衣料，做件衣服。"

金竹："是呀，我想你是会乐意帮这个忙的。"

凤月浅浅地笑笑，向金竹狡黠地眨巴着眼睛，转手把一截衣料送到了金竹面前："你看，这种布，合意吗？"

金竹抬头朝二猛卧室喊："二猛，你看谁来了！"

屋子里，没人答话。

凤月拐着弯说："人没有，没个尺寸，不好裁剪呀！"

金竹："说不定，二猛这阵子偷偷到你家找你去了呢！"

凤月："是吗？"

金竹："我已经告诉他了，请你挤点时间给他做件衣服。他听了笑眯眯的。"

"看表姐说的！"凤月低着头，甜甜地笑了，"他这次进矿，不知分配个什么工种？"

金竹："人还没有去呢。"

凤月声音很低地："该不会分配下井吧？"

金竹："这可难讲。"

凤月："井下工人工资高，可就是不太安全。"

金竹哑了，没有回答。

凤月起身告辞："表姐，那我走了。"

金竹没有挽留："也好，免得二猛在那里老等你。"

凤月踏着月色，沿着青石板镶成的坡道下去。

门口，金竹送走凤月后，转过身来，二猛端端正正地站在她的面前。

"你，在屋呀？"金竹并不感到突然。

"嗯。"二猛闷声闷气地哼道。

金竹："凤月来找你了，你不应该这样。"

二猛："那该哪样？"

金竹："人家回心转意了。"

二猛："你没有听出来？她还等着看我干什么工种呢！开汽车，她自然乐意。要是下井……这种人，哼！"

金竹轻轻地叹息一声："走，我送你到她家里去，让她给你量量尺寸，赶制出这件衣服来。"

二猛："我不！"

"听话！"金竹用从来没有用过的严厉声音。

二猛只好顺从地跟着嫂嫂走了。

金竹和二猛从青石板坡道上下来……

金竹和二猛踏上了木板桥……

他们在公路上行走……

一轮皓月，挂在天边。竹林在月色下墨绿一片，很是迷人。

远远地看到，他们来到了公路边的代销店，这是一栋红砖房。月色下，清晰可见这里集中着一片房屋：大队部、医疗站、磨粉房、小学校……

他们走近店门，门已关了。金竹用手轻轻地敲了敲。

屋里传来凤月极不耐烦的声音："谁？下班了，买货明天来！"

金竹："表妹，二猛来了。"

"咣当"一声，大门开了。凤月笑嘻嘻地站在门口，歉意地："是表姐呀！看我糊涂得！进屋坐呀！"

金竹："欢欢还睡在床上呢，我得马上回去。"

金竹把二猛推进屋去，转身走了。

二猛涨红着脸，痴呆呆地站在屋子中央。

凤月瞟了他一眼，"扑哧"一声笑了："坐呀！"

没有坐，没回话，二猛仍旧傻乎乎地，极不自然地站立着。

凤月一边拿热水瓶给二猛泡茶，一边说："要当工人了，瞧不起我们这些农蠢子了呀！"

二猛的脸涨得更红了，粗大的脖子连连抽搐了几下，想说点什么，一时却又没有说出来。

凤月轻松地笑着，把茶递过来："别当真，跟你开个玩笑呢。"

二猛只好把凤月递过来的茶接住，他满手握住茶缸，开水烫手，他慌忙把杯子往一旁的桌子上送去。

凤月在一边笑弯了腰。

二猛的脸更红了。

凤月笑够后，把一截衣料送到二猛面前："表姐叫我给你选截布，做件衣。你看，这衣料合意不？"

二猛眼也不抬："不用看了，国家出的布，我都合意。"

凤月挑衅地："那给你做件花衣，也合意吗？"

"合意！"二猛咬着牙齿说。

"咯咯咯……"凤月又一次笑弯了腰。

凤月直起腰来，走近二猛："看你这副模样，脸像打了霜的红茄叶似的，还在生我的气吧？"

二猛搓动着手，没搭话。

凤月叹息一声："你不晓得，做女真难！爹爹的主意，妈妈的话，都得听啦！唉……现在好了，一切都好了。真是老天有眼啦！"

二猛不想听这些，岔开话头道："请你量尺寸吧。"

凤月："急了？"

二猛："嗯。"

凤月："明天什么时候动身？"

二猛："吃了早饭。"

凤月："我今晚就做好，明天一早就送来，保证不耽误你走马上任。"

凤月调皮地笑笑，拿出布尺在二猛身上量开了。她纤细、白嫩的手，不时在二猛的身上这里挨一下，那里撞一下。对女性感到神秘的二猛，全身极不自在起来。他的脸涨得血红，呼吸也急促了。不知是姑娘有意呢，还是小伙子过于敏感，他感到凤月离自己越来越近了。

凤月给二猛量了肩宽，量了袖长。接着便扯着布尺量起二猛的腰大来，她弯下腰去，脸挨近了二猛的胸脯。

凤月："到矿上，一定要给领导提个要求。"

二猛的胸脯急促地起伏着。

凤月："你就说,哥是井下牺牲的,要领导照顾个地面工作。"

二猛的呼吸更急促了。凤月的布尺还缠在他的腰上未动。他实在憋不住了,劈头问道:"量好了吗?"

"嗯,嗯。"凤月抬起头来,用手拍打了二猛一下,嗔道:"菩萨!"

凤月收起布尺,开始展布裁衣:"我连夜给你赶。你坐在这里陪陪我吧。啊?"

二猛一时云里雾里。半晌,他像从梦中醒过来,说:"我,走了。"

话音未落,他已推门飞快地出去了。

凤月站在门口,望着二猛的背影,嘀咕道:"这个菩萨⋯⋯"

二猛高一脚低一脚在铺满月光的山道上奔走。深秋的夜风,吹乱他一头粗发⋯⋯

二猛推门进屋,金竹还没有睡,正蹲在炉火边,炒着花生。

见二猛回来了,金竹关切地问:"量好尺寸了?"

二猛:"量了。"

金竹:"这么久,就只量个尺寸?"

二猛:"嗯。"

金竹:"没有谈点别的什么?"

二猛讷讷着,答不上话来。他轻轻问金竹:"这么晚了,炒花生干什么?"

金竹:"明天给你带到矿上去吃呀!"

二猛躺在床上,辗转难眠。茶房里金竹翻动花生的"嚓嚓"

声，一下一下传进屋来，一声不漏地、全部落在二猛的心上。

早晨。

村子里家家户户正在吃早饭。二猛挑着行头从青石板坡道上下来，穿过一栋栋农舍，和端着饭碗出来送行的老少打着招呼。

金竹抱着欢欢在后面送行。金竹轻轻地对二猛说："凤月还没有来，等一等吧。"

二猛："算了。"

他们踏上了竹溪上的木板桥。

突然，从溪边的一个竹丛里，跳出来一个人。笑声，洒满了竹溪河："哈哈哈……害得我好等呀！"

这正是凤月。

金竹笑了："鬼妹子！躲在这里等呀！二猛在屋里左等不来，右等不到，急得跳哩！"

二猛瓮声瓮气地："嫂嫂！"

"表姨，"欢欢喊凤月，"你跟叔叔捉迷藏呀？"

"小精怪！"凤月笑嘻嘻地把欢欢抱了过去。

金竹："衣服……"

凤月："报告表姐，圆满完成任务！"

接着，凤月双脚一并，调皮地向金竹打了个立正。然后，把一件熨得伸伸展展的男上衣，递了过去。

金竹："给谁？"

凤月调皮地做了个鬼脸："给你呗！"

二猛已经走过了木板桥。他一头挑着一只红漆木箱，一头挑着用塑料布包着的花色被。一根小巧精致的竹扁担，在他宽厚、结实的肩头上优哉游哉地闪动着。

金竹喊道："二猛！"

二猛："嗯。"

金竹："放下担子，试试凤月亲手给你赶做的衣衫。"

"只有表姐！"这时，凤月的脸蛋上流露出了一点点姑娘的羞涩。

二猛："试什么？量了尺寸的。"

也许是想起了昨晚上的情景，凤月红着脸低下了头。

这时，欢欢在凤月怀里，睁大眼睛看看凤月提着的小兜里二猛的新衣，又望望金竹，叫嚷道："妈妈，叔叔做新衣裳，我也要做新衣裳！"

"好，好。"金竹的眼眶湿润了。她抖动手，从凤月手里接过欢欢，连连亲着孩子的脸蛋，说："过几天妈到合作社扯来花布，请表姨给你做新衣服。"

欢欢高兴地："这回，你可不要骗我了！"

凤月："妈骗你？"

欢欢："上回，爸要给我做花衣，妈不肯。她要省钱给叔叔结婚哩！表姨，结婚是什么呀？"

凤月的脸一下涨得血红。

公路上，二猛呆立着，欢欢和金竹、凤月的话，字字句句如砂石入心。这个坚强的小伙子，眼眶也发潮了。

金竹："好，凤月，你送送二猛。我该回去了，猪还没有喂呢。欢欢，跟叔叔、表姨再见。"

欢欢扬起小手："叔叔，再见！表姨，再见！"

二猛鼻子一酸，两颗热泪夺眶而出。

"二猛，到矿上，不论分配做什么工作，头一要注意安全呀！"金竹叮咛着，眼眶又湿了。

二猛点了点头。

凤月快步追上二猛，问："等汽车、还是……"

二猛："走！"

二猛开步走了，步子很大，很猛。转眼，跨过公路，踏上了那条古老的石板路……

第四章

矿山电机车场。远处，高高的井架隐约可见。

一辆电机车，从远处悠然开来。

苏矿长和吴小兵陪着二猛向电机车场走来。

吴小兵朝徐徐而来的电机车挥着手："停停！停——停！"

电机车开到他们面前停住了，从车头里探出一张充满孩子气的姑娘的脸，她顶多不过二十岁。

苏矿长："快下来收徒弟吧。"

"徒弟？"姑娘兴奋地跳下来，"在哪？"

苏矿长指指涨红脸站在一旁的二猛："你呀，真是有眼不识泰山！"

姑娘望望比自己高出一头的二猛，"咯咯咯"地笑了："好，欢迎！欢迎！"

二猛的脸更红了。

吴小兵对二猛："快喊师傅。"

二猛扭怩地："师傅。"

姑娘调皮地应道："呃！"

凤月的家。

凤月兴奋地走进门来："妈！"

一个胖胖乎乎，颇有几分富态的老婆婆，从里屋走出来，看着一脸喜气的女儿，道："什么事，把你高兴成这样！"

凤月："二猛分配工种了。"

凤月妈："干什么？"

凤月："开电机车。"

凤月妈："电机车？"

凤月向妈妈描绘道："这个电机车呵，就像小火车一样的。一个车头后面，挂着一个一个铁箱子，拖得蛮长蛮长的。"

凤月妈："那，二猛当上火车司机啦？"

凤月："差不多，反正算是个轻快工作。"

凤月妈浅浅一笑："妹子，算你有福分！上回没有完全把线扯断。"

凤月含笑地在母亲面前低下了头。

凤月妈："抓紧定个日子吧！"

"妈妈！"凤月娇滴滴地倒在母亲怀里。

一辆电机车徐徐而来。二猛和他的女师傅坐在车头里。

二猛："停停，我下车。"

女司机："干啥？"

二猛迟疑地："我——我想去找苏矿长。"

女司机瞪大眼睛看着二猛："进矿才几天，什么大事要找苏矿长？不能先给我这个师傅讲讲？"

二猛："昨天的会，你参加了吧？"

女司机："会？"

二猛："动员干辅助工种的人上一线。"

女司机："你……"

二猛："我——我想到我哥哥过去工作的采煤三队去……"

女司机"嚓"地停住车，兴奋而泼辣地："好！这才像个男子汉！我要是个男的，早就上一线了！走，我领你去找苏矿长。"

两人跳下车来，穿过车场，朝矿部办公楼奔去……

屋前青石板坡道上，二猛兴冲冲地走上来。进矿整整一个月了，还是头一次回家，心里难免有点激动。

老远他就喊开了："嫂嫂！欢欢！"

一个圆乎乎的小脑袋出现在门口，正是欢欢。小家伙手里用棉线提着一只大螃蟹。她看见二猛回来了，丢下螃蟹，飞跑着扑了过来，欢叫着："叔叔！叔叔回来了！"

二猛一把抱住欢欢，走进屋去，不见金竹，问道："你妈妈呢？"

欢欢："上自留地了。"

二猛："你一个人在家？"

欢欢："妈叫我在家玩螃蟹，看着屋。"

二猛放下提袋，拉着欢欢，走出门来："走，我们也上自留地去。"

欢欢："妈要我看屋。"

二猛："把门锁上。"

二猛拉着欢欢，沿着熟路，到自留地上来了。西边天际，晚霞火红一片。

自留地里，金竹正在扬着耙头挖土。汗水，大颗大颗地往下滴。秀丽的脸庞，由于用劲的缘故，涨得通红，宛如一朵刚刚绽开的石榴花。

离自留地还有一百多米，欢欢就挣开了叔叔的手，欢叫着向金竹扑过去："妈，叔叔回来了！叔叔回来了！"

金竹听到欢欢的叫嚷，忙撂下耙头，直起腰来。热汗，浸湿了她额前的刘海。一对清亮的丹凤眼，给二猛送过来两束热情的光芒。

"嫂嫂。"二猛喊道。

金竹："呵，回来了？什么时候到的？"

二猛："刚到。"

金竹："走，回去弄饭吃。"

二猛一把夺过了金竹手里的耙头，说："你回去煮饭吧，我挖完这点土就回。"

金竹："不了，走了这么远的路，累了。回屋里歇歇去吧。"

"不累。"二猛就势一扬，把耙头举到了头顶，"挖完就回来。是准备种萝卜菜吧？"

"是的。"金竹不安地说，"唉，这么远走回来，也不歇歇。欢欢，你是跟叔叔在这里玩，还是跟妈回去？"

欢欢："我跟叔叔玩。"

茶房里金竹在灶边炒鸭蛋。她一边往锅里放着辣椒粉，一边自言自语地说："这个猛子，像他哥，吃得咸，又吃得辣。"

金竹把一样一样二猛爱吃的菜端上了桌子。这时，二猛扛着耙头，拉着欢欢回来了。

金竹把一碗热气腾腾的饭，送到二猛手里："见着凤月了？"

二猛："没。"

金竹："刚才打她店门前过，没进屋？"

二猛："门关了。"

金竹："你没敲敲？"

二猛闷头扒饭，没有回答。

金竹："听说你在矿上开电机车，他们家可高兴了。"

二猛："那她是要我，还是要电机车呀？"

金竹："你这倔脾气，哪阵才能改呀！"

二猛："嫂嫂，我要求当采煤工了。"

金竹感到意外："真的？！"

二猛严肃地点点头。

金竹："这……"停停，又说，"只怕凤月想不通。"

二猛："由她吧！"

摞下饭碗，二猛提起了他的兜，喊着在桌边扒饭的欢欢："看叔叔给你买什么来了？"

欢欢刚刚抬起头，二猛已经把一截挺好看的花布递到了欢欢面前："好看吗？喜欢吗？"

"好看！好看！"欢欢叫嚷着。

金竹："二猛，刚刚领到一个月工资，就这么花呀！"

"嫂嫂，这个是买给你的。"二猛从兜里掏出一捆竹叶一般绿的毛线。

"你……"金竹把毛线推了回来，"送给凤月吧！"

"哥早就要给你买的，你不让。这一个月里，我做梦都想对不起哥，对不起你。你、你就收下吧！"这个硬汉子说这几句话，嗓子眼都有点发哽。

金竹没有再说什么，很快地接过了毛线。

二猛："还剩十块钱。"

"不！不！"金竹连连摆手，"你、你应该存点钱。"

二猛硬要塞过来。金竹清亮的丹凤眼转动了一下，似乎想起了什么。她终于把钱接过来了："好，钱，我接着。这毛线，去送给凤月，听话！"

金竹的语调里，稍稍流露了一点点做嫂嫂的威严。

"二猛贤侄回来了？"

话音一落，秃二叔跨门而入。他常常是一张醉脸，喷着酒气。

126

金竹迎上去，搬来凳子请坐，又送来一杯茶。二猛从口袋里掏出"洞庭"牌香烟，递给秃二叔一支。

秃二叔忙起身，双手接过烟，笑眯眯地说："这番小俫阔起来了，烟都是包了银纸的。"他一侧脸，见金竹进里屋去了，他又轻声补了一句，"听你二叔的话，没有错吧？往后，别把二叔忘了。"

二猛偏过脸去，不愿听。

秃二叔："听人讲，你在矿上是开电火车呀？"

二猛纠正："不是电火车，是电机车。"

秃二叔："反正是电火起动的机器车。"

二猛明白了秃二叔说的那个"电火"的意思，含笑点了点头。

秃二叔津津有味地发表他对电的见解："那个电火，硬是个怪物。看又看不见，摸又摸不得。不小心，烧死人不晓得信；顺了气，火车也推得动。这真是个怪东西呵！"

这时，金竹端来了一盘炒黄豆，一碟盐姜和一壶米酒，放在秃二叔和二猛面前，招呼道："二叔，没有什么好招待，喝杯酒，吃几粒炒豆子吧！二猛的事，还要靠你多关照。"

"一定，一定。"有了酒，秃二叔特别兴奋起来，嗓门也高了，"二猛，你算交上红运了，找了个好工作。人一值钱，就什么都好办。前几天，他舅妈对我说，想把你和凤月的事情早点办了。一切从简，什么都不要你准备。你看，什么时候办好？"

"只怕人家不会干了。"二猛瓮声瓮气地说。

秃二叔喝了一口酒，抛几粒黄豆子进口，语气很硬地说："哪里的话！这个，包在二叔身上。"

二猛："我下井挖煤了。"

秃二叔抬起头，诧异地看着二猛："犯了错误？"

二猛："没。"

秃二叔："那为什么？"

二猛："我自己要求的。"

"你呀！唉！"秃二叔放下酒杯，叹了口气，默了默神后，他突然扬了扬手，神气地说："即使是这样，婚事也包在你二叔身上！凤月的工作，我保证做好！你只管准备当新郎吧。"

凤月欢快地登上金竹的屋台。

她站在门边，轻轻地喊道："表姐。"

门开了，金竹含笑相迎："凤月，快进屋，二猛回来了。"

凤月跟着金竹走进屋，看见秃二叔，忙说："是姑爹呀！"

秃二叔不知是想起了他那一串刚刚落音的不负责任的大话了呢，还是多喝了点酒，扁扁的脸膛通红通红的。他朝凤月点点头："来看看二猛？"

二猛起了一下身，没有喊凤月，又坐下去了。

金竹忙从长板凳上拿起一捆竹叶般绿的毛线，给凤月："二猛领到头一个月工资，就给你买了一斤半毛线。你看看，喜欢不？"

凤月："只有表姐……"

凤月双手接过毛线，在灯光下细心地翻看起来。

"凤月。"二猛嚼碎几粒黄豆，头也不抬地喊道。

凤月转过头来："呃。"

二猛："告诉你：我下井当采煤工了。"

凤月："真的？"

二猛："嗯。"

见凤月没有搭话，二猛又说，语气梆硬："我们的事，你看着办吧。"

刚才牛皮吹得咕咕叫的秃二叔，这时候却像只偷油的小耗子，坐在桌子边，一声不吭，只顾喝他的酒。

金竹的心咚咚直跳，担心地望着凤月。

凤月怔了一下，突然眉毛一扬，头一偏，说："你在矿上干什么我都高兴。"

金竹深情地："好表妹！"

二猛也抬头朝凤月望去。他憨厚的脸上，透露出丝丝喜悦……

金竹的卧室。

欢欢躺在床上，玩着妈妈时时带在身边的那个漂亮的、花纹美丽的田螺壳。

金竹坐在床头，飞针走线，缝补着衣服。

茶房。秃二叔走了，只剩下凤月和二猛。

二猛还是坐在那条竹凳上。凤月倚在窗边，双目注视窗外，似乎在欣赏这秋夜美景，观看那竹峰月色……

"多好的月亮！"凤月一声感叹，向二猛发出邀请，"到外边走走去吧？"

二猛轻轻地点点头，脸红了。

凤月对里屋："表姐，我们到外边走走去。"

"好！"里屋传出金竹喜滋滋的声音。

金竹趴在窗口，望着二猛和凤月渐渐远去的身影，一丝笑意，荡开在脸颊……

金竹喃喃地："总算靠近了，总算靠近了……"

月光笼罩的竹林，景色迷人。

透过一根根竹竿，二猛和凤月在竹林间行走。

由于兴奋，二猛的脚步很大。一会儿，把凤月甩后一截了。

凤月娇嗔地："等等人家呵！"

二猛站住了。

凤月走到二猛身前，佯装生气："是来散步呢？还是来赛跑呀？"

二猛不好意思地笑了。

一会儿，他们来到了一块竹林间的草地。凤月提议道："我们是不是到这里坐坐呢？"

二猛没有回答，却先行坐下了。

凤月紧挨着二猛坐下。憨厚的小伙子对姑娘亲热地坐在自己身旁，有点拘束，但他还是勇敢地接受了姑娘的这片深情。

月光透过竹林，水一样地泻下来，披了他们一身。

凤月靠在二猛身上，用手拨弄着那竹叶般绿的毛线，深情地："这毛线，真好看！"

二猛的身子抖动了一下，不知如何作答。

突然，凤月娇嗔地，用手捂着口袋问："你猜，我这里装了什么东西。"

二猛摇摇头。

凤月："你猜嘛！"

二猛笑笑："猜不着。"

凤月从口袋里掏出一张照片，递给二猛。

二猛接过来，看着。

凤月："没有照好。"

二猛看着看着，渐渐地笑了："不错。"

凤月："你看不错，就送给你呗！"

二猛欣喜地把照片往口袋里塞去。

凤月："慢！慢！"

说着，凤月又从口袋里掏出一个塑料皮笔记本。她把照片夹进笔记本里，双手递给二猛："干这，你粗手粗脚的；考验人，你可怪机灵的。"

"考验人？机灵？"二猛怔住了。

凤月："可不！明明在矿里开电机车，却偏说当采煤工了。"

二猛急了，连忙解释："矿里，第一线需要人！矿党委号召干辅助工种的同志去支援第一线，我报了名。"

"咯咯咯……"凤月笑了，"又考验人了。"

"不，不……"二猛急了。

凤月看二猛这般认真，脸上的笑容渐渐飘走了，眼睛越瞪越大："这是真的？"

二猛站起来，靠在一株挺拔的楠竹上："我什么时候讲过假话？"

　　凤月气极地："你！你……你哥哥才死多久呀，就忘了？为什么不回来和人家商量商量。你呀！……真蠢！"

　　二猛受到讥讽，涨红了脸，转身就跑。

　　凤月追上来喊："二猛！"

　　二猛头也不回地朝前跑去……

　　二猛迈着粗重的脚步跨进大门，没有朝金竹这边的房间打个招呼，就径直朝自己的房里走去。

　　金竹坐在床沿上，听到脚步响，喊道："二猛。"

　　"嗯。"二猛闷声应道。

　　金竹："回来了？"

　　二猛的声音："嗯。"

　　金竹："给你烧了热水，洗个脚吧。"

　　二猛的声音："不了。"

　　天色微明，二猛起床了。他走进茶房里，朝嫂嫂的房里说："嫂嫂，我走了。"

　　金竹翻身起床，边穿衣服边搭话："你怎么啦？天亮了，吃了饭再走呀！"

　　传来二猛闷雷般的声音："不了！"

　　金竹追出门来，微微晨曦里，只见二猛已经下完屋前的坡道，快到竹溪边了。

　　竹溪。

阳光落在溪水里,波浪中金光乱跳。

金竹在溪这边洗猪草,凤月在溪对岸洗衣服。

金竹:"表妹,给姐姐透透风,昨夜里你们谈得怎么样呀?"

凤月重重地搓着衣服。

金竹:"二猛天没亮就走了,好像闷着一肚子气。他心底倒是不错,脾气丑呵!表妹,他没有得罪你吧?"

凤月没好气地:"这样大的事,他也不回来和人家打个商量。他根本没把人家放在眼里!"

金竹:"是呀,这是他不对。"

凤月:"表姐夫刚刚……他也不吸取教训,倒主动要求去下井。他想得表扬,像表姐夫一样当劳模……"

金竹:"表妹,话不能这样讲呵!煤在地底下,不下去取不出来呀!听老辈人讲,如今的煤矿,条件比以前的煤窑不知好了多少倍呀!"

凤月:"世上这么多人,就少了他呀!"

金竹:"人再多,总得有人去干呀!你不去,他不去,煤怎么出来?"

凤月提着衣服,转身气冲冲地走了。

金竹伸直腰来,望着凤月远去的身影发呆。脚下,一把一把的猪草,被溪水推走……

早晨。彩霞衬托着一株株开枝吐翠的新竹,姿态美丽极了。

二猛出现在屋前竹林间的一株吐翠的新竹下,脸上汗水涔涔。

他欢快地迈进屋去，喝下金竹送过来的一杯凉茶，然后从口袋里掏出一把票子，递给金竹。

金竹接过钱，把饭菜端上桌，招呼二猛吃饭。她转身向里屋走去。

一会儿，金竹手里拿着两个小布袋，从里屋出来。

金竹喜悦地："二猛。"

二猛抬起头来："嗯。"

金竹把两个布包包递了过来，轻轻地说："这是你哥在世的时候积下的，整三百。这是你每月送回来的，加上今天的七十，整五百。我看，你吃了饭，喊二叔来一下，打个商量……"

"嫂嫂！你……"筷子，从二猛的手中滑落下来，掉到桌子上。

这时，在外面玩耍的欢欢闯进来，猛地看到妈妈手里这么多的钱，小家伙高声叫嚷开了："哟，妈有这么多的钱，妈有……"

金竹赶忙捂住欢欢的嘴，并严厉地盯了她一眼。

欢欢："妈好狡的！这个也省省，那个也省省，总说她没有钱。"

二猛："嫂嫂，你怎么把钱都存下来了？你应当花，应当花！……你和欢欢太苦了！嫂嫂！……"

二猛说着说着，泪水夺眶而出。

金竹浅浅地笑笑："别发傻！国家每月给了我们抚恤金，我们过得不是很好吗？"停了停，她用征询的目光望望二猛，问："是不是我现在就去把二叔喊来？"

二猛摇了摇头。

金竹："总算积下了这点钱，能满足他们的要求了。我看，就将这件事情办了吧！"

二猛撂下饭碗，敬重地望了望嫂嫂，闷声闷气地吐了两个字："莫急。"

一种莫名其妙的思绪，翻上了金竹的心。她怅惘地看着二猛……

第二天，二猛回矿上去，走得很晚。太阳挨山的时候，他才动身，金竹拉着欢欢送他。送到竹溪河边，送到木板桥上。晚霞里，欢欢和二猛同时扬起了手臂。

二猛甩开大步，在这条古老的、攀山而上的石板路上，渐渐远去……

"金竹。"

秃二叔从对岸踏上木板桥，他不知又到哪里喝了酒来，满嘴喷着酒气。

金竹轻声细语地："呃，二叔。"

秃二叔："回去吧？"

金竹："嗯。"

秃二叔："一路走。"

"好。"金竹抱着欢欢转过身来，指着秃二叔对欢欢说："快喊二公公。"

欢欢甜甜地："二公公。"

"呃——"秃二叔拖着长音应道，眼睛笑眯眯了。

秃二叔走在前，金竹跟在后。上了一段坡，秃二叔吞吞吐吐地说："二叔有句话想给你讲，又不好开口。"

金竹警觉地："侄媳妇有什么不是的地方，做长辈的只管说呀！"

秃二叔叹息一声："这些日子，也难为你啦！一个女人，拖着个孩子，要忙内，又要忙外，着实难啦！"

金竹的脚步乱了……

秃二叔："这次，石湾里赵胖子从城里回来探亲，他在城里当了房管科的科长。"

金竹听着，一颗心像突然被一只大手揪着，连呼吸都感觉困难了。她步子放慢了，一步一步挪动着。额角，鼻尖，渗出了细密的汗珠。

秃二叔："他的堂客死了两年了。父母想给他在家乡找一个带到城里去。金竹，你看……"

不见回答。秃二叔转过头来，方知金竹已落后一截了。

秃二叔停住脚步："金竹，我刚才的话，你听见了吗？"

金竹喘着粗气："二叔，你是喝多了些酒吧？"

秃二叔："不，不！不是酒话。赵胖子父母亲口托付我的。我把你的情况向赵家介绍了，赵家很满意。"

"我……还没有想这事呀！"金竹的心跳得厉害，她紧紧地抱着欢欢，好像有人要把欢欢抢走似的。

秃二叔："现在是新世道了……"

金竹慌乱地："不，我不是……我是想，我的欢欢……"

秃二叔："孩子当然带过去啦。人家一个大科长，还怕多这个乖闺女呀!"

"妈妈,要带我到哪里去呀?"欢欢用手抱着金竹的脖子问。

金竹:"欢欢,妈带你在家,不带你到哪里去。真的,不!……"

秃二叔叹息一声:"好吧,你好生想一想,这可是打起灯笼难寻的好事呀!"

"我,不……"金竹紧紧地搂着欢欢,高一脚,低一脚地在石板路上奔走。

第五章

大雨倾盆……

巨大的雨网,罩住了翠竹峰,罩住了竹溪河,罩住了盘山路。

也罩住了山脚下翠竹寨的一栋栋不同年月修建起来的农舍。

弯弯山道上,金竹撑着一把青布雨伞,她将伞严严实实地遮着孩子。自己身前的衣裤,淋得湿透了。

爬上翠竹峰,金竹已经上气不接下气了。她站在山顶上一栋红砖房子的阶基上,缓了口气,把伞换了个手,又抬动脚步下山了。

刚下了几级石梯,前面突然传来了喊声:"嫂嫂!"

金竹还没有来得及答话,二猛一溜小跑,冲到她面前来了:

"快把欢欢给我吧！"说着，二猛把睡在金竹肩头的欢欢接了过来。

金竹："你到家了？"

二猛："嗯。见门锁着，一问，才晓得你带欢欢到公社卫生所看病来了。我不放心，就跑来了……"

金竹："你呀，总是惦记着家！"

二猛："怎么样？欢欢的病？"

金竹："医生说不打紧了。"

长长的下坡路走完了，两人来到竹溪河边。雨帘里，村寨里一栋栋农舍隐约可见。

老支书扛着锄头，披着蓑衣从外面走进自家堂屋。他一边往门角里放锄头，一边朝里屋喊："妹子他妈，下雨了，金竹带孩子看病去了，还没有回来，你去接接她吧！"

胖大嫂拿着伞走了出来。原来她是老支书的堂客。

胖大嫂走下屋台，远远地看到，金竹和二猛踏上了木板桥。

胖大嫂兴奋地对老支书："回来了！二猛背着孩子哩！"

风狂，雨猛。

二猛的身子在木板桥上晃动起来。金竹赶紧跟上去，用一只手托住二猛背上的欢欢。两人缓缓地走过桥去。

"呼——"

一阵旋风卷过来，桥头的竹子吹弯了腰。桥上，金竹和二猛同时站立不稳了。脚下的桥板，随着他们身子的晃动，摇动起来，这一瞬间，两个身子不由自主地挨紧了，互相靠扶着，迎着风，顶着雨，向对岸走去……

金竹、二猛走上屋台，乡亲们围过来问候……

换过衣服的金竹，提着一桶猪潲，向猪栏走来。

猪栏里，两头架子猪，躺在草堆上，安然入睡了。

金竹走过来，把猪潲倒进食盆。两头猪仍然躺着不动。她顺手摸上放在猪栏边的一根竹枝，朝猪抽打。

猪翻身爬起，向食盆边走来。

二猛坐在金竹的床头，哄着欢欢入睡。他给欢欢盖好被子，用手轻轻地拍着。

突然，他看到了枕头边放着那个金竹经常带在身边的田螺壳。迟疑一下，他终于把这个田螺壳拿到了手里。

二猛躺到了自己的床上，辗转难眠……

金竹躺在欢欢身边，没有合眼，心事重重……

她伸手到枕头边来摸，想取那个田螺壳，却没有摸到。她翻身坐起，搬开枕头，不见田螺壳。她茫然若失……

二猛凝视着手中的田螺壳，感慨万千……

二猛的心声："……胡闹！她，不是旁人，是自己的嫂嫂呀！"

外面，暴雨敲打千枝万叶，狂风卷起竹涛滚滚……

二猛心事重重，他从床上起来，在房子里踱着步。绕一个圈，又一个圈。

二猛的心声:"……嫂嫂也是人,是一个没有男人的女人。她那么好,那么好……为什么不能和旁的女人一样,得到女人应该得到的,应该得到的……"

金竹躺在床上,不安地翻着身。突然,房门被敲响了。

"谁?"

"我。"

金竹赶忙披衣下床,前来开门:"有事?"

二猛站在门口,慌乱地:"没,没……"

金竹:"那你……"

二猛:"睡不着,我准备回矿去了。"

金竹:"就走?"

二猛:"嗯。"

金竹:"还烂早呀!"

二猛没有回答,转过身去,走进堂屋,来到了大门边,拉动了门闩。金竹急忙点燃油灯,追出来。

二猛站在大门边:"嫂,我走了。"

金竹一把拉住二猛:"你疯了!现在鸡还未叫,外面又下这么大的雨。"

外面,大雨哗哗作响。

二猛走进茶房坐下了,金竹也坐下了。一时间,谁也没有说话。

好一阵,金竹说:"二叔前天来了,他说等你回来后,要和你商量一下你和凤月的事。"

　　二猛极不耐烦地："还是让我走吧！"

　　"硬要走，也得吃了饭再走呀。我马上动手。"金竹夺下二猛肩头上的帆布袋子，挂在墙壁上。

　　灶膛里，火烧起来了，一根根干竹枝，在火中噼啪作响。金竹把铁锅装上水挂到火上，然后坐在旁边用竹簸箕选着米。

　　二猛自动担负起了烧火的任务，不时将一把竹枝折断递进火中。突然，火中的竹枝，长长地喷射着火焰，发出"吱吱"的响声。这是火在笑。

　　水开了，米下锅了。二猛埋着脑袋，突然冒出一声："我，我想过了，想了很久了。"

　　金竹坐在火边洗着菜，听了二猛这没头没脑的话，抬起头来，问："什么事？"

　　二猛涨红着脸，卡住了口。金竹敏感地猜到了什么，心跳得厉害，不好再追问。

　　二猛把头埋得更低："我和凤月是过不好的。"

　　金竹："会过得好的，会的……你应该……"

　　二猛："我，一个挖煤的，她……"

　　金竹："她不错呀，有文化。就是一时思想差火，你帮她一把，会变好。"

　　"别说了！"二猛粗声粗气地打断金竹的话，"我全都想过了。"

　　金竹低低地："你想过什么了？"

　　二猛："我想，我想……我想……"

山道弯弯

又一节竹枝，在火堆里喷射着长长的火舌，发出"吱吱"的笑声。火光中，二猛的一张脸，红到了脖子根，金竹也低下了头。

"我想，"二猛咽了一口口水，鼓起最大的勇气，说出了这样一句话，"我想我们永远做一家，真正的一家！"

金竹手里的一把青菜，掉到了水盆里，水滴儿溅了她一身。她站了起来，羞涩地向窗台边走去。她感到突然，感到紧张，感到慌乱……

金竹手拿田螺壳，在给欢欢讲故事。欢欢："她为什么要来给他做饭呀？"

金竹："她见他干活舍得用力，不偷懒，便爱上了他。"

欢欢"咯咯咯"地笑着……

金竹的心声："我，我比那田螺姑娘差一千倍，一万倍……而他，却比那后生子好上一千倍，一万倍！……我，不能去害他……做一个好嫂嫂吧！"

金竹扑在窗子边，双手攀住窗台。窗外"哗哗哗哗"下着倾盆大雨。

二猛的头一直埋得低低的。火光映照着他那张矛盾、羞涩的脸。

金竹扶着窗台说话，音调都变了，里面浸满了痛苦，浸满了良好的愿望："二猛，把我当你的好嫂嫂吧！凤月，会比我好的。你应该有一个比我好的……"

二猛："我，我，我就觉得你好，你比谁都好！"

"不，不不……"金竹越发慌乱了。为了使二猛死了这条心，她违心地说，"我，已经有了……"

"真的？"二猛的嗓门粗了。

金竹痛苦地："二叔也为我找到一个当了。"

"哪里？"二猛像是突然被谁搐了一拳，火气很盛地追问。

金竹："石湾里的。"

二猛："干什么的？"

金竹："县城里的一个科长，死了堂客。"

二猛一句比一句紧："叫什么？"

金竹险些要栽倒下去，她赶忙扶住窗口："姓赵。刚讲起，还没有来跟你商量。"

二猛气呼呼地抓住一把燃得正旺的竹枝，在灶膛里狠狠地拍打着。顿时，烟雾四起。他立起身来，抓起金竹刚才夺下的帆布袋子，呼地拉开大门，跑了出去。

金竹惊立着，用一种恐慌、痛苦的目光，望着门外。

一道闪电撕破黑沉沉的天幕；一声炸雷，震得翠竹峰摇晃……

"二猛！"金竹失声尖叫，险些摔倒在地。她赶忙追到门边，已经看不见二猛魁梧的身影了。

这时，雨天迟到的黎明，已经降临到了山村。金竹摸了把雨伞，追出门来。外面，雨声大作，风声大作，雷声大作。

木板桥上，一个人影呆立着，光着身子淋着大雨。

"二猛!"金竹朝这里奔跑。

立在木板桥上的黑影儿一动没动。桥头两侧的青竹，在朦胧的曙光里，在狂风大雨中，摇曳、呐喊："呼——呼——"

"二猛!"金竹大步跨上了木板桥，撑开一把伞，向二猛身边送去。

伞，遮到了二猛的头上，挡住了倾盆泻下的雨点。二猛的身子抖动了几下，不由自主地向一旁移了移，与金竹隔了一定的距离。

金竹又把伞朝二猛身边送了送，为二猛遮着雨。她心里慌乱极了，什么话也没有说出来。

风在呼啸，竹在摇曳。木桥下的河水，一个漩涡套一个漩涡，一个浪头压一个浪头，威威武武、浩浩荡荡，挺有气势地向前窜去。

"给。"二猛粗壮的手伸过来了。

金竹将目光投过去，顿时，她结实的身子弹动了一下。

二猛的手心里，放着那个金竹一直珍藏在身边的、花纹美丽、壳面光洁闪亮的田螺壳。

"这……"金竹慌张地往后退着。

二猛："昨晚逗欢欢睡觉的时候，我在你枕头下拿的。没征得你允许，我……还给你。"

金竹的一只手，在胸前哆嗦着，一直没有伸过去接这田螺壳。

桥下，浪涛汹涌；耳边，狂风呼叫……

终于，二猛硬邦邦的手，将田螺壳粗重地放到了金竹的手掌里："嫂嫂，我，对不住你。"

金竹："不，不不……"

二猛从金竹手里接过伞柄，急步往前走了。

金竹怔怔地站在雨中，望着二猛远去的身影，任凭大雨浇身，她一动不动……

早晨，金竹手捧饭碗发呆……

傍晚，金竹攀着屋前的新竹眺望……

翠竹峰上，二猛踏着石板路走下。

县城汽车站。

秃二叔坐在即将开动的汽车上，一手抱着两瓶酒，一手伸出车窗，朝外挥动着："赵科长，你只管放心，这事包在我身上啦！"

汽车徐徐开出车站。

汽车在木板桥前停住，秃二叔走下车来，与从石板路上走来的二猛，同时踏上木板桥。

秃二叔："贤侄回来了？"

二猛点点头，心绪不安。

秃二叔眨眨眼，关切地说："你呀，办事怎么这样冒冒失失。要去下井也不回来打个商量！凤月妈不干啦，我的嘴皮差不多磨破了才把这事又说好。"

二猛不耐烦地朝前走去。

秃二叔追上去，神秘地："要是你嫂嫂改嫁走了，这栋屋子就全是你的啦。我给她寻了一处打起灯笼都难寻的当，她就是不肯。"

　　二猛奇怪地盯着秃二叔。

　　秃二叔："你想想法子激激她吧！她走了，屋子全是你的，我到凤月妈那里也好说话呀！"

　　二猛盯了秃二叔一眼，风快地跑过木板桥，朝金竹的、自己的屋子奔去……

　　二猛来到屋门口，门开着，不见人影。他迟疑着，没有进去。

　　大门一侧，靠墙放着一把耙头。二猛扛上这把耙头，转身朝自留地里走去……

　　自留地里，二猛在挥动耙头挖土。汗水，挂满了他的脸……

　　夕阳西下，金竹夹在社员们中间，从地里收工回来。

　　她走进屋，把煮猪潲的大铁锅放到炭火上。然后，扛锄向自留地里走来。

　　远远地，她看到自留地上有一个熟悉的身影。晚霞，照在他那件火红的背心上，红光闪闪的，镜头移近，正是二猛。

　　二猛正蹲着身子在细心地拔草，金竹从他身后走来，他没有发觉。金竹的脚步放轻了……

　　金竹的心声："他，真像他哥，是一个和他哥一样诚实、勤劳的人呵……"

金竹缓步走到了二猛的身后，二猛仍然没有发觉。金竹站住，片刻，轻轻地："你回来了。"

二猛转过身来，目光一碰到金竹，脸红了，头低了。

金竹："不进屋就上地里来了？"

二猛没有回答，把头埋得更低了。

金竹："吃晚饭没有？"

二猛："在矿上吃过了。"

金竹："这么快？"

二猛："是搭矿上拉坑木的汽车回来的。"

金竹："多久了？"

二猛："刚到。"

金竹看看自留地，草没一根，土也松松的，很湿润，好像浇过水不几天似的。西边的一片空地，翻过来了。地里的辣椒、茄子，长得很好，果实累累。一挂挂花豆角，十分耀眼。靠塘岸边的那排丝瓜藤，长得真好。黑绿黑绿的藤叶上，吊着一条一条又嫩、又肥的丝瓜……

金竹："刚到，这地收拾得这么好？"

二猛："上两个轮休日，我都回来了。"

金竹："没进屋？"

二猛："嗯。"

金竹："在自留地上忙了一天？"

二猛："嗯。"

金竹："在哪里吃饭？"

二猛："带了馒头。"

金竹清亮的丹凤眼湿润了，她一把将二猛拉起："走，回家，欢欢在心里念着你呵！"

金竹在案板上切着干牛肉、红辣椒……

欢欢在堂屋里绕着二猛直转，甜甜地叫着："叔叔！叔叔！"

二猛的眼睛里，泪光闪闪……

饭后。金竹收拾碗筷，抹着桌子。

金竹从里屋取来两包钞票，递给二猛，努力克制自己的感情："是请二叔来，由他转交？还是你直接交给凤月？"

二猛偏过头去，没接两个装钞票的小布袋。

金竹："我们见识少，不会买东西，凤月在商店里，见得多，识得广，把钱交给她，由她自己去办吧。"

二猛突然站起来，激动地："嫂嫂，你骗我！"

金竹往后退去。

二猛："你、你……什么姓赵的！"

两行热泪，挂上金竹的脸腮："二猛，听嫂嫂的话吧，把我当成你的好嫂嫂吧！"

金竹把两袋钞票送过来。二猛埋下头，推回去，痛苦地："你看着办吧！"

一轮红日跃上翠竹峰。金竹穿得素净，朝凤月家里走来。

上了屋台，进了堂屋。金竹正要推门进茶房，听到里面有人正在说话。

"她姑爹，再来一杯。"这是凤月妈的声音。

秃二叔的声音："够了！足够了！"

"他舅妈，"秃二叔沿用子女的口气喊凤月妈，"井下工人，工资高，每月加奖金能拿百把块。钱多好办事，凤月往后的日子会好过的。"

凤月妈的声音："工资是高，就是不安全。他一旦有个好歹，就害凤月一辈子。"

秃二叔的声音："哈哈哈……万一碰上了，也是坏事变好事。凤月就能马上跳出这个穷山窝，飞到矿山里顶职当工人了。那时候每月能拿几十块钱票子……"

金竹惊恐、厌恶、愤怒的面容。她移动了脚步，又停住了。

秃二叔的声音："嗨，一个女人，有了正式工作，还怕寻不到一个好主？何况我们凤月长得花朵般的漂亮！找个地委、省委的干部都不难……谁会像金竹那个蠢货！"

金竹愤怒地调转身子，打起飞脚，往坡道上疯跑着……

穿过一片竹林，翻上一个小坡，她来到了大猛长眠的地方。她跪在地上，双手紧紧地抱住坟前的翠竹，嚎啕大哭起来……

次日，金竹拉着欢欢送二猛回矿。

刚走出门，金竹把那两个装钞票的布袋交给二猛。

金竹："等会，经过商店时，你把这个交给凤月吧。"

二猛咬咬牙，接住了。

第六章

金竹的住舍。

金竹坐在床沿上，给欢欢讲故事：

"很久很久以前，一个山村里。有一个细伢子，十多岁的时候死了爹，死了娘……"

讲着讲着，乱套了，后一句不接前一句了。

欢欢拍着手笑妈妈："讲错了！讲错了！"

金竹脸一红，一把将欢欢搂到怀里，亲着嘴……

猪栏。金竹提着一桶猪潲走到猪栏门口，神情恍惚，迟迟没把食倒进食盆。

两头肚皮饿了的架子猪，一齐跳上栅栏来攀桶。

一桶猪潲打翻在地……

山间小道上，一队队人在奔跑。男的、女的、老的、少的，提着水桶，端着面盆，扛着梯子，冲过木板桥，朝大队部跑去。

人声喧嚷：

"代销店起火了！快去救火呀！"

"救火呀！"

"……"

远处，火光冲天……

金竹从慌乱的思绪中惊醒过来，提着猪潲桶，从坡道上奔下来，汇入了救火的人流。

瘦长个子中年男人扛着梯子，飞快地跑着……

胖大嫂提着水桶气喘吁吁地跑着……

瘦长个子中年男人跑到胖大嫂身边，被胖大嫂一把揪住："这到底是怎么搞的呀？这个凤月！"

瘦长个子男人："呃，一条懒虫！下午进了一桶煤油，懒得搬进里间，就放在炉灶边上。给人灌了油后，又忘了盖油桶的盖子……"

胖大嫂："真浑！"

瘦长个子男人："支书娘子，快给支书提个醒。不能光看这妹子有文化，她没有一颗为大伙办事的心啦！"

火焰腾腾的屋垛上，一架架木梯搭上去了。几个壮实的男人，攀着木梯飞快地梭上屋去。他们站在火焰逼近的房檐上，接过下面传上来的水，往火头上泼去。屋顶上的火团越来越小了。屋脊上，几团火焰还在逞狂。站在屋檐边梯子上，再用劲泼，水也达不到火焰处……

一个高大的汉子踩着烧黑了的木梁，向火焰处冲去。他接过一桶水倒下去，火焰就熄了一团。接着，他又接来了第二桶水……

"嗵"的一声响，烧黑的木梁断了，一团黑影，从火焰腾腾的屋脊上掉了下来。

人群里慌张地叫喊着：

"不得了呀！人摔下来了！"

"谁？"

"站在屋脊上打火的那一个，好像是二猛。"

金竹正提着一桶水走过来，听到是二猛，水桶从手中滑了下去，砸在她的脚上。她不顾脚痛，拼命地往前面跑去。

人围了一层又一层，挤挤密密，严严实实。金竹使劲扒开人群，侧着身子往里钻。

人群中，二猛倒在地上，鲜血从多处流出来……

凤月蹲在二猛身前，号啕痛哭着。她头发散了，衣服脏了，白白净净的秀丽瓜子脸，染黑了。

金竹见了这一幕，双腿一软，险些倒了下去。

这时，人群外响起严厉的吆喝声。老支书腰间系着围巾，领着两个壮实的后生子，抬着用两根竹竿临时做起的担架来了……

公路上，一辆汽车开了过来。

汽车被抬担架的青年和护送的老支书、金竹、凤月拦住。
二猛被抬上汽车……

汽车在山区公路上疾驶……

矿职工医院。二猛安详地躺在病床上。旁边，站着金竹，老支书、凤月、苏矿长、吴小兵……
医生拿着照相片子来了。

苏矿长："怎么样？"

医生："右腿粉碎性骨折。"

老支书对凤月："你在这里护理二猛吧。"

凤月张着泪眼，连连点头。

木盆里，盛着一只被开水烫过的鸡。

金竹蹲在盆边拔鸡毛。欢欢抬头问妈妈："杀鸡给叔叔吃吗？"

金竹含笑点头。

病房。二猛躺在病床上。凤月坐在床沿，给二猛喂水。凤月的脸腮上挂着泪珠。

医生走过来。

凤月立起："医生。"

医生看看二猛："唉，伤得太重了，伤骨没有吻合好。"

医生转身走出病房，凤月追上去，急切地："医生，这腿……"

医生叹息一声："难说呀！弄不好，会变跛呵！你好好护理他吧。"

凤月坐在床沿上，焦躁不安。那双大眼睛，失神地望着窗外，发着呆。

二猛在床上不安地翻着身……

凤月奔出病房，来到医院门前的小花园里。她坐在一条石凳上，望着远方。

远处电机车道上，一辆电机车拖着长长的矿车箱奔驰而去。

一个残疾工人，拄着拐杖，一瘸一拐地，在路上走着……

凤月双手掩面，泪水从指缝间流了出来。

凤月的声音："天哪！要是他变成这样，多难看呀！难道……不，不不，他是为我摔伤的呀！……怎么办？……怎么办？……"

二猛从床上艰难地坐起，想提水壶倒水，没成功，水瓶掉到地上，碎了……

二猛圆圆的眼睛里，喷着火……

花园里，凤月坐在石凳上，一动不动。

金竹从汽车上下来，急急地向医院走去。

病房里，病人正在吃饭。

二猛捧着饭钵，呆坐着……

凤月捧着饭钵，呆坐着……

金竹推门而入。她送来了一大瓷盆清炖鸡肉。她把瓷盆放在病床边的床头柜上，掀开盖子，喊二猛和凤月吃。

凤月捧着饭钵，眉头紧锁，没有动筷子。

金竹关切地："怎么？身子不舒服？"

凤月点点头："脑壳痛死了。"

金竹："请医生开药了吗？"

凤月："开了。"

"唉！"靠床斜躺着的二猛，叹息一声。

金竹对凤月："要不，我在这里顶两天，你回去歇息一下，身子好些了再来？"

汽车旅客上下处。

金竹送凤月上汽车："那两头猪，请费心帮着喂喂食。那头两百多斤的，是准备你们结婚时杀的。欢欢，也请照看照看。"

凤月苦笑，点着头。

汽车开动了，金竹追着车子喊："凤月，身子好些了，就马上来医院呀！"

凤月的家。

母女俩坐在一条长竹凳上。

凤月愁着眉、苦着脸："医生说，搞不好会跛。"

"跛？"富态女人瞪大了眼睛。

凤月扑倒在妈妈的怀里，失声痛哭起来。

"哈哈哈……"秃二叔放下酒杯，仰头大笑，"好说！好说！"

他的对面，坐着凤月和凤月妈。

秃二叔抿了一口酒，小眼睛眨巴眨巴：

"我这个做姑爹的当然会向着自己的侄女啦。二猛，毕竟是我的远房侄子啰。凤月，你看，到城里去当干部家属好吗？马上就可以迁……"

凤月："谁？"

秃二叔："赵科长，石湾里的。"

凤月妈："这可得靠姑爹多关照点。反正一句话，俺凤月不进二猛的屋了，事成后，我们不会忘记姑爹的大恩大德的。"

秃二叔出门时，凤月妈朝她递过来两瓶酒。秃二叔嘴里嘿嘿地推让着："别客气，别客气。"手，却把酒接过来了。

猪栏。两头猪饿得"嗷嗷"直叫。

胖大嫂提着猪潲走来，气愤地："凤月这妹子不是货！金竹家的猪也不帮着喂喂。人家还是喂给他们结婚时杀的哩！"

病房。金竹提来一桶热水，要给二猛擦身，二猛连连摆手："不！不！"

金竹："该擦一擦了，几天没擦了。"

说着，金竹拧干毛巾，掀起二猛的衣服，给二猛擦起背来。

二猛感情复杂地："嫂嫂！"

"妈！叔叔！"这时，欢欢从门口飞一般地扑了进来。

金竹一怔，意外地："你怎么来的？"

欢欢指指身后的一个工人："表姨让这个叔叔带我来的。"

金竹向那工人点头表达谢意。

金竹："表姨的病好些了吗？"

欢欢摇摇头："不知道。"

金竹："那她说什么时候来吗？"

欢欢又摇摇头："不知道。"

躺在病床上的二猛，火气很盛地："我早看出来了，要她干什么！"

金竹怔怔地立着。

欢欢扑到病床边："叔叔，你痛吗？"

二猛用手抚摸着欢欢的头，心情激动……

医院大门口。

苏矿长和吴小兵并肩走来。

苏矿长："找你来，没别的事，就是凤月回去十来天没有来，金竹在这里护理二猛，有些不方便，矿里准备派你帮助护理二猛，好不好？"

吴小兵爽快地："好！"

两人并肩走进医院的大门。

秃二叔兴冲冲地走进凤月的家。

坐在窗边看小说的凤月，起身迎了上来。

秃二叔："赵科长来信啦！你看，他同意啦。"凤月含笑偏过脸去……

病房里，金竹伫立窗前，不安地朝外面的公路上张望着。片刻，转过身去，和坐在二猛床沿上的吴小兵商量："我回家看看，二猛托付给你了。"

吴小兵："好！你放心去吧。"

金竹对二猛："我回去看看，很快就来。"

二猛没吭声。

金竹走到门口，二猛突然叫道："你等等！"

"有事？"金竹停住脚步。

二猛用手在枕头下面摸着。

金竹拉着欢欢重又走回到二猛的病床边。

二猛摸出一串钥匙，递给金竹："给我带两样东西回去。"

金竹："什么东西呀？"

二猛泪光闪闪："放在箱子里的棉衣下面，一样请代我还给她，另一样请你……收下。"

金竹打开了二猛的那只红漆木箱，搬出棉衣，箱子里面露出了两样东西：一是凤月送给二猛的塑料皮笔记本。翻开来，出现一张凤月打扮时髦的半身照。一是那两个装着钞票的小布袋。

金竹双手捧着小布袋，贴在心口上。两行热泪，从腮上滚落下来……

欢欢仰起小脑袋，望着金竹，不解地："妈，你为什么哭呀？"

一辆客车在公路上奔驰，金竹坐在一个靠车窗的座位上，她紧紧地搂着欢欢。欢欢贪恋的目光，张望着窗外……

汽车在山峰上盘旋而下。渐渐地，竹溪河出现了，木板桥出现了。

汽车在木板桥边停住了，金竹抱着欢欢走下车来。

金竹拉着欢欢正要踏上木板桥，前面突然传来一阵嬉笑声。她不禁停住脚步，举目望去。只见桥边走来长长的一队人。打头的是几个妹子，穿得花花绿绿，簇拥着一位衣着艳丽、低头缓步的姑娘。姑娘的身后，几个小伙子提着鼓鼓胀胀的提包、背袋。

金竹愕然立在桥头。

那衣着艳丽的女子，是凤月。

矮小的秃二叔，时而窜到前边，附在凤月的耳边说几句什么，时而跑到后面，和凤月妈叨叨几句，嘿嘿地笑两声。

队伍缓缓走近，从对面上桥了。

金竹心一横，迎面走了上去。

低头轻步慢行的凤月，抬一下头，看到了金竹，整个身子像触了电似的立住了。其他的人也立住了。

秃二叔赶忙从后面跑上来，对着目光冒火的金竹嘿嘿地干笑着点着头："侄媳妇，你回来了，你回来了。"

金竹一双喷着火焰的眼睛盯着凤月，凤月被她的目光刺得退了两步，埋下了头。

金竹轻蔑地："表妹，打扮得这么漂亮，带这么多东西，要上哪里去呀？"

"嗯，嗯……"秃二叔把话接过来，应付着。

金竹瞟了秃二叔一眼："你少管闲事吧，我是问凤月。"

凤月偏过头去："表姐，对不起。你和二猛说，我，应该有自己的幸福！"

金竹的双腿颤抖着……终于，她一步冲上前，把塑料皮笔记本递给凤月："给！二猛还给你的！"

凤月接过笔记本，没拿稳，笔记本滑落在木板桥上。那张凤月打扮时髦的照片，飘落在溪水里……

欢欢不懂，扯着金竹的衣角，奇怪地问："表姨要到哪里去呀？她不和叔叔结婚了呀？"

这时，凤月低着头，从金竹身边走了过去。

秃二叔走近金竹，不自然地笑笑："本来，我为你好，要你去城里享福。你……你又舍不得离开二猛。现在，你们表姐妹俩……就两全其美吧！"

欢欢挣脱妈妈的手，追过桥去："我要到这里玩！我要到这里玩！"

金竹一把拖住欢欢，走上了屋前的石板路。欢欢委屈得哇哇大哭……

夜。金竹躺在床上，泪水注满眼眶。渐渐地，眼前模糊了起来……

金竹的心声："二猛最需要她体贴的时候，她却丢开了他走了……往后，他要是变跛了，怎么过呀？……"

清晨。

红霞反衬出翠竹峰，翠竹峰巍峨、壮观。

金竹把房门落上锁，背着欢欢从屋前的坡道上下来。

欢欢伏在金竹的肩头上："妈，到哪里去呀？"

金竹："你想到哪里去呢？"

欢欢："我要去看叔叔。上回你不带我去。"

金竹："这回妈带你去呀！"

欢欢："真的？"

金竹："真的！"

竹溪河里，金竹逮住了一只大螃蟹，用稻草拴着，递给欢欢："怕不怕？"

欢欢："不怕！我要带去给叔叔下酒吃。"

走到木板桥上，金竹从衣袋里摸出那个漂亮的田螺壳，递给欢欢："把这个也带给叔叔。"

"这，"欢欢眨巴着美丽的眼睛，"叔叔喜欢吗？"

金竹："会喜欢的。"

欢欢："那你自己交给叔叔吧！"

金竹背着欢欢，在攀山而上的弯弯山道上，大步走着……

金子般亮、火焰般红的朝霞，把竹林装扮得绚丽多姿。

竹林、山峪里，回荡着金竹深沉的声音："很久很久以前，一个山村里，有一个细伢子，十多岁的时候，死了爹，死了娘……"

金竹和欢欢的身影，渐渐消失在弯弯的山道上，融进了巍峨的翠竹峰……

1981 年 7 月于西安

（原载《电影新时代》1981 年第 5 期）

附录

湖南花鼓戏剧本 《碧螺情》

钟梦周 / 何艺兵 / 陈元初　编剧

人物

金　竹　山村少妇，27 岁，二猛的嫂嫂。

二　猛　公社小煤窑工人，25 岁，后招收为国家煤矿工人。

二秃子　二猛的堂叔父，50 多岁。

二秃嫂　二秃子的妻子，40 多岁。

胖大嫂　金竹邻居，30 多岁。

凤　月　二秃嫂的姨侄女，代销店营业员，23 岁。

小　英　金竹的女儿，4 岁。

煤矿苏主任、男女青年各二人、医生、当地干部及群众若干人。

第一场

〔一九七九年初夏，傍晚。

〔湖南某山村，翠竹岭上。 金竹家的堂屋，陈设简单而大方。

〔晚霞如火，金竹滴翠。

〔在热烈而欢快的音乐声中幕启。

〔男女青年各二人同上，男青年甲向屋内探视。

男青年乙	大猛哥回来没有？
男青年甲	没有。
女青年甲	金竹姐呢？
男青年甲	没看见人。
女青年乙	到哪里去了？
男年青甲	哎，你们看那不是她？
四青年	金——竹——姐！
金 竹	（内应）哎！（提菜篮上）
四青年	金竹姐，大猛哥还没有回来？
金 竹	嗯！
女青年甲	那他会不会回？

金　竹　他说好了，今天一定回。

四青年　那好，我们等下一定来！（笑闹着下）

金　竹　哎——你们呀！（入内，忙忙碌碌，做这做那）

〔喜鹊欢叫。

金　竹　（唱）喜鹊喳喳叫呀叫在心坎上，

金竹我手脚未停里外忙。

今天是恩和爱五载纪念，

又是他三十整生喜期逢双。

二猛的对象也答应来把亲定，

可算得满堂喜庆，喜庆满堂。

（喇叭叫，金竹奔出，望。失望地）

又是一部货车！

（唱）喇叭你为何老是开玩笑，

害得我来回空跑了七八趟！

（摘取篱边的一朵牵牛花，深情地）

（唱）这管边的牵牛花也在笑我，

笑我像新婚的少妇盼新郎。（入内）

大猛呀！曾记得五年前的今天晚上，

我和你茅屋内结成双。

新婚夜我送给你奶奶赠我的大碧螺，

讲起了古老的传说《田螺姑娘》。

田螺女爱上了贫苦勤劳的作田汉，

我就是爱你这纯朴善良的挖煤郎。

五年来我在农村你在矿，

山路如带系住了两地心肠。

忆往事盼螺归更把你想。

〔男女青年各二执大红对联上，偷听。

金　竹　（自言自语）大猛，你怎么还不回来呀？

四青年　（暗笑）

男青年甲　（笑着取出一只喇叭，用力吹了几下）嘟、嘟……

金　竹　（高兴万分）回来了，回来了！这回真回来了！（情不自禁地脱口一声）大猛！（理鬓整妆）

　　　　（唱）我还像不像五年前那个新娘？（出门）

　　　　〔四青年堵住门口。

四青年　（齐声）金竹姐！

男青年甲　（用力一吹喇叭）嘟嘟！

金　竹　啊，还是你们几个调皮鬼逗我的呀！（含笑地）该打！

男青年乙　还有要挨打的呢！喋！（抖开对联）

女青年甲　（念对联）寿庆三旬花开四月，

　　　　　　　　　　　情稠五载爱逾百年。

金　竹　你们呀……

四青年　我们祝贺你和大猛哥，幸福到百年！（哈哈大笑）

女　甲　莫只晓得笑，快帮厨去。

　　　　〔四青年入内。

二　猛　（提蟹急上）嫂嫂，嫂嫂！

金　竹　二猛，回来了？

二　猛　（举螃蟹）嫂嫂，看啰！

金　竹　啊，捉了几只这么大的螃蟹！

二　猛　哥哥最喜欢吃的菜！哥哥呢？

金　竹　他还冇回。你快去接凤月来吧！

二　猛　接她？她想来就会来，不想来，接也不会来，我接哥哥去。（急下）

金　竹　哎，你呀！（入内）

　　　　〔二秃子拉二秃嫂上。

二秃子　（唱）叫声婆婆子快走起，

　　　　　　　拖拖拉拉会坐不上席！

二秃嫂　（唱）才看见你这好吃鬼，

　　　　　　　旁人听见会指背皮！

二秃子　（唱）何必讲些假客气，

　　　　　　　顾了背皮要饿肚皮。

　　　　金竹请了我们，还怕么子丑啰！

二秃嫂　你只晓得好酒贪杯，金竹请我们，还不是想打凤月妹子的主意。告诉你，我那位老姐姐年老糊涂不管事，凤月的事就是我做主，今天我不开口，不准你作声。

二秃子　唉，堂客们的事难办，一下子一个名堂。

　　　　〔两人进屋。

二秃子　好香，好香！肉香，鱼香，鸡香，蛋糕香……

二秃嫂　金竹，看样子，今天席面蛮热闹啊！

金　竹　（闻声出迎）二叔、二婶，请坐。以后怕会要照凤月
　　　　的口气喊姨爹、姨妈才行了啊！哈哈！

二秃子　那是，那是。

　　　　〔二秃嫂瞪了二秃子一眼。

二秃子　啊，不必改口，不必改口！

金　竹　凤月还有来？

二秃子　凤月，她怕是当了大队供销点的营业员，有点子翘
　　　　尾巴。

金　竹　啊！

二秃嫂　啊，（用肘暗碰二秃子一下）她是怕丑。

金　竹　唔，这有么子怕丑的啰，我去接她！

二秃子　你屋里忙不赢，等下子要你二婶再去催一下就是。

二秃嫂　（踹二秃子一脚）你……

二秃子　哎呀，（摸脚）轻点子哟！

　　　　〔胖大嫂拿两包香烟笑呵呵地上。

胖大嫂　金竹，烟买来了。

金　竹　大嫂，麻烦你了。你屋里老李呢？

胖大嫂　他呀，野猫子脚，一天到晚不归屋。不要管他，只等
　　　　大猛回来就开席！

　　　　〔四青年端菜上，小英跑进来。

小　英　妈妈，我要吃蛋糕！

金　竹　（制止地）小英！

女　甲　（唱）小英小英你莫闹，

　　　　　　等你爸爸回来再撒娇。

男　乙　（唱）要他亲，要他抱，

二秃子　（唱）要他给你夹个大蛋糕。

女　乙　（唱）问他要个大饼子，

　　　　　　要个大红气球高高飘！

男　甲　（唱）还要一辆小汽车，

　　　　　　嘟嘟嘟嘟满屋跑。

　　　　〔幕后传来连续的汽车喇叭声。

金　竹　（欣喜地）回来了！

胖大嫂　大猛回来了！

二秃子　快上席！

　　　　〔金竹入内。大家忙着摆桌凳、碗筷、端菜。

两男青　（同时）我们去接大猛哥！
年

二　猛　（抽泣上，手捧大猛的工作服，工作服上放碧螺。）

胖大嫂　二猛，怎么啦！是不是又和凤月吵嘴了？

　　　　（对二秃子）你这做介绍的，只晓得吃啊！

二秃子　还有吃，还有吃。（离席对二猛）二猛，莫急，莫急，

　　　　二叔做介绍，保证不会塌场。

　　　　〔一当地干部陪苏主任上。

胖大嫂　金竹，客人来了。

一干部　这是煤矿苏主任。

金　竹　苏主任，看大猛啰，还惊动了矿里的领导。（入内）

二秃子　请苏主任坐上席。

二　猛　（悲声大放）哥哥！

胖大嫂　大猛怎么啦？

苏主任　（沉痛地）大猛是个好同志，好矿工！

〔众静默、惊愕，金竹捧杯盘上。

　众　大猛到底怎么啦？

苏主任　他，今天下午，为抢救国家财产，光荣牺牲了！

金　竹　啊！（几乎晕倒，手中杯盘坠地）

　众　（惊）金竹姐，金竹同志，金竹！

金　竹　（碎心地呼喊）大猛！（冲向门外，众急扶住）

二　猛　（沉痛地将大猛的工作服和碧螺送至金竹面前）哥哥！

〔幕后伴唱：

　　　　肝肠断，泪双垂，

　　　　碧螺归来人未归。

　　　　何时再见亲人面？

　　　　千言万语诉向谁？

小　英　（奔出）妈妈，爸爸呢？爸爸呢？我要爸爸！

金　竹　（搂住小英，悲声大放）小——英！

〔切光。

〔幕落。

第二场

〔前场七天后。金家后院。

〔二幕前，二秃子与二秃嫂上。

二秃子　快走吵，听说矿上今天会来送表哒！

二秃子　表？这么大的人情？！

二秃子　你以为是手表！

二秃嫂　有么子表？

二秃子　就是那张招工表吵！

二秃嫂　招工还要填表？

二秃子　你看这号乡里堂客们啰，硬不懂一点世事，冇得那张
　　　　表，那不张三、李四、王五、赵六、罗七都可以去吃
　　　　国家粮？真是……

二秃嫂　莫在我面前逞能。告诉你，要想二猛把大矿进，我们
　　　　还要攒把劲！

二秃子　晓得啰！我还要你教！

二秃嫂　你晓得？你有我咯样想得远！

　　　　（唱）二猛若进大煤窑，

　　　　　　　我们也把好运交，

　　　　　　　想穿筒靴有劳保品，

　　　　　　　要做家具有矿木条。

二秃子　（唱）家中用煤叫他送，

　　　　　　　票子不花半分毫。

二秃嫂　（唱）先要把二猛凤月的勾挂好，

　　　　　　　　　他才会真心实意来效劳。

二秃子　（唱）你原来专给他们打间卦。

二秃嫂　蠢鬼哎！

　　　　（唱）见风使舵把船摇。

　　　　　　　怕只怕金竹也要争填表。

二秃子　哎！

　　　　（唱）好处岂能让外姓捞！

二秃嫂　（唱）凤月要有个好依靠，

二秃子
二秃嫂　（唱）这根腊肉骨头硬要咬！

二秃嫂　快走！

二秃子　走！

　　　　〔二幕开。金竹家后院，院中置有桌凳。

　　　　〔二猛痴坐篱边，陷入痛苦的思念中。

二秃子　二猛，二猛！（小声而神秘地）你嫂嫂呢？

二　猛　又到哥哥坟上去了！（抽泣）

二秃嫂　（掏出手绢，替二猛擦眼泪）人死不能复生，伢子，

　　　　莫哭了！

二秃子　你莫只晓得哭，还有一件要紧的事你晓得不啰？

二　猛　么子事？

二秃子　你哥哥是因公牺牲的，你晓得不？

二　猛　二叔，你老人家讲咯些话做么子？

二秃嫂　你讲给他听吵！

二秃子　咯个"牺牲"二字，听哒讲比一个"死"字硬不同得多！
　　　　劳……劳……劳保福利多得多，票子也多得多……

二秃嫂　啰里啰唆的，半天没有讲到点子上！二猛，你哥哥是
　　　　为公家的事死的，可以照顾你招工。

二　猛　招工，嫂嫂去！

二秃子
二秃嫂　（同时一惊）让她去？

二　猛　咯是天经地义的！

二秃子　你咯蠢宝哎！
　　　　（唱）你的那嫂嫂，
　　　　　　　长相蛮好看。

二秃嫂　（唱）年轻轻的小寡妇，
　　　　　　　哪个不喜欢。

二秃子　（唱）让她招了工，
　　　　　　　月月几十元。

二秃嫂　（唱）不上几个月，
　　　　　　　心就和别人连。

二秃子　（唱）一丘肥水子，
　　　　　　　流进外人的田。

二秃嫂　（唱）你若招了工，
　　　　　　　凤月蛮喜欢。

二秃子　（唱）二叔和二婶。

二秃嫂　（唱）包你们成姻缘。

二秃子　（唱）你把工人当。

二秃嫂　（唱）她当营业员。

二秃子　（唱）两个人进票子，
二秃嫂
　　　　　　　　一世都用不完！

二　猛　（冲进屋里）

二秃嫂　（向二秃子使了一下眼色，跟着进屋）二猛，二猛！

二秃子　咯个蠢宝！（跟进）

　　　　〔胖大嫂搀扶金竹上。

胖大嫂　金竹，别再伤心了！

　　　　（唱）人死没有复生望，

　　　　　　　再伤心也不能使他转还阳！

　　　　　　　我劝你千万要保重身体，

　　　　　　　这一家还靠你来做主张！

金　竹　大嫂呀！

　　　　（唱）我们是患难夫妻情义重，

　　　　　　　五年来同甘共苦度时光。

　　　　　　　从前是千斤重担两人共，

　　　　　　　如今是金竹我一人担当。

　　　　　　　这真是船到江心断了桨，

　　　　　　　大风吹折了堂上的栋梁。

　　　　　　　大猛他未能留下半句话，

　　　　　　　你叫我怎能不心伤！

苏主任　（外喊）金竹同志，金竹同志！

胖大嫂　（对外喊）叫么子啰！啊，还是苏主任！金竹，苏主任来了！

〔苏主任上。

金　竹　（止泣）苏主任！

苏主任　金竹同志，又在伤心呀！大猛死后，你的担子更重，千万要保重身体呀！

金　竹　嗯！

苏主任　大猛生前为我们国家的煤矿事业作出了很大的贡献，这里面也有你做妻子的一份功劳。

金　竹　苏主任！

苏主任　最近有一批招工名额，矿上决定招收大猛的一名直系亲属进矿当工人，你快把这张表填好吧！

胖大嫂　（接过苏主任手中的表）啊！金竹，那就快填吧！

二秃子　（突然蹿出，一把从胖大嫂手中夺过表来）苏主任，二猛也是大猛的直系亲属吧？

苏主任　啊，胡二叔也在这里？你老人家有么子高见？

二秃子　苏主任，依我看，二猛应该当然是大猛最直的系！啊，是直系的直系！（献殷勤）苏主任，请坐，请坐！金竹，搞点酒来吵。苏主任为我们胡家的事，操了不少的心呀！

苏主任　（对金竹）不要这样！我还要到大队去有事！（从二秃子手中拿过表来）金竹，矿上和大队的意见，招收你进矿！你快把表填好，送到大队来。我走了！（下）

二秃子　……

胖大嫂　金竹，填吧！

二秃子　填吧！二猛生于一九五五年农历八月初十日，子时。

胖大嫂　子时也好，孙时也好，她自己晓得写字。

二秃子　是的呀！他自己晓得写字，我喊他自己来填！二猛！
　　　　（入内）

胖大嫂　金竹，快填吧！
　　　　〔二秃子、二秃嫂强推二猛上。

二秃子　（对二猛）咯是你一世的事，你要想好，不要过了端
　　　　午想粽子吃啊！

二秃嫂　哎吔，他晓得想，今天填上咯张表，明天就把堂客讨，
　　　　咯还要你教呀！

胖大嫂　金竹，你要拿定主意呵！你一个女人家又带细伢子，
　　　　要为以后的日子想一想。二猛的为人我晓得，你招工
　　　　进矿，他一定会同意的。

二　猛　嫂嫂，你快填吧！

二秃子　（把二猛拉过一边）望着你咯宝崽硬急死人，你还想
　　　　不想堂客进屋？

二秃嫂　我看你硬是想打一世单身。

二　猛　我不管打不打单身，我只晓得一个人要有良心！

胖大嫂　说得好！金竹，填吧。

金　竹　不，大嫂呀！
　　　　（唱）二猛已经二十五，
　　　　　　　如今还在打单身。
　　　　　　　虽蒙二叔作介绍，
　　　　　　　凤月总嫌他是个临时工。

　　　　　　这次招工让他去，

　　　　　　好与凤月早成亲。

　　　　　　了却父母生前愿，

　　　　　　大猛他九泉之下也放心。

　　　　　　矿上更需男子汉，

　　　　　　二猛前去更合适，

　　　　　　他要比我强万分！

胖大嫂　　金竹，你……

二秃嫂　　（赞许地）懂理，懂理！

二秃子　　（对二秃嫂）你才晓得她懂理，哈哈！哈哈！我的侄媳妇讲的话硬打得一万个圈。（迫不及待地从金竹手中夺过表来）

胖大嫂　　（对二秃子）你……

二秃子　　我何什？是她让的。（将表递给二猛）快填，快填！

二　猛　　（将表递给金竹）嫂嫂，你快填吧！

金　竹　　（诚恳地）你快填吧！

二　猛　　不，嫂嫂呀！

　　　　　　（唱）嫂嫂你与哥哥结婚五载，

　　　　　　　　　比勤劳比节俭女衬男帮。

　　　　　　　　　双亲病钱用尽你心甘情愿，

　　　　　　　　　煎汤药勤护理你日累夜忙；

　　　　　　　　　遭不幸父母俩相继辞世，

　　　　　　　　　你省吃穿把二老礼葬山冈；

　　　　　　你待我胜过嫡亲姐弟，

　　　　　　为我的婚姻事操碎心肠；

　　　　　　到如今哥哥他因公死去，

　　　　　　党关怀送来招工表一张！

　　　嫂嫂呀！

　　　（唱）酸咸苦辣你尝尽，

　　　　　　你招工进矿理应当。（将表塞在金竹手里）

金　竹　（唱）操家务分内事无须多讲，

　　　　　　敬父母爱弟弟事更寻常。

　　　　　　莫辜负你哥哥生前期望，

　　　　　　你要为自己的前途细思量。

二　猛　（推表）嫂嫂，你——

　　　（唱）嫂嫂力单侄年幼，

　　　　　　一家的重担落在你肩上。

金　竹　（唱）党已经给了我抚恤照顾，

　　　　　　更何况我还有手一双！

　　　　　　二猛你不要再三推让。

二　猛　（唱）嫂嫂你再推让我更悲伤！

　　　〔金竹、二猛相互推让，二秃子从二猛口袋里抽出
　　　笔来。

二秃子　（对二猛）蠢宝，填哟！

　　　〔二猛执笔，金竹执表，沉思少顷。

金　竹
二　猛　（唱）代填表让他（她）把矿进，

胖大嫂　（唱）叔嫂让表感人心！

金　竹
二　猛　（唱）我执表（笔）在手主意定，

弟弟（嫂嫂）进矿合理合情！（地义天经！）

二　猛　嫂嫂，把表给我！

金　竹　二猛，把笔给我！

〔金竹与二猛争表，二秃子夫妇终于明白了，双双拦住二猛。

金　竹　（唱）我进屋拿笔填好表。（急奔入内）

〔二猛欲追入，被二秃子夫妇拖住。

二　猛　（高喊）嫂嫂！

（唱）你千万莫填我的名！

二秃嫂　（高喊）我的个贤良侄媳妇哎，你先讲的话硬要作数啊，

千万莫信二猛咯宝崽的。

二　猛　大嫂，你快去劝我嫂嫂，填上她的名字吧！

胖大嫂　（高声）二猛！要得，良心好！比起那些叫花子烤火，

只往自己面前扒的人硬要多活几十年！

二秃子　（旁白）哎吔，她咯硬是舌子底下打人哒！（转对胖

大嫂）胖大嫂，咯是我胡家的家庭问题啊！

胖大嫂　家庭问题就不准人家讲公道话？金竹是我最好的朋

友，她的事我可以做一半主！

二秃子　（声调长拖）我是大猛的堂叔！

胖大嫂　哼，堂叔何什？怕还搞家族主义！

二秃嫂　家族不家族，金竹的话算数！

二　猛　我的话也要算数！（对胖大嫂）大嫂，我找苏主任去。

　　　　（冲下）

二秃子
二秃嫂　（急喊）二猛，二猛！（无可奈何地）唉！

金　竹　（拿表急出）二猛呢？

二秃嫂　咯个宝崽，找苏主任去了！

金　竹　冇关系，我把表送给苏主任去！（急下）

二秃子
二秃嫂　（猛然想起）她到底填的哪一个呢？（追下）
胖大嫂

　　　　〔闭幕。

第三场

　　　　〔前场七天后，竹峰大队代销店，凤月房内。
　　　　〔二幕前，金竹推二猛上。

金　竹　走哟！

二　猛　嫂嫂，我不想去。

金　竹　人家已经回心转意，你就要顺水推舟哟。

二　猛　她回心转意，还不是看见我当了国家工人。早先我在
　　　　公社煤窑钻洞子，她当了大队供销点营业员，那尾巴
　　　　硬翘到天上去了。

金 竹　哎吔，买件东西也要挑选挑选，何况找对象是件终身
大事，人家当然要考虑哟！她已经跟我讲好了，准备
亲手给你做件衣服，约好今晚去量尺寸！

二 猛　嫂嫂布是你出钱买的，何必一定要她做？

金 竹　咯也是人家一份心意哟！快去！

　　　　〔二猛依然未动。

金 竹　为了你的婚事，你哥哥不知操过好多心啊！（哽咽）

二 猛　好，我去，我去！

金 竹　（拭泪）咯就对了。

　　　　〔二人分头下。

　　　　〔二幕开。代销店营业员凤月的房间，这是用货柜隔
开的小卧室，花花绿绿的，摆设虽不豪华，但很讲究。
一架崭新的缝纫机摆在十分显眼的地方。

　　　　〔凤月在等人。

凤 月　（唱）这山村谁不夸我长得美，

　　　　　　柳叶眉下一对大眼睛。

　　　　　　高中毕业有文化，

　　　　　　能写会算伶俐又聪明。

　　　　　　偏偏找对象不中意，

　　　　　　低不就来高不成。

　　　　　　今年里与二猛谈了两个月，

　　　　　　思前顾后我又想挂筒。

　　　　　　欲挂筒时传喜讯，

　　　　　　二猛他进矿当了工人！

　　　　　　我冷水里面翻热气，

　　　　　　好在并未正式断红绳！

　　　　　　昨晚上他的嫂嫂来了讯，

　　　　　　替他做件新衣要我亲手缝。

　　　　　　约好今晚量尺寸，

　　　　　　我正好温温他那冷却的心。

　　　　　　时新食品挑几样，

　　　　　　等待二猛进店门。

　　　　〔二秃子喜洋洋地上，敲门。

凤　月　（欣喜地）来哒，来哒！（开门，脱口喊了一声）二猛！

二秃子　（进门）不是二猛是二叔！二秃子。

凤　月　（羞态）姨爹！

二秃子　我是你的姨爹，又是你的二叔，还是你的媒人！

凤　月　晓得咧！

二秃子　你晓得，我问你，你要和二猛挂筒的时候，是哪个叫你莫急啰！

凤　月　那是姨爹你老人家的先见之明！

二秃子　你晓得二猛能够进矿当工人吃国家粮，又是哪个的功劳？

凤　月　那我就……

二秃子　那你就搞数不清哒，妹仔呀！

　　　　（唱）那一天矿里来首长，

　　　　请我这大辈子去作商量，

　　　　决定哪个把矿进，

　　　　会一开始就架势抢！

　　　　多数人赞成金竹去，

　　　　尤其是那个胖婆最猖狂！

　　　　眼看二猛冇得份，

　　　　我屋中一站就开腔！

　　　　道理讲了一点两点三四点五六点七八点上十

　　　　点……

　　　　点点讲二猛进矿最应当，

　　　　讲得那首长，放肆把头点，从一点点到第十点，

　　　　点上了二猛吃国家粮。

　　　　最后我又把意见提，

　　　　照顾他不下井当个司机长。

凤　月　（唱）姨爹你果真神通大。

二秃子　（唱）都是为你们早成双，

　　　　　　　将来你们日子过得好。

凤　月　（唱）绝对不把二叔姨爹忘。

二秃子　真的？

凤　月　哪个还跟你老人家讲假话啰！

二秃子　妹子！

　　　　（唱）那一场舌战是取了胜，

　　　　　　　可就是肚子里面饿得慌。

直到如今——

哎哟，还有影响。

凤　月　（会意）姨爹呀！

（唱）虎骨酒，花生糖，

炒瓜子，喷喷香。

代销店里样样有，

你想吃哪桩就拿哪桩。

二秃子　（唱）饼干太粗我吞不下，

烘糕的后味不太长，

其余的每样来一点，

最好来袋新到的"华乐香"！

凤　月　（指桌上）喋，早给您老人家准备好了！

二秃子　你晓得我会来？

凤　月　晓——得！

〔二秃子狼吞虎咽。

〔二猛上，敲门。

凤　月　哪个？下班哒，要买货明天来。

〔二猛踌躇少顷，再敲门。

凤　月　哪个？

二　猛　我！

凤　月　啊！来哒，来哒！（开门）二猛，快进来，坐啰！

〔二秃子自斟自饮。

二　猛　二叔也在这里呀！

二秃子　哎！

凤　月　姨爹，咯些东西吃不了，带回去哟！

二秃子　（会意）啊！好，好，好！（慌忙把桌子上的副食品
　　　　全部扫进口袋，扶着酒瓶匆匆下）

凤　月　（指凳）二猛，坐哟！

　　　　〔二猛腼腆地坐下。

凤　月　当工人了，架子大了，看我们咯些农村妹子不起了呀？

二　猛　我哪里看不起农村妹子！

凤　月　莫当真，跟你开玩笑的！

二　猛　……

凤　月　（拿出一截布料来）表嫂叫我给你选段布，做件衣。
　　　　你看，咯衣料合意不？

二　猛　（目不斜视）国家出的布，我都合意！

凤　月　那给你做件花衣，也合意？

二　猛　（不假思索）合意！

凤　月　（笑弯了腰）哈哈哈……（笑完了，端过来一盘糖果，
　　　　递过来一杯香茶）

二　猛　（默默地接过香茶）

　　　　（唱）曾记得两月前婚事初讲，

　　　　　　　她和我常来往问短问长。

　　　　　　　自从她安排到了代销店，

　　　　　　　就对我冷冰冰怪调凉腔。

　　　　　　　比今晚完全是两副模样，

　　　　　　　是真情是假意难以猜详。

　　　　但愿她从今后回心转意，

　　　　但愿她像嫂嫂贤惠善良。

　　　　不辜负哥哥他生前热望，

　　　　不枉费嫂嫂一片苦心肠。

凤　月　看你咯样子，一定还在生我的气，是吗？（挨近二猛坐下）其实，我……是蛮喜欢你的哟！

二　猛　（起身）真的？

凤　月　（深情地）你不信就剖开我的心看看咮！

二　猛　只怕你做不得主哟！

凤　月　（哈哈大笑）我喜不喜欢你还要别个做主！

二　猛　你的那个姨妈还有开口哒。

凤　月　嗨！新社会恋爱自由，婚姻自主。

二　猛　你那个姨妈是远近闻名的……

凤　月　我心里有数啰！你呀！

二　猛　那你就量吧！（脱罩衣给凤月）

凤　月　咯性急呀？

二　猛　时候不早了。

凤　月　（指二猛的衣）咳！咯量得准？！

二　猛　那你看哪样量咯！

凤　月　来！（拿出布尺，在二猛身上比划）咯样量得准些！

二　猛　好嘞，你就快点量吧！

凤　月　好，我就量，我就量！

　　　　（唱）一根布尺长又长，

　　　　　　　我与二猛哥哥把身量。

〔二猛羞涩地连续后退，凤月跟着前靠。

凤　月　　站拢些吵，隔咯远，何里量得准啰！

　　　　（唱）你的肩宽是一尺五，

　　　　　　　二尺三寸是衣长！

二　猛　　（唱）你快点子量。

凤　月　　（唱）我在这里量，

　　　　　　　叫声哥哥你莫打岔，

　　　　　　　做长了会成道士装！

　　　　〔凤月左量右量，二猛转身，凤月跟着打转转。

凤　月　　怕么子啰，我又不吃人！

　　　　（唱）一根布尺长又长，

　　　　　　　我与二猛哥哥把身量。

　　　　　　　你的领围是一尺三，

　　　　　　　二尺八寸是袖长！

二　猛　　啊！我的袖子有二尺八寸长？！

凤　月　　（仔细一看）啊，搞错哒，搞错哒！是一尺八，是一尺八！

二　猛　　（唱）你快点子量。

凤　月　　（唱）我在这里量，

　　　　　　　叫声哥哥你莫催我。

　　　　　　　喋！袖子多了一尺长，

　　　　　　　一根布尺长又长，

　　　　　　　我与二猛哥哥把身量。

〔凤月量胸围，左一圈，右一圈，二猛跟着转动。

二　猛　凤月，你何什咯样量不准哪！

凤　月　（深情地）量不准，量不准，我总会量准的，你呀！

二　猛　我何什？！

凤　月　你……你……你……

　　　　（唱）你进矿千万莫下井。

二　猛　都不下井，那煤何得出来？

凤　月　蠢宝，还有别个挖哟！

　　　　（唱）下井是个黑炭郎。

二　猛　你！

凤　月　（唱）你开开机器几多好，

　　　　　　　一不累来二不脏。

二　猛　凤月，你这话……

凤　月　哎吚！我咯些话都是为你好呀！（按二猛于凳上）二
　　　　猛哥呀！

　　　　（唱）这件新衣不平常，

　　　　　　　穿在身上暖心房。

　　　　　　　见它就把我凤月想，

　　　　　　　这里面针针线线、线线针针情意长。

二　猛　（打喷嚏）嗨瞅！

　　　　（唱）我着了凉！

凤　月　（给二猛披衣）你进矿后，一定要来信呀！

二　猛　（应声）嗯！不早了，我要走了！（边说边走，下）

风　月　哎……你何什咯性急啊，还冇喝茶哒！凤月（急忙端
　　　　起茶杯，追至门边，无可奈何地将茶水一泼）唉！木
　　　　菩萨！
　　　　〔灯暗。闭幕。

第四场

　　　　〔距前场一年半，深秋。
　　　　〔二幕前二秃嫂上。
二秃嫂　（韵白）二木莼真是木到了功，电机车开得好好的，
　　　　偏要报名去当井下工。凤月几次劝他斟工种，他都当
　　　　作耳边风。也怪咯凤月妹子冇得用，管不住男子汉算
　　　　么子女人。
　　　　〔凤月上。
风　月　姨妈，他又来了信。
二秃嫂　讲些么子？
风　月　还不是翻来覆去几句话，要人挖煤啦，下井光荣啦，
　　　　多做贡献啦……
二秃嫂　算哒，算哒！这都是听了他那位贤良嫂嫂的。唉！他
　　　　要是把你的话也当作圣旨一样，就好了。
风　月　当圣旨？
二秃嫂　你呀，还差得远！斟工种的事，以后还好说，只有一

件事，我真替你担心啊！

凤　月　么子事？

二秃嫂　（唱）一年来他又拿工资又得奖，

　　　　　　　　被金竹一把捞归了私房。

　　　　　　　　对姨妈少孝敬暂且不讲，

　　　　　　　　连你也撇在一边歇荫凉。

　　　　　　　　二木菟每次轮休只往家里跑，

　　　　　　　　帮金竹做完咯桩忙那桩。

　　　　　　　　你将来过门就是细媳妇，

　　　　　　　　两口子做牛马养活她一菟姜。

凤　月　（唱）你已经要姨爹给她对象，

　　　　　　　　嫁走她我就是个独家庄。

二秃嫂　你还在做梦呢！

　　　　（唱）你姨爹介绍她嫁给赵科长，

　　　　　　　　这蠢婆直到如今没搭腔。

凤　月　那怎么办呢？

二秃嫂　怎么办，想别的办法呦！

　　　　（唱）马上逼她把家分，

　　　　　　　　到那时你大摇大摆把家当。

凤　月　（唱）还未过门就闹分家，

　　　　　　　　怕只怕旁人背地论短长。

二秃嫂　（唱）顾了面子就要丢里子，

　　　　　　　　你看还是哪头强？

凤　月　姨妈，还是你老人家的想法高明。

二秃嫂　妹子，照我的办不会错！姨妈总是为你好哟！

凤　月　就怕分家的事，二木兜不肯答应。

二秃嫂　那就看你的本事了。

凤　月　看我的本事？

二秃嫂　唉，你何里咯样不懂事喽！来，姨妈慢慢来教你。（拖凤月下）

　　　　〔二幕开，金竹家后院。

　　　　〔二猛背挎包上。

二　猛　（唱）昨夜胖嫂来电话，

　　　　　　　　嫂嫂病了好几天。

　　　　　　　　恨我未能生翅膀，

　　　　　　　　一下飞到家门前。

　　　　嫂嫂，小英！

　　　　〔胖大嫂扶金竹牵小英从屋内走出。

小　英　（扑向二猛）叔叔，妈妈病了。

胖大嫂
金　竹　二猛。

二　猛　大嫂。嫂嫂，你的病怎么样了？

金　竹　多承大嫂照顾，打了针，吃了药，如今好多了。

胖大嫂　在床上困了好几天，今天才下床。一屋的事都靠她一个人，连小英都急坏了，天天缠着我，要叔叔回，要叔叔回！

二　猛　咳！嫂嫂，你怎么不早点告诉我。

胖大嫂　早点告诉你？昨天的电话，还是瞒着她打的，刚才还在埋怨我呢！

二　猛　嫂嫂，你呀！大嫂，太谢谢你了。（取出一包糖，一件花衣）小英，来吃糖，喜欢这件花衣吗？

小　英　喜欢，喜欢！妈妈不给我做花衣，叔叔给我做花衣。喜欢，喜欢！

金　竹　（制止地）小英！

二　猛　（取出一件尼龙衣）嫂嫂，去年哥哥要给你做件毛线衣，你硬是舍不得。如今天气凉了，你又有病，快穿上吧！

金　竹　买咯样好的衣！

二　猛　（掏钱）嫂嫂，这是我这个月的工资和奖金。

金　竹　哪里咯样多？

二　猛　三季度夺高产，我得了个一等奖。

胖大嫂　不错，不错，硬赶得上你哥哥。总算冇辜负你嫂嫂的一片心意。

二　猛　（拖锄头）嫂嫂，我挖土去。

金　竹　（一把夺过锄头）也跟你哥哥一样，进屋茶都不喝，就急着做事。来，喝了茶，就到凤月家里去！

胖大嫂　你就让他去挖土吧！凤月家里等下再去也不迟。

金　竹　大嫂，你不晓得，为了二猛报名下井的事，凤月正和他闹矛盾。二猛，我看要是有机会的话，你斠回来开电机车也好呀！

二　猛　那怎么行，你和哥哥不是经常讲，一个人不能光想自己，也要想想别人，想想对国家和社会的责任吗？

胖大嫂　讲得好，金竹，二猛真是越来越像他哥哥了。他一回来，我就放心了。我走了！（出门后旁白）金竹是该找个好帮手了！（下）

〔二猛拿锄头又欲走出，金竹拦住。

金　竹　怎么，不听话了。二猛，千万不能任性啊！快去，好好和她谈谈！啊，就这样走，那怎么行，我给你拿件衣来。

〔金竹入内，凤月一阵风地跑上。

凤　月　二猛，回来就只往咯里跑，我那里脚都不抬！

金　竹　（拿衣上，交给二猛）凤月，他正准备来看你。（拿起尼龙衣）喋，他还给你买了件衣哩！

凤　月　（忸怩地）……

二　猛　（趁凤月不注意时，一把夺过尼龙衣）嫂嫂……

金　竹　啊，凤月，他是要亲手送给你。（推二猛送去）还怕丑呀，凤月，快拿去。

〔凤月一把拿过，将尼龙衣抖开，放在身上比划。

金　竹　喜欢吗？

凤　月　（向二猛一笑）喜欢。下次买，颜色还要漂亮一点，最好是桃红色的。

金　竹　你们坐啰，坐啰！我给你们泡茶去！

（带小英入内）

二　猛　我写的信你收到了吗？

凤　月　（挑衅地）收到了，也看了，怎么样呀？

二　猛　怎么样？

（唱）我生来是个木菩萨，

　　　如今又下井当了黑灶神。

　　　你若嫌弃就照直讲，

　　　勉强的"买卖"做不成。

凤　月　（唱）你的话我听了实在好笑，

　　　我的心未必你猜量不到。

二　猛　你的心……

　　　（唱）一年来你为何左拗右拗。

凤　月　（唱）考一考你的思想牢不牢。

二　猛　你这种考法真正巧。

凤　月　好，好，好！

　　　（唱）小误会从今后一笔勾销。

　　　〔金竹端茶上，小英同上。

凤　月　（旁白）姨妈要我和她分家的事，还冇讲哒！我还冇

　　　过门，当着他嫂嫂怎么好开口呢？

　　　嗯！二猛，我们出去走一走吧！

　　　〔二猛犹豫。

金　竹　对，出去走走，出去走走！

小　英　我要叔叔抱，我要跟叔叔去！

　　　〔二猛欲回身抱小英，被金竹拖走。小英哭。

金　竹　叔叔有事，小英莫哭，妈妈给你穿花衣。（抱起小英）

　　　小英，叔叔阿姨好不好？

小　英　叔叔好，阿姨不好。

金　竹　呃，不，叔叔好，阿姨也好，叔叔和阿姨在一起更好，

懂吗?

小 英　懂。

金 竹　真乖。(亲小英,望着二猛和凤月远去的背影点头微笑)。

　　　　〔切光。闭二幕。

第五场

　　　　〔紧接前场,晚上。金竹家堂屋。

　　　　〔二幕前二猛上。

二 猛　(唱)原以为凤月思想有转变,

　　　　　　　没想到刚才交谈露原形。

　　　　　　　催结婚先要彩礼八百块,

　　　　　　　未过门就逼叔嫂把家分。

　　　　〔凤月追上。

凤 月　二猛,二猛!那些条件——

　　　　(唱)你到底答应不答应?

二 猛　(唱)要我答应万不能。

凤 月　(唱)不答应休想把婚结。

二 猛　(唱)我宁可一世打单身。

　　　　〔二猛愤然下。

凤 月　二猛,二猛!

〔二秃嫂上。

凤　月　姨妈，你看他就这样走了，我怎么办呢？

二秃嫂　怎么办？你还跪着求他不成。你放硬泼一些，他过几天自然会找上门来的。

凤　月　我软的硬的都来了，他总不听，他咯样的人自己不会打转转。姨妈，你快帮我去转个弯啰！

二秃嫂　要我去转弯，真有得用！除了他怕找不到男人？

凤　月　（哭）

二秃嫂　好，好，你回去，我去找他。

凤　月　好姨妈。

二秃嫂　要我问起人家去转弯，我从来有发过一字！哎，这一个硬不想分家，那一个连嫁个科长都不想，这里边硬有鬼！一定是……哼！这样的事瞒得过别人，瞒不过我的眼睛！二木兜，二木兜，我定要叫你自己找上门来求我！（下）

〔二幕开，金竹家堂屋，户外夜景朦胧，金竹在灯下缝补衣服。

金　竹　（唱）听窗外竹叶迎风唰唰响，

丛林中清泉流水淙淙鸣。

小英儿已安睡心宁人静，

灯光下补衣服理线拈针。

二猛和他哥哥一个样，

从不把穿着打扮放在心。

他哥哥遗下的旧衣服，

打几个补丁又穿上身。

这衣上留下了大猛多少汗渍印，

如今是旧痕上面加新痕！

这衣上我缝过多少针和线，

如今是补钉上面加补钉。

旧针线缝上了夫妻恩和爱。

新补钉连结着兄弟叔嫂情。

愿二猛和凤月不再生波折，

早完婚一家和睦过光阴。

〔胖大嫂上。

胖大嫂　（唱）我心中有事不讲不痛快，

　　　　　　就好比一根骨头卡在喉咙里。

　　　　　　凤月和二猛哪能配成对，

　　　　　　金竹配二猛那硬蛮相宜。

　　　　　　我不妨为他俩牵牵红线，

　　　　　　莫性急先试试她的心意。

　　　　　　我就是这个主意。（敲门，轻声地）

　　　　　　金竹，金竹！！

金　竹　啊，大嫂！（开门）

胖大嫂　小英睡着了！

金　竹　嗯，大嫂请坐。

胖大嫂　啊，又在给二猛补衣服呀！你们叔嫂和睦友爱，二猛的对象硬要像你一样贤良才好啊！

金　竹　凤月比我强得多哩！

胖大嫂　只怕难得。哎，二猛和凤月么子事谈得咯样久？

金　竹　（笑）谈恋爱嘛！

胖大嫂　谈恋爱，我看合心的一谈就拢，不合心的再谈久些也是空的。

金　竹　大嫂，咯号事性不得急啊！

胖大嫂　唔，咯号事性不得急。嗯，性不得急。金竹！

　　　　（唱）二猛朴实憨厚冇得多话讲，

　　　　　　　和大猛一样好硬像一个人。

金　竹　（唱）他在矿上工作积极人称赞，

　　　　　　　回家来分担家务忙不停。

胖大嫂　这你就硬讲对了。

　　　　（唱）他待小英胜过亲生女，

　　　　　　　这硬是一个好家庭！

金　竹　（唱）大嫂看了也高兴。

胖大嫂　（唱）我笑在眉头喜在心。

金　竹　（唱）愿只愿好家庭锦上添花。

胖大嫂　快拢边了！

金　竹　啊！

胖大嫂　（掩饰地指金竹手中的衣）你看，这一边再缝几针就拢来了！

金　竹　嗯。

胖大嫂　金竹，你和二猛两个人倒是蛮合心，只是那位凤月姑娘……

金　竹　凤月人聪明，又有文化，只要和二猛多接近，就会合
　　　　心的。

胖大嫂　她呀，是个势利眼！

　　　　（唱）凤月和二猛不会一条心，

　　　　　　　一年来她热一阵来冷一阵。

金　竹　（唱）闹点小矛盾也是常情，

　　　　　　　我正在为他们作准备，

　　　　　　　腊月过后就完婚。

　　　　〔金竹手中线滑出了针眼。

胖大嫂　啊！线断了。

金　竹　是线滑出了针眼。

胖大嫂　啊，那就快再穿进去。来，来，来！我来替你穿针——
　　　　引线。

金　竹　不用，我自己来穿。

胖大嫂　啊，你要自己穿。好，好！金竹呀！

　　　　（唱）你也要为自己想一想，

　　　　　　　我愿你无心插柳柳成荫。

金　竹　大嫂？

胖大嫂　你听我讲。

　　　　（唱）自从大猛去世后，

　　　　　　　你从未宽过一天心。

　　　　　　　家庭重担你一人挑，

　　　　　有苦不说别人不晓我知情。

　　　　　虽说是叔嫂，

　　　　　两个多和顺，

　　　　　也毕竟比不上夫妻恩爱深。

　　　　　如今不兴讲封建，

　　　　　寡妇再配是常情。

　　　　　我劝你早把主意定，

　　　　　你心上哪个如意就和哪个快结婚。

金　竹　（默然）

胖大嫂　（旁白）咯回硬讲中了。金竹，你要是想好了，就早
　　　　点跟我大嫂讲呀！（笑下）

金　竹　（唱）大嫂平日最直爽，

　　　　　今日里话中有话露隐情。

　　　　　（拿出田螺看，陷入沉思）

　　　　　（唱）大嫂她是有意还是无意？

　　　　　金竹我是无心还是有心？

　　　　　她说的那个人分明是二猛，

　　　　　他和大猛真像是一个人。

　　　　　未必我心中已经将他爱？

　　　　　莫非二猛他，他，他也有这样的心？

　　　　　哎呀！

　　　　　（唱）我刚才想些什么事，

　　　　　似有人语耳边闻。

 莫非二猛把门叫,

（慌忙中将田螺放在桌子上，出门看望）

 不见人影只有风声。

（转身关门）

 面红心跳,

 好难为情!

 我不能这样想,

 我不能这样行,

 我比他年纪大,

 我已经结过婚。

 他是五月的新竹正葱翠,

 凤月是二月的桃花花正红。

 他俩结合才相配,

 我不能为自己不顾别人。

〔幕后伴唱:

 压平心头浪,

 坐下把衣缝。

 边缝衣, 边等人,

 不能等, 夜已深。

 平日等他心平静,

 今日为何心不宁?

金　竹　（钟敲十下）还不回来吃饭? 也可能不回来了。

二　猛　（心情沉重地上，站在门外）嫂嫂!

金　竹　（慌乱地）来了！（开门）二猛，我给你热饭。

二　猛　我不饿。

金　竹　哪有不饿的。

　　　　〔金竹将饭菜放入炉上锅内，煽火。

二　猛　嫂嫂……（欲言又止）

金　竹　你，你怎么啦？

二　猛　我……不和她谈了。

金　竹　啊，不和她谈了！

二　猛　嗯，她催我结婚。

金　竹　（吁了一口气）唔！她催你结婚，那好呀！你怎么倒
　　　　不和她谈了？

二　猛　嫂嫂呀！

　　　　（唱）凤月她催结婚先把条件摆，

　　　　　　　一开口就要彩礼八百块。

金　竹　（唱）催结婚是好事莫愁彩礼。

二　猛　（唱）她是爱二猛还是爱钱财？

金　竹　（唱）这事不能单把凤月怪，

　　　　　　　旧风俗要慢慢才能改过来。

二　猛　（唱）你当年不嫌贫困不嫌苦，

　　　　　　　自带衣服自带鞋。

　　　　　　　一颗碧螺表情意，

　　　　　　　提一个小布包走到我家来，

　　　　　　　何曾要彩礼？

何曾讲铺排？

过门就把爹妈奉，

一家相处多和谐。

你那样才是真情爱，

哪像她拿爱情做买卖还把价抬。

金　竹　（唱）她是她，我是我，各有长短，

　　　　　　拿她比我不应该。

二　猛　（唱）她要彩礼犹自可，

　　　　　　更不该逼我们把家分开。

金　竹　要分家？

　　　　（唱）几年来与大猛苦心撑持，

　　　　　　怎忍心在我手一劈两开。

　　　　　　为使他俩的婚事能顺畅，

　　　　　　我必须强把酸痛心里埋。

　　　　　　二猛呀！

　　　　　　兄弟分家是常事，

　　　　　　叔嫂分家更应该。

　　　　　　如今房子已经修整好，

　　　　　　分开家你俩的生活更好安排。

二　猛　（唱）嫂嫂待我们情谊深似海，

　　　　　　为成全我和她你费尽心裁。

　　　　　　上次该你招工你不去，

　　　　　　让给二猛一片苦心为谁来？

整修新房，受尽劳累，

冒雨担砖，又把病害，

这桩桩件件件件桩桩怎能忘怀！！

她千不该万不该忘恩负义过河拆桥，

把好心的嫂嫂当作包袱一脚踢开！

金　竹　二猛！

（唱）只要你俩相亲相爱，

这样的小事何必挂心怀。

二　猛　（唱）不管嫂嫂怎样讲，

刀劈斧砍我也不和你分开！

金　竹　（慌乱地）

（唱）莫发痴，莫发呆，

叔嫂哪能永远不分开？

明天就把彩礼送，

选一个好日子把她接过来。

〔金竹强抑制自己的感情，抽身进房。二猛内心十分
矛盾，来回走动，无意中看到桌上的碧螺，拿在手中
边看边想。金竹手拿两个小布袋，平静地走出来。

金　竹　二猛快拿去。

二　猛　什么？

金　竹　八百块钱。

二　猛　八百块钱？

金　竹　嗯，这里边五百块，是你每个月交给我的工资和奖金。

二　猛　啊？我交给你的工资和奖金，你一个钱也冇用。

金　竹　特地存下来，留给你们结婚用的。这里一边三百块，
　　　　是你哥哥的抚恤金。

二　猛　哥哥的抚恤金！（万分激动）嫂嫂！不，这……我不
　　　　能要！就为了我，你们舍不得穿，舍不得吃，你连一
　　　　件毛线衣都舍不得买，甚至连小英要做件花衣你都推
　　　　说冇得钱。你把好处都给了别人，自己却什么也不留。

金　竹　想起爹妈临终的嘱咐，你哥哥在世时就再三讲过，再
　　　　怎么艰难，也要为你讨好这门亲！二猛，只要你们好，
　　　　我就什么都有了。

二　猛　（激动地）嫂嫂！你应该过得好，你应该比别人过得
　　　　更好，我不能让你再受苦受累了，我决不能抛开你不
　　　　管，决不和你分家。嫂嫂，让我们永远成为一家吧！

金　竹　（慌乱地）什么？什么？

二　猛　（掏出田螺）嫂嫂，你把它给了我吧！

金　竹　啊，二猛！

二　猛　嫂嫂！

金　竹　不，二猛……我已经有了……

二　猛　谁？

金　竹　赵……赵科长。

二　猛　（痛苦地抱着头，然后缓缓地说）嫂嫂，我……
　　　　（把田螺塞在金竹手中，冲出门外，狂奔而下）

金　竹　（手捧田螺）二猛！
　　　　〔灯骤暗。

第六场

〔前场第二天早上。

〔金竹家自留地上。

〔二幕前,二秃嫂上,边走边得意地看纸条。

二秃嫂　（唱）老娘我几句话想得真巧妙,

　　　　　　　闹分家全凭这张小纸条。

二秃子　（上,焦急地）唱,唱,唱,不晓得哪根肠子快活?!
　　　　快拿钱来。

二秃嫂　么子钱?

二秃子　赵科长的谢媒钱。

二秃嫂　到手的钱还有退呀,喋!

　　　　（唱）买了手表又扯衣料,

　　　　　　　二十张"工农兵"全报销。

二秃子　哎呸,糟了!

　　　　（唱）金竹她不爱赵科长,

　　　　　　　得了钱没人去怎么开交?

二秃嫂　咯好的地方她都不想去,是么子原因,你清白不?

二秃子　那我还有研究。

二秃子　研究,研究!（递纸条）这里有一个好材料,你去研
　　　　究哟。

二秃子　（看纸条）哎,有咯号事?!

二秃嫂　有得咯号事,两叔嫂会好得咯样粘起来? 亏你还经常

在外边吹牛皮，讲你那俚媳妇如何如何好。好啦，这
回看你咯张老脸皮往哪里放？

二秃子　要她堂堂正正嫁人又不嫁人，到屋里搞些咯号路。走，
　　　　老子找她去。

　　　　〔两人同下。

　　　　〔二幕开。金竹家自留地，松竹林中一排小梯土，种
　　　　满白菜、萝卜。远处可见山间小瀑布。二猛的衣服挂
　　　　在树枝上。二猛在挖土整畦，时而站立挥汗。

二　猛　（唱）昨夜晚太激动一言出唇，

　　　　　　　到如今悔恨交加心不宁。

　　　　　　　爱嫂嫂我虽是情真意挚，

　　　　　　　索碧螺太莽撞于礼不恭。

　　　　　　　纵然嫂嫂不会责怪我，

　　　　　　　我心里总觉得难为情。

金　竹　（内喊）二猛，二猛！

二　猛　呀！嫂嫂来了。（奔下）

　　　　〔金竹携小英上。

金　竹　（内唱）昨夜晚二猛弟匆匆离家，

　　　　（上唱）我一夜未合眼心乱如麻。

　　　　　　　二猛，二猛！

　　　　　　　未必他含羞恼连夜回矿，

　　　　　　　怕的是沟深坡陡他跌落山洼。

　　　　　　　倘若他有个三长和两短，

我怎么对得起大猛和爹妈。

小　英　（指树枝上挂的衣服）妈妈，衣，叔叔的衣。

金　竹　（取衣）人呢？

小　英　叔叔，叔叔！（边喊边下）

金　竹　（焦急地四处张望，发现挖过的土）啊，他还在给我
　　　　挖土。二猛呀！

　　　　（唱）你依然一片深情把我牵挂，

　　　　　　　忍饥渴冒霜露为我把土挖。

　　　　　　　你怀抱一团火，

　　　　　　　胸无半点瑕！

　　　　　　　我从未把你怪，

　　　　　　　你何不早回家？

　　　　　　　小英儿为寻你不肯端碗，

　　　　　　　二猛呀你就不怕急坏她。

　　　　〔二猛抱小英上。

小　英　妈妈，叔叔来了。

二　猛　嫂嫂……

金　竹　二猛，你……

二　猛　嫂嫂，我对不起你！我……我不知道你已经有了……

金　竹　这……我一点也不怪你，你不要难过。

二　猛　不，嫂嫂，你找到了一个好对象，我心里很高兴。你
　　　　和赵科长一定会过得幸福的！

金　竹　二猛，那些快不要讲了！你和凤月的事呢？

二　猛　嫂嫂，你放心吧——我听你的。

金　竹　好，那就快回去吃饭吧。

小　英　叔叔，叔叔，快回去吃饭！（拖二猛下）

金　竹　（望着二猛背影）多好的人呀！

　　　　〔二秃子，二秃嫂上。

二秃子　到处找，还是躲在这里呀！

金　竹　二叔，二婶！

二秃子　还在咯里二叔二婶，你硬丢尽了我们胡家的脸咧！

金　竹　（一惊）二叔二婶，我有哪些地方做得不对？

二秃子　乌龟吃萤火虫，自己心里明白！

二秃嫂　莫发火，莫发火，你把这张条子念给她听哟。

二秃子　你听啰，不唱西来不唱东，单唱胡家一丑闻。有个寡
　　　　妇叫金竹，不爱……不爱……

二秃嫂　不爱嘞。

二秃子　啊，（接念）有个寡妇叫金竹，不爱别人爱满叔。弟不弟，
　　　　嫂不嫂，暗中勾搭……哎哟！下边的话更加难听，莫
　　　　念臭了我的嘴巴。（丢条子给金竹）你自己去看。

金　竹　这……这……这……真是太欺负人了！

二秃子　欺负人？无风不起浪，人家这样讲，总有一点根据。

二秃嫂　孤男寡妇扯在一起，一个不愿娶亲，一个不想改嫁，
　　　　你们咯还不是和尚头上的家术虱婆子，摆明摆白的
　　　　场伙！

金　竹　二叔，二婶，你们咯是什么意思？

二秃嫂　什么意思？你只莫装面糊。

二秃子　哼，哑巴吃汤圆，自己心里有数。

金　竹　难道我的为人你们不晓得？

二秃子　晓得又怎么样？还封得住人家的嘴巴！你如今是白竹
　　　　布掉进染缸里，万担河水都洗不清！

金　竹　（气极）哎……
　　　　（唱）流言伤人太可畏。
　　　　〔胖大嫂上。

胖大嫂　金竹，金竹！怎么啦？

金　竹　大嫂！
　　　　（唱）我有口难辩是和非。

胖大嫂　出了么子事？

二秃子　么子事？（指纸条）写在咯上面，你看哪。

胖大嫂　（看纸条）这是哪个冇天良的造的谣？金竹，不要怕！
　　　　酒好讲不酸，人好讲不坏，莫听那些鬼话！

金　竹　（唱）二猛他亲未成名声最要紧，
　　　　　　　这样的黑锅他怎能背？
　　　　　　　凤月与他正在闹矛盾，
　　　　　　　更难禁这股阴风到处吹。

胖大嫂　金竹，快莫那样想。

二秃嫂　金竹，你真要为二猛和凤月着想，就该嫁人。要不然，
　　　　咯号空话总会有听的。幸好凤月妹子还不晓得，要是
　　　　她晓得了，那会吵得不好看！

二秃子　快依我的，改嫁给赵科长，把这件事遮过去算了。

胖大嫂　你们两公婆真会唱戏啊，哼！

（唱）你们两公婆，主意真不差。

又是逼改嫁，又是闹分家。

二猛招了工，你们把她夸。

好处到了手，一脚踢开她。

一心为自己，良心手里提。

二秃子 （气得跳起来，冲向胖大嫂）你……

二秃嫂 （忙拦开二秃子）一心为自己，哪个不为自己？你不为自己？金竹不为自己？我早就听人家讲了，金竹把招工指标让给二猛，就为的是以后好和他成家。

金 竹 （气极）你……

胖大嫂 金竹，气什么？他们硬要这样逼你，你干脆和二猛成亲，活活气死那些戳是弄非，只想浑水摸鱼的王八蛋！

二秃子 （连连跺脚）不成话，不成话！

金 竹 大嫂……

胖大嫂 么子不成话？正大光明的，还怕你们背起石头去打天呀！爽快些，我作介绍。

二秃子 你，你这是成心破坏我们胡家的名声。

胖大嫂 破坏胡家名声的是你们。（亮纸条）这东西是谁写的，你当我不清楚。走，到大队部对笔迹去。

〔胖大嫂拖二秃子、二秃嫂，二秃嫂趁机将胖大嫂手中的纸条夺过去。

二秃嫂 （撕碎纸条）算哒，算哒，莫为一点小事伤了和气。

二秃子 算哒？咯号事就算哒！心中无冷病，大胆吃西瓜，要对笔迹就对笔迹！

二秃嫂　（吼二秃子）我讲了算哒就算哒！

〔胖大嫂与二秃子、二秃嫂纠缠在一起。

金　竹　（劝解地）大嫂！

二秃嫂　（讨好地）金竹，亲为亲好，邻为邻安，一笔难写两
　　　　个胡字。俗话讲，寡妇门前是非多，我们劝你分家，
　　　　劝你改嫁，全是为你们好。

金　竹　二叔，二婶，你们的意思我全明白了！我个人的事，
　　　　就不劳你们二位操心了。

胖大嫂　金竹讲得好，你们就不要狗咬老鼠，多管闲事了！

二秃嫂　哼！不要我管，看你们搞得好！（推二秃子下）

胖大嫂　（担忧地）金竹！

金　竹　大嫂，你放心！

〔切光。

第七场

〔紧接前场，晚上。

〔竹峰大队代销店门前。

凤　月　（懊丧地上）

　　　　（唱）刚才姨妈对我讲，

　　　　　　　婚事只怕会泡汤。

　　　　　　　不怨别人怨金竹，

她不该从中作梗搞名堂。

姨妈要我另外找,

怎奈我吃的还是农村粮。

凤月我该怎么办?

左思右想无主张。

〔金竹上。

金　竹　凤月。

〔凤月见是金竹,不高兴地转过脸去。

金　竹　凤月你在生谁的气?

凤　月　生谁的气,你还不清白?

金　竹　(明白地)啊……凤月,事久见人心。这是八百块钱,

是二猛给你的。

凤　月　啊!

金　竹　收下吧。

〔金竹递钱,凤月不接。

凤　月　他自己怎么不来?

金　竹　为分家的事,找李支书去了。

凤　月　他同意分家?

金　竹　会同意的。

凤　月　真的?

金　竹　真的!

凤　月　那你呢?

金　竹　凤月呀!

（唱）分家的事我已把决心下，

　　　　你就不用担心它。

　　　　新砌的房子你们住，

　　　　举手新做的家具安在你们家。

　　　　闲言闲语莫轻信，

　　　　主意还要自己拿。

　　　　分开后虽不同吃一锅饭，

　　　　妯娌仍然是一家。

凤　月　（受到感动）嫂嫂！

金　竹　（唱）待到腊月过后百花放，

　　　　我为你们腾新房、贴窗花，

　　　　喜喜欢欢欢喜喜把你接到家。

　　　　到那时亲友喜邻里夸，

　　　　夸你们一对并蒂花。

　　　　你们的喜事办成了，

　　　　嫂嫂我心里就了无牵挂。

　　　　（再次递钱）凤月，这是二猛的一点心意，他不会买东西，你自己去挑几件合意的吧。

凤　月　（接钱）嫂嫂，你真好。刚才是一场误会，你千万莫见怪。

金　竹　讲哪里话，我们是一家人嘛。凤月，二猛上无父母，下无兄弟，我这个做嫂嫂的手长衣袖短，帮不了你们多少忙，今后就全靠你了。

凤　月　嫂嫂，那算我的。你快进屋坐，我给你泡茶去。

（欲下）

金　竹　（喊住凤月）凤月，二猛虽然是个直来直去的人，但他心地纯洁，忠厚老实，是个难得的好人啊！

凤　月　（羞涩地）我就是爱他这一点。

金　竹　那就好。（转身走，又停步）

凤　月　嫂嫂，你……

金　竹　（再次返身走近凤月）凤月，你们成家以后，要互让互谅，和睦相处，不要为了一点小事就吵起来，惹人笑话。

凤　月　嫂嫂！我保证不和他吵半句嘴，你只管个放一百二十个心。

金　竹　好，好，好！凤月，二猛等下会来看你，你可要在家里等着他呀！（下）

凤　月　嫂嫂，你好些走呀！（看手中的钱）真是太好了！
　　　　（唱）刚才嫂嫂报佳音，

　　　　　　　一下吹散满天云。

　　　　　　　桩桩件件都如愿，

　　　　　　　我好比三伏天吃了冰淇淋。

　　　　　　　看来闲言不足信，

　　　　　　　嫂嫂还是好心人。

　　　　　　　二猛等下就会来看我，

　　　　　　　接待他定要热情又热情。

　　　　　　　对明月把柔软的头发细细理，

山道弯弯

　　　　　拉他到竹林中亲亲热热谈谈心。

　　　　　从此后再不跟他闹矛盾，

　　　　　同心合力建立一个美满幸福的小家庭。

　　　　　〔兴高采烈地入内，店内起火，凤月奔意。

凤　月　（急喊）起火啦！快救火啊！

　　　　　〔胖大嫂和群众若干人，有的拿水桶，有的端着脸盆，
　　　　　有的背着梯子，陆续上场救火……

　　　　　〔二猛急步上。

群众甲　二猛，铳药失火，火已经上屋了。

二　猛　快，上屋，断火路！

群众甲　（拦二猛）太危险了，不能上！

二　猛　救火要紧！（奔入）

　　　　　〔火势越烧越猛，浓烟蔽天。

群众甲　二猛爬上屋顶了！

胖大嫂　二猛，小心！

　　　　　〔忽然一声响，幕内惊呼：不好了，二猛掉下来啦！

众　　　二猛，二猛！

胖大嫂　快，快救人！（急奔入）

　　　　　〔灯骤暗。

第八场

〔距前场半月后。

〔竹峰煤矿，矿工医院病室。

〔二幕前，凤月提着白铁桶，思绪万千唉声叹气上。
摔桶。

凤　月　（唱）二猛住院已有半月久，

伤病情无好转令人烦忧。

每日里要为他喂药喂水，

洗脏物忙护理又累又臭。

又听说伤难愈合要截肢，

我和他三条腿怎到白头？

越思越想越慌乱。

（哭）哎呀！

快找姨爹姨妈把计求。

〔二秃子、二秃嫂上。

二秃子　姨爹，姨妈！（哭）

二秃子　怎么啦？

凤　月　听人讲，他可能要做截肢手术。

二秃嫂　截肢？

二秃子　就是锯腿咧！锯了腿，就是咯个样子哒。（做跛子状）
咯一世何得上岸！我们胡家屋里的坟山何什咯样不
贯气！

凤　月　啊，我可怎么办哪？

二秃嫂　你会要受一世的阳罪啊！

凤　月　呜……（抱头痛哭）我咯一世何得了啰！

二秃嫂　（把二秃子拉到一旁）好家伙，一个要锅补，一个要补锅。

二秃子　何解啦？

二秃嫂　（对二秃子耳语）

二秃子　那……二猛怎么办？

二秃嫂　顾得这头，就顾不了那头。你就不想想那二十张"工农兵"票子？

二秃子　怕莫是要得呀！

二秃嫂　（走近凤月）妹子，快莫哭了，还有一件二秃嫂难办的事冇告诉你哩！（向二秃子使嘴）

凤　月　还有么子事？

二秃子　就是那次失火事故，大队查明，是你把火柴蒂丢在铳药上引起的，商店损失不小。大队作了决定，撤销你的代销员还要赔款三百块。

凤　月　哎呀！咯又何得了，姨爹姨妈快给我拿主意啰！

二秃嫂　姨妈跟你生亲了，会想主意的，只是我姨妈的办法一时还来不赢哒！（向二秃子努努嘴）

二秃子　主意是有一个，就怕你不同意。

凤　月　姨爹快讲啰。

二秃子　嫁给赵科长去吵！

凤　月　哪个赵科长？

二秃嫂　就是你姨爹给金竹介绍的那个人。

凤　月　他四十多岁了，年纪比我大咯多，我……

二秃嫂　哎吔，妹子呃，男人年纪大的还疼堂客些。

凤　月　他胡子叉叉的，总有些不相称嘛！

二秃子　咳，只要有票子，管他么子胡子啰！

二秃嫂　胡子总比跛子好些吵！凤月呀！

　　　　（唱）赵科长有权又有钱，

　　　　　　　有权有钱能通天。

二秃子　（唱）只要你今天把头点，

　　　　　　　户口一梭就到了城里边。

二秃嫂　（唱）三百块钱赔得起，

　　　　　　　也不怕撤了这小小的代销员。

　　　　　　　结婚以后把福享，

　　　　　　　尽你吃喝任你穿。

　　　　　　　晚上有戏看，

　　　　　　　白天遛公园。

二秃子　（唱）要是闲着想事干，

　　　　　　　找个工作也不为难。

二秃嫂　怎么样啊？

凤　月　（犹疑少顷）姨爹姨妈，我还是听你们的。

　　　　〔凤月返身入内。

二秃子
二秃嫂　好，好，你快去收拾，我们在前边等你。

二秃子　嘿嘿，你咯只狐狸精，办法真是灵！

二秃嫂　妙计成哒功,还亏你咯条应声虫。你先走,我在这里等。

　　　　〔二秃子下。

　　　　〔金竹抱小英,提竹篮上。凤月提包裹自病室冲出,
　　　　　与金竹相撞,金竹忙护住竹篮。

金　竹　凤月,你……

凤　月　(故作病态)我头痛得要死,想回去休息一下,哎哟!
　　　　你来得正好,就请你替我招呼他一下吧。

金　竹　(发现凤月神情不对,怀疑地) 你不来哒?

凤　月　我……

二秃嫂　凤月,敞开窗子讲亮话哟!

金　竹　你……

二秃嫂　(得意地)金竹呃,原先你二叔想介绍你去当科长太太,
　　　　你又享不得那号福。你不去,她去哟。

金　竹　(气极)卑鄙!

二秃嫂　卑鄙?咯叫泥鳅驮肚,各寻各的路。我的凤月妹子年
　　　　纪轻轻的,不能跟一个跛子过一世!

金　竹　凤月,你也是这样想的?

凤　月　我……

金　竹　凤月,你抚着良心想一想,二猛是为谁负的伤?你还
　　　　记不记得那天对我说的么子话?你想没想过你一走,
　　　　会给他心上造成多大的痛苦?你这是在他的伤口上捅
　　　　刀子呀!

凤　月　(有所感动)嫂嫂!

二秃嫂　漂亮话人人会讲,她自己要是碰到咯样的男人,保险

比你还要走得快些。莫啰嗦，走！（拖凤月下）

金　竹　你……你……你们还有一点良心吗？！

小　英　阿姨，阿姨！（追凤月不及，转向金竹）妈妈，我要

　　　　阿姨，我要阿姨！

　　　　〔金竹气愤地在小英屁股上狠狠击了一掌。小英哭。

　　　　金竹望着自己颤抖的手，热泪盈眶，一把将小英搂在

　　　　怀内。

金　竹　小英，莫哭，都是妈妈不好。跟妈妈看叔叔去！（携

　　　　小英下）

　　　　〔二幕开：病室。二猛坐在病床上焦急地望着窗外。

二　猛　（唱）矿区内到处是热火朝天，

　　　　　　　　我伤未好腿将残思绪万千，

　　　　　　　　最难堪好时光消磨在病院，

　　　　　　　　怎忍心一家为我日夜把心担。

　　　　〔金竹携小英上。

小　英　（扑向二猛）叔叔！

二　猛　小英！（忘情地丢开拐棍去抱小英，跌倒在地）

　　　　〔金竹与小英一起扶起二猛。

小　英　我要叔叔抱。

金　竹　小英，到外面去玩，叔叔有病。

小　英　嗯。（下）

二　猛　（朝外喊）凤月，嫂嫂来了，快泡茶。

金　竹　不用喊，我自己会泡。（把鸡汤递给二猛）来，喝点鸡汤。

二　猛　嫂嫂！

（唱）半月来多亏你常来探望，

家务重里外忙不辞艰辛。

你对我千般关怀万般好，

可惜我无法报答你一片深情。

金　竹　这是应该的嘛。

二　猛　嫂嫂！

（唱）凤月她这一晌十分苦恼，

每日里长吁短叹少精神。

只怕我这条腿会成残废，

连累她我心里很不安宁。

金　竹　快莫那样想，先喝点鸡汤吧。

二　猛　嫂嫂！

金　竹　呃。

二　猛　你和赵科长的事呢？

金　竹　这个……二猛，那是嫂嫂骗你的，我哪里有心想这些事！

二　猛　不，嫂嫂，你要有个帮手，你应该找个知心人。

〔胖大嫂挟尼龙衣风急火急地上。

胖大嫂　（边走边嚷）岂有此理，岂有此理！

金　竹　大嫂，出了么子事啦？

胖大嫂　凤月她……

金　竹　（制止地）大嫂，歇歇再讲吧。

二　猛　凤月，凤月怎么啦？

胖大嫂　她听说你会残废，丢了你到七七八厂找赵科长去啦！

二　猛　真的？

胖大嫂　咯还有假，我刚才亲眼看见她上的汽车。喋！（把尼
　　　　龙衣丢给二猛）你给她的尼龙衣，也托人退回来啦。

　　　　〔二猛把尼龙衣朝床上狠狠一甩，愤然转过身去，颤
　　　　抖着走出病室。

胖大嫂　哎呀，我光顾自己气愤，一下子就冒出了嘴，该死，
　　　　该死！（急追二猛下）

金　竹　二猛，二猛！

　　　　（唱）二猛他忍痛咽悲一步一颤走出门，

　　　　　　　不由我心欲碎热泪淋淋。

　　　　　　　为什么好心无好报，

　　　　　　　多情偏偏遇无情？

　　　　　　　只怪叔婶太卑鄙，

　　　　　　　只怪凤月太狠心；

　　　　　　　只怪我未把责任尽，

　　　　　　　此事不曾早看清。

　　　　　　　害得他不幸被抛弃，

　　　　　　　害得他心上留伤痕。

　　　　　　　可怜他截肢后会成残废，

　　　　　　　有谁来抚他的伤残慰他的心。

　　　　（取出田螺）

　　　　　　　曾记得凤月逼他闹分家，

他向我索碧螺情切意真。

那时我一心愿他和凤月好，

用巧言拒绝他一片深情。

想不到好心成全结苦果，

满腔热情化灰尘。

〔幕后伴唱：

怜亲人，想自己，

想自己，怜亲人。

金　竹　（唱）眼前像是田螺姑娘对我笑，

耳边似闻奶奶对我话连声。

为人不能光为自己想，

还要把别人的苦乐放在心。

如今他正需有人共苦难，

往后他更需有人分艰辛。

我，我，我……

怕什么闲言和冷语，

害什么羞来怕什么难为情。

田螺代我表情意，

我就是要爱他这忠厚老实，舍己为人，可敬可

怜，被人抛弃的好心人。

〔胖大嫂和医生扶二猛上。

医　生　二猛同志，不要急，我们一定想办法给你把伤治好！

（下）

胖大嫂　二猛、金竹，你们都要放宽些想。

金　竹　大嫂！（展示田螺）你把这……

胖大嫂　好，金竹，你的心太好了，正合我的心意。

金　竹　只怕他……

胖大嫂　他……包在我身上。二猛，（将碧螺交在二猛手中）
　　　　这是你嫂嫂送给你的。

二　猛　（深情地抚摸碧螺，然后又交给胖大嫂）大嫂，我……
　　　　我不能接受它。

金　竹　啊！

胖大嫂　二猛，怎么啦！咯好的嫂子愿意跟你过日子，她不嫌
　　　　弃你，你倒嫌弃她来了。

二　猛　我不是这个意思。

胖大嫂　那你……

二　猛　大嫂！
　　　　（唱）我如今伤势重好歹未明，
　　　　　　　截肢后就是个残废之人。
　　　　　　　嫂嫂她为了我心肝操碎，
　　　　　　　怎忍心拖累她再受艰辛。
　　　　　　　望嫂嫂原谅我却你好意，
　　　　　　　望大嫂谅解我一片苦衷。

　　　　〔医生牵小英上，胖大嫂向医生示意。

金　竹　（激动地走向二猛）不，二猛，你不会残废，永远也
　　　　不会残废！别人有的，你也应该有；别人能够得到的，

你也应该得到。爹妈和你哥哥都不在世了，除了嫂嫂，再没有别的亲人疼你爱你了，让嫂嫂侍候你一辈子。二猛，让我们永远成为一家吧！

二　猛　嫂嫂！（握住金竹的手）

小　英　叔叔！

胖大嫂　两个多好的人啊！

　　　　〔二猛和金竹抱起小英。

　　　　〔大幕在音乐声中徐闭。

此文根据谭谈小说《山道弯弯》改编

湖南人民出版社于 1983 年 2 月出版的《碧螺情》单行本

山道弯弯情意长

——《山道弯弯》创作谈

谭谈

> 路再长，在跋涉者的脚下；
>
> 山再高，在攀登者的脚下！

弯弯山道捡到的故事

1981 年第 1 期《芙蓉》杂志上，发表了我的中篇小说《山道弯弯》。很快，报纸评论，电台广播，刊物转载，全国几十家省级、市级、县剧团，将它改编为多种地方戏曲。上海、甘肃电视台，将其拍成电视剧，上十家电影制片厂约我将其改编为电影文学剧本，上千封读者来信从全国各个省市飞到我的面前……

不少读者以为这是我发表的第一个作品，在信中热烈地祝贺我"一鸣惊人"。许多正在文学这条山道上跋涉的朋友，在向我祝贺的同时，也希望尚在奋斗中的自己某一天能像我一样，来那么"惊人"的"一鸣"。

我从内心祝福那些年轻的朋友们，希望他们都实现自己美好的愿望。

也许，世界上确实有创造奇迹的、一鸣惊人的伟人。然而，这毕竟太少了。更多的，恐怕还是"冷水泡茶慢慢浓"啊！

朋友你已经知道了，从我的处女作《听到故事之前》的问世，到所谓成名作《山道弯弯》的发表，我在文学这条艰辛的路上，摇摇晃晃地跋涉了十六七年啊！这期间，我发表的各类文学作品，有六七十篇，达三十多万字！

这些默默无闻的作品，以及那更多的没有发表的"废稿"，也许都为我的成长做出了它们的贡献。就像当年的那些退稿条一样，是送我往上攀登的一块一块垫脚石。

我感谢那些为我垫脚的默默无闻的作品，更感谢那孕育我的作品的——不！孕育我的——生活土壤！

不少读者朋友在信中问我：你的《山道弯弯》是怎么"弯"出来的？

我说：那是在故乡的山道上捡的！

朋友有兴趣吗？愿意听听我"捡"这个作品的经过吗？

那是 1979 年的盛夏。当时，我已调到《工人日报》驻湖南记者站做记者。家却没有搬，爱人和孩子仍住在煤矿里。有一天，我从外面采访后回到矿上的家中。夜里，月朗星稀，天气却很热。我搬一条竹椅，坐到宿舍前面的坪里，和煤矿上的干部、工人一起乘凉，摇着蒲扇，聊着家常。就是在这个夜晚，一个辛酸的故事，流进了我的心里：一个煤矿里，有一个矿工牺牲了。其弟顶职进矿，其妻改嫁给其弟。不久，其弟也牺牲了……

这个女人的不幸，引起我深切的同情。当时，我真想去寻访寻访她。但是，因我急于去完成另一个采访任务，没能立即去采访她。

这个故事，却一直沉甸甸地压在我的心里。

几个月后，我到涟邵矿务局桥头河煤矿邓子山工区采访。在这个工区的招待所里住了几天。这个招待所的工作人员，只有一个年轻的女同志。会计是她，服务员也是她。她工作非常负责，待人热情大方，但是言语极少，总是一个人默默地干活。工区办公室的秘书小朱告诉我：她是一个烈属，是在丈夫因公牺牲后顶职进矿的。进矿两年多来，别人给她介绍对象，她总是不答应。每个月带着孩子，去看望公婆一次，节约一些钱交给公婆。

小朱随便说出的几句话，却像烈酒一样使我醉心。我感到全身热辣辣起来。我踱步到楼房走廊的栏杆前，举头眺望着沸腾的矿山：井架上的天轮在飞转，电车道上的矿车在奔驰。我思想的轮子，也随着天轮在转，随着矿车在跑……

我们的煤矿，比起旧社会，生产条件大大地改善了。然而，由于环境的特殊，不幸的事情难免会发生。社会上许多姑娘因此不愿嫁给矿工。煤矿工人，长年累月劳动在矿井里，没有享受自己应得的那份阳光的温暖。然而，他们却用自己的双手，从地层深处取来煤炭，给人们以阳光以外的温暖。爱情，对这些为人民、为社会贡献光和热的煤矿工人，是多么不公平啊！

在完成矿山的采访任务以后，我回到长沙。一个炎热的夜晚，我到《芙蓉》杂志社的编辑部副主任朱树成同志家里串门。我们是很好的朋友，我经常到他家串门。在他家出出进进是很随便的。这一次我的到来，像往常一样，没有引起他特别的注意。我接过他递给我的一杯凉茶，很随便地和他聊着。

我向他谈矿山的艰苦，谈矿工们的憨厚和豪放，谈矿工们的牺牲精神，也谈矿工们在矿井里的那带野味儿的生活情趣，谈矿工们的妻子——那些平平常常的女人……

"我想写写那些女人！"

我谈着谈着，激动起来，不禁从坐着的凳子上站了起来。

他望着我，怔了一下，突然问我："你准备用一个什么样的主题？"

"主题？"

我一下被他问住了。老实说，这时候，我还真没有去想什么主题呀！

"当然，不一定每一部作品都有一个很明朗的主题，也可以多主题。但是，我觉得，写这些默默无闻地将自己的光和热奉献于人类的平平常常的女人，是不是定这样一个主题：表现我们中华民族的传统美德？"

他说得很不经意，我的心里却突然亮了一下。我立起身来，扭转身子就走了。当他醒悟过来喊我时，我已经到了楼下。

"如何把我们民族的传统美德，作为灵魂融进整个的作品？如何使这个主题，在作品中能立体化？"

夜里，我躺在床上思索着。渐渐地，孩提时代，常听老人们讲的那个田螺姑娘的民间故事，进入我的心里来了。我把它借了过来，巧妙地贯穿于自己的作品，使表现我们民族传统美德的主题，产生一种立体的效果。

就在自己的构思逐渐成熟的时候，娄底地区文联在新化县举办文学创作学习班。湖南省作家协会副主席、工人作家萧育轩同志邀请我到学习班上讲讲课，看看稿子。我当时已从《工人日报》湖南记者站调到《湖南日报》文艺部做编辑了。而我的爱人和孩子仍住在煤矿。文艺部的领导关照我，多给我几天时间，提前几天走，顺便到家里住几天。

我回到了煤矿，回到了家里。我没有休息，利用难得的这几天时间，来写这部使我的心里发痒的作品。到家的当天晚上，我就拿起了笔，伏到了那张我从部队复员回煤矿那年买下的三屉书桌上……

他们向我走来

一拿起笔来，许多熟悉的矿工朋友和矿工们的妻子，就涌进我热辣辣的胸腔，就往我的面前挤……

生活中常常有这样的情形，彼时使你不以为然的事，此时却让你感慨万千。这时候，那些平日我认为很平常的、不能上"文学作品"的普通矿工和他们的妻子，骤然间变了，就像一块黑不溜秋的煤块，陡地投进了炉膛，吐出了腾腾的烈焰。他们的心灵，在我的眼前闪起光来。一个个普普通通的矿工和他们的妻子，向我迎面走来了……

他，1958年进矿。二十多个春秋寒暑，没有请过事假、病假、伤假。八千多张日历上，都记录着他为社会主义做出贡献的鲜红的数字。二十三个春节，他都是在地层深处的矿井里，在呼呼的电煤钻声中度过的。

她——一个普普通通的苗家女。28岁的时候，人生的不幸落到了她的头上：丈夫因公牺牲了。留给她的，是四个年幼的孩子，大的九岁，小的才一岁半。这，对这个年轻的女人来说，是多么沉重的打击啊！她和丈夫都是湘西凤凰人。在这个矿上工作的湘西老乡，鼓动她向矿上提要求，将丈夫的遗体运回老家去安葬。应该说，这个要求是不算过分的。当领导上来征询她的意见时，她流着眼泪说：

"运回湘西，国家花费太大。他在矿上工作十多年了，生前，他爱这个矿，死后，就把他埋在矿区的山上吧！我们母子守着他……"

她简短的几句话，说得矿领导眼泪直落。当领导进一步问她有什么困难，有什么要求时，她说：

"我不能趴下来吃社会主义，我要站起来干社会主义。给我工作吧！"

她工作了，当上了食堂炊事员。她挑着油饼油条下矿井，把热饭热菜送到矿工们手里。她用出色的成绩，赢得了广大矿工的赞扬，当上了矿、局的劳动模范。1978年，她光荣地出席了全国煤炭工业战线的群英大会。她那端庄、秀丽的照片，印到了《全国煤矿英雄谱》上……

一个又一个普普通通的矿工和矿工们的妻子，在我的面前汇集。他们也许讲不出许多大道理，甚至在小组会上发一个言，脸都会涨得通红。但是，他们的行动，却体现着我们民族的传统美德。他们都有一个美好的心灵。霎时，他们像一块块矿石，在我的面前闪起光来。啊！生活的矿井里，蕴藏了多少文学艺术的矿石，等待我们去挖掘。

我怀着这样一种对矿工、对矿工的妻子的敬慕心情动笔了。

我按照生活中的样子写他们。没有给他们戴"光圈"，也没有给他们穿"高跟鞋"。作品中的他们，仍然是那样普普通通的，没有什么惊人的举动，也没有什么"豪言壮语"。然而，在他们那些平平常常的言行里，是不是很自然地闪烁了中华民族传统美德的光辉和社会主义的思想光彩呢？

写自己所熟悉的生活，写自己所热爱的人，自然顺手。五天，我就写出了这个五万多字的中篇小说。那天深夜，刚刚脱稿，来不及抄正，就被知道我这一"秘密"的一个朋友，当时在涟邵矿务局《涟邵矿工报》工作的、后任湖南电视台台长的魏文彬拿去看了。第二天一早，他就来敲我的门。他一边将稿子递还我，一边兴奋地说："我原想先翻几页，没有想到一看就放不下了，害我一晚没有睡。看完以后，我更睡不着了……真不赖！"说着，他伸出手来给我看，"你看，你这本稿子用铁丝钉着。看稿时，那伸出的铁丝，把我的手扎出了血，我都不知道。看它使我多入迷！"

我看看他的手指，果然是被扎出血来了。他那一双眼睛，更是火球一般的红。他确实一个通宵没有睡呀！接着，他又滔滔不绝地给我谈一些具体的印象，说得我也激动了起来。这是我的第一个中篇，而他又是我第一个中篇的第一个读者。得到了第一个读者的好评，我信心更足了。

稿子送到《芙蓉》编辑部，编辑王璞、编辑部副主任朱树诚和出版社总编辑黄起衰同志，都给予了充分的肯定。生活中的这个"她"，那个"她"，就熔铸成了作品中的"金竹"；我熟悉的矿山里的"老张""小李"，就变成了作品中的"大猛""二猛"……

从看电影到写电影

那一天，快要下班的时候，一个电话找我。

"你哪里？"

我抓起话筒，问。

"西安。我是西安。"

"西安？"

我很意外。西安，我可是没有一个亲戚和朋友呀！

"我是西安电影制片厂故事片编辑室。我姓韩，叫韩俊峰。我们读了你的中篇小说《山道弯弯》，决定邀请你到厂里来把它改编成电影文学剧本……"

"我、我没有这个想法呀！"

"现在能不能想一想呢？"

"眼下，我们报社正在抓建党 60 周年的宣传报道。编辑工作很忙，一个萝卜一个坑，恐怕……"

我们没有说定一个结果，我就把话筒撂下了。电影制片厂要为我请三个月创作假。我考虑到自己的编辑工作很忙，报社领导不会同意，不要去自找没趣。于是，我想把改编电影脚本的事推掉。

没有想到，我下班回到家里，刚刚端起碗吃晚饭，我们报社文艺部的副主任周绍颐同志就来敲我的门了。

"你把手头的工作了结一下，准备去西安改编电影剧本吧！"

我很吃惊，自己没有向领导提出申请呀！

"你接电话的时候，我正在旁边。电话里的内容，我都知道了。因为时间要得太多，我不能做主。我连忙向老总（总编辑）们汇报。他们都支持。江总编和黎总编还说，你们《洞庭》副刊不是经常介绍名人吗？我们为什么不能培养自己的名人呢？"

一排一排的热浪，撞击着我的心扉……

我终于登上了去西安的飞机。

下午五点多钟，飞机平稳地在西安机场降落了。我从飞机上走下来，只见出口处有人在喊我：

"谭谈同志！哪位是谭谈同志？"

我抬头望去，那里站着三个人，两男一女。两个男人，一个高大、肥胖；一个，瘦长瘦长，都是50开外的年纪了。女人长得秀气些，大约30多岁。他们三个，大概是电影制片厂来接我的人了。他们中的哪一位是韩俊峰同志呢？

"谭谈同志！哪位是谭谈同志？"那个肥胖的男子，又抬着头，朝下机的旅客喊着。我不知是激动，还是一时羞于启齿，我没有答话，只是默默地朝他们走去。一直走到了他们身前，他们也没有注意到我，仍然抬着头在那里喊：

"谭谈同志！……"

"我在这儿呢！"

我站在他们面前说。这时，他们才把抬着的头低下来，吃惊地看着我。

坐在汽车上，那个胖胖的导演，感叹地对我说："没有想到，你就是谭谈同志，谭谈同志就是你呀！"那位女编辑，则偏过脸去笑起来。原来，他们是笑我穿得太寒碜了。一条短裤，一件汗衫。那件汗衫上还破了几个洞，把身上一块一块的肌肉祖露在外面……

唉，我这个人哟！第一次到这么大的地方去，为什么不"打扮打扮"自己呢？

我在西影招待所的一间房子里住下了。当天晚上，两位编辑和那个胖导演，就和我一起研究如何改编这个本子。导演第一句话就问我：

"小谭呀，你今年多大了？"

我如实说出了自己的年龄。

"哎哟，那你和我那大小子是一年的啦！"

"……"

"你平时看的电影多不多？"

接着，他给我说了上十部外国电影片片名。我都摇着头。"哎哟，那你还是个'电影盲'啦！"

于是，老导演交代老韩，要他先安排我多看一些外国电影。当时，正值西安举办美国电影周。

我却等不及，家里的编辑工作很忙，我们部里的工作是一个萝卜一个坑。我抽出来了，我的那份工作，就分摊给其他的同志了。我不能在这里待得太久，得尽快搞完这事，好赶回去工作。于是，第二天我就动手。四天后，我将改出的剧本交给老韩。

老韩一惊，说："这么快？"

"你先看看吧！"

"好，我今晚就看。"

两天过去了，老韩还没有来找我，我只好去找他。他说："我当晚就看完了，已交导演了，导演还没有看完。"

第三天，导演和老韩一起来了。导演没有谈具体意见，只是反复说：电影化不够，看来，你对电影太不熟悉了。说完，他就先走了。老韩留了下来。他脸有难色，好一阵，才说：

"小谭，导演的意思，不知你……是不是让导演参加一起改，这样会快一些。"

我一时无语，默默地看着老韩。老韩见我半天不作声，赶忙补充道：

"当然，让不让导演参加，主意全由你自己定。"

我把一叠电报和信件交给了老韩。这都是各电影制片厂最近发给我的。其中，北影、上影、长影在电文中说，连去厂里改编要住的房间都安排好了。我来西安时，有经验的朋友提醒我，把这些电报带上，到时会用得着的。

"能不能帮我购一张到北京的机票？"

我平静地说。

"什么时候的？"

"越快越好。"老韩敏感地看着我，说："小谭，不要这样嘛。我们也不过是提一个建议嘛。"

"什么电影化？我又不是写导演的工作台本！我写的是文学本！我不想再改了。你们干就干，不干就拉倒！"

我是一个矿工出身的人，有时候说起话来，火气很足。老韩立在我的身前，一时无话可答。

第二天天没有亮，我就爬了起来，伏在桌子上，写开了。我准备把这个本子抄一份下来，自己带走，留一份给他们，以便自己掌握主动权。第一天，我就抄了105页纸。四万五千字的剧本，我一天半就抄完了。

我把本子交给老韩的时候说："我回去了。家里的事情多，不能在这里老等。我也不能在家里老等，我等你们一个星期。一个星期后，不见你们的信，我就另行处理了。"

我又来到了西安机场。到这个机场那天是星期一，今天离开这个机场也是星期一，我在西安正好待了14天。

我回到长沙一个星期后，便收到了西安发来的电报：外景组立即赴湘……

选自谭谈文学自传《人生路弯弯》第十一章

寻觅《山道弯弯》

郭垂辉

题记：

　　水头村肖家这地方，距郴州市城区约十几公里，1982年电影《山道弯弯》上映不久，我特地到这里探访。郴江绕着村子蜿蜒流淌，村旁三架古老的竹筒水车悠悠旋转，两岸林木苍翠的峰峦起伏连绵，风景美得醉人。

　　四十多年过后，我已是风烛残年，再次迈步肖家，放眼张望，三架悠悠旋转的地标性物件，剩下的一架，也没了悠然旋转的生机。村里冷清寥落……

　　多好的新农村建设和文旅创意脚本呵，至今待字深闺。期待有识之士和民间资本下乡进村，让这片成功诠释过文学名篇、被赋予了丰厚文化意蕴的沃土焕发出新时代的光彩！

小说《山道弯弯》在全国引起强烈反响

1981 年，《芙蓉》杂志第一期刊发的中篇小说《山道弯弯》，通过农村妇女金竹在遭遇贫困和不幸后苦苦抗争的故事，以身边小事和家庭内部的情感纠葛，探寻人物内心深处的道德观念，歌颂了金竹、二猛等普通劳动者的纯洁心灵和崇高品德，鞭挞了时刻拨弄个人小算盘的秃二叔和满脑铜臭气的凤月等阴暗的封建疤痕。

小说受到全国广大读者的交口称赞，在文艺界引起了强烈反响。《人民日报》《文艺报》等众多报刊发表评论文章，《小说月报》《中篇小说选刊》分别转载，人民文学出版社将其收入《一九八一年中篇小说选》，获评全国 1981～1982 年优秀中篇小说。北京、上海、长春、珠江、峨眉等上十家电影制片厂纷纷准备改编拍摄电影，西安电影制片厂抢先一步，邀请作者自己改编电影剧本。江苏、湖南两家广播电台在小说连播节目播讲；甘肃、上海两家电视台改编为电视剧；江苏电台改编为广播剧，中央台和上海、浙江、安徽等十八个省市电台做了演播；有好些剧团改编为地方戏，作者收到了几百封发自全国 27 个省市的读者来信。

作者谭谈，原名谭达成，湖南涟源市人，1944 年出生于一个贫苦农家，1959 年初中二年级辍学，被招进涟源县炼铁厂做翻砂工，1960 年炼铁厂停产下马，转到金竹山煤矿当工人。1961 年参军入伍，来到了南海之滨，连队营区在一个紧靠大海的渔村，当时部队为减轻国家负担，开展大生产，围垦海滩，播种稻谷。

连队的阅览室，有许多书籍、报刊，都是农村难得见到的，谭谈成了阅览室常客，他着魔似的迷上了书本、文学。连队指导员发现谭达成爱读书看报，便推荐他为连队的墙报委员，负责编写连队的黑板报和墙报，给他每星期安排了一天时间出报。

连队有位武汉入伍的王姓战友，经常利用假日到海边滩地捡拾牛粪、狗粪，为连队大生产积肥。他以《假日里的忙人》为标题写了篇短文登在黑板报上。团里的宣传股长下连队检查工作，看了黑板报上这篇新闻小故事，觉得不错，抄录下来推荐给驻地的党报。没过几天，《汕头日报》二版上方的一角刊登了这篇短文，只是标题改成了《克勤克俭的小王》。

那天傍晚，大家从工地收工回来，连队文书拿着一张报纸朝大家边跑边喊："谭达成，你的名字上报了！"他接过报纸，看到了报纸第二版上端的角上署有自己名字的豆腐块文章，一下子蒙了，自己没有向报社投稿呀，怎么登到了报纸上呢？这时，连队接到了团宣传股长打来的电话，告诉连队指导员和连长，那篇文章见报了。他终于明白，原来是团宣传股长抄荐给报社的。

这是连队第一次上报，连长、指导员都非常高兴。当天晚上，全连集合总结工作，指导员亲自朗读了这篇新闻小故事，连长也把谭谈好好地表扬了一番。

就是这篇豆腐块文章，把谭谈带上了新闻写作、文学创作的道路。他说，当初，自己连什么叫小说、什么叫散文都还弄不明白，竟疯狂地学着写起小说散文来。那时，连队训练、生产都十分紧张繁忙，他把洗衣服的时间都用在了学习写作上，衣领上的油污要用削铅笔的小刀刮掉一层，不然，下水擦肥皂都抹不出泡泡。而写的稿子却一次次寄到编辑部打个转，又回来了。他不气馁，反而犟劲更大了，别人能行，就不信自己不行。磨练三年后，《汕头日报》的副刊"韩江水"发表了他的散文《理发室里》。1965 年，先后在《解放军文艺》《收获》《人民日报》《羊城晚报》《广州日报》《儿童文学》等报刊发表了 9 篇小说、散文，《解放军文艺》当时正开展"四好连队五好战士"新人新事征文活动，分配每个军每年要上一篇征文稿，而谭谈这一年就上了两篇小说。为此，部队给他记了三等功。1966 年，全国的文艺刊物都停刊了，报纸大都是转载新华社电讯稿。

金竹原型综合了四个女子的经历和美德

1968 年，谭谈复员回到金竹山煤矿，先后做过电焊工、《涟邵矿工报》记者、涟邵矿务局宣传干事。1971 年后，湖南的文艺刊物和报纸副刊开始复苏，停笔多年的谭谈犟劲爆发，业余时间一心扑在了文学创作上，他写的讴歌火热生活的小说、散文频频刊登在《湖南日报》《工农兵文艺》《湘江文艺》等报刊上。因才华出众，1978 年谭谈被选调至工人日报社驻湖南记者站做记者；同年，又被湖南日报选调做报纸副刊编辑。

谭谈在煤矿工作十余年，熟悉矿上的生活，熟悉矿上各色各样的人，熟悉矿山丰富多彩的生活。离开了矿山之后，脑海里还时常浮现煤矿的事与人。他切实感觉到，生活的大地是富饶的，而在文学创作上要有所突破和创新，必须努力在生活的矿井里掘进，凭毅力和眼力透过厚厚的泥层找到能放射灿烂光彩的矿石。谭谈经过一番苦心思索，谋篇布局，一周时间写就了第一部中篇小说《山道弯弯》，其中主角金竹就是集中了自己十分熟悉的四个女子的美丽心灵和感人事迹而创作出来的。

谭谈小说写得顺利，改编成同名电影剧本也很顺利，电影厂的拍摄计划也迅捷启动。创刊于1980年的《芙蓉》杂志是双月刊，1981年第一期《芙蓉》杂志是2月出刊，上面就刊载了小说《山道弯弯》。当年八九月间，《山道弯弯》摄制组便来到郴州采景，经过多日的巡看比较，郴县坳上公社水头大队肖家生产队成为《山道弯弯》电影外景主拍摄地。电影上映后，我特地到这个拍名著的地方打卡赏景。

为《山道弯弯》拍摄地正名

十多年前，我曾想为《山道弯弯》《芙蓉镇》这两部同期问世的名著电影外景地选择逸事写点文字，可一直没有进入状态。这两年进入状态了，还是下笔艰难。比如，《山道弯弯》在郴州拍电影的事，我没有具体接触，脑海中空荡荡的，翻地区志、县志没找到半点文字记载；点百度，却是荒唐的回答：1982年版《山道弯弯》电影拍摄地点，在中国浙江省杭州市。其中一些场景拍摄于杭州市区的吴山广场、灵隐寺和西湖等地方。另外，电影中的一些场景也拍摄于浙江省周边的一些乡村和山区。

我算个老宣传，心想，按常理在坳上拍电影的事，当时郴县县委宣传部应该有人参与接待。于是求朋拜友好不容易联系上了当时在郴县县委宣传部工作过的六七位同志，有的说得很肯定，是某某，部里安排的；而与某某联系，他就说没有参加过接待。有的对坳上拍电影的事有印象，但记不起是哪个参加了接待，还有的对在坳上拍电影一点印象也没有。

我不甘心，又继续云搜索。有一次，忽然"蹦"出一个《巧剪妙裁河山新——山道弯弯摄制组采景记》的标题，却看不到文章的内容。通过求助晚辈，下载了此文。刊发这篇文章的杂志名为《电影评介》，创办于1979年，由当代贵州期刊传媒集团主管，国内唯一刊号为CN：52-1014/J。文章刊发在1982年2月号，千余字。从文章看，作者邓廷不是摄制组成员。

文章写到了摄制组来郴县采景的时间是仲秋，人员有导演、摄影师、美工师、制片主任等，一连几天采景组巡看了苏仙岭、喻家寨、下虎岭等地。摄制组不畏天气炎热，不惧山高路远，看到秀美的景致时个个兴奋不已，看到不如意的景观时虽然遗憾但不后悔。

在巡看喻家寨时，小车到了山脚下，公路截断了，领路的小伙子考虑到导演、摄影师都是年近花甲的老人，到山寨还要爬一段很长的山路，再说景致也不一定理想，就劝他们算了。而老导演郭阳庭却坚持要去，他说："还是上去看看好，看看心里才有数。"大家沿着山路攀登，一个个汗流浃背，气喘吁吁，终于登上了寨顶。整个山寨是丹霞地貌，临江矗立，四周如刀削成的绝壁，寨门由红砂石垒成，同四周天然石壁连成一体。寨顶峰有喻氏祠堂和同仁书院等古建筑，都保存完好；寨北有一座天然石桥，高、宽约四五十米，穹顶壮观，绝壁上刻有"天生巨眼""大地津梁"等字。大家感叹：喻家寨很是雄伟，又有厚重的历史人文，然而其他条件却与剧本所写的环境不符。在归来的途中，有人说："此趟太没有收获了。"导演却说："不来看看，怎么知道它与剧本所规定的环境不符。这，不也是收获吗？再说，干我们这一行的，各种风格的山寨装到脑袋里没有坏处，这次用不上，将来说不定能派上用场。"

这里不行就再寻别处吧！摄制组的人又继续寻找着。有一天，他们改变方向，来到南边距城约15公里的坳上公社水头大队肖家生产队，村前一条小河蜿蜒流淌着，岸边三架古老的竹筒水车不慌不忙地转动着，侧边不远处还有一架木桥跨水而过。村后，竹林在风中摇曳……

老摄影师林景不禁脱口而出："太美了！"

采景组的人们兴致勃勃地走进村里，站在村前朝对面看去，满腔的热情陡然又冷了。因为，对面的山景不够壮美，对面的山路不够蜿蜒，与电影剧本里写的景观还是有差异。带着遗憾回到住所。导演要求各自把多日来的巡景回顾消化一下，再研究决定下一步行动。

讨论时，有的人说，从这次和以往拍片的选景看，要在现实生活中寻找出十全十美符合作家笔下描写的景观，几乎不可能，只能择其大致相符，不足的部分可通过搭景和运用电影艺术手段弥补。老摄影师林景经过沉思后有个大胆的设想，对导演说："把苏仙岭搬到肖家生产队来！苏仙岭有古老的石板路，有盘山而上的公路，这方面的条件与剧本描绘的翠竹峰很相符。"导演思索了一下补充说："好！中间再插上前几日看到的下虎岭那个景过渡一下，来个三点一线，这样就成了剧本中描绘的那个小山村了。"

寻找那个"带路的小伙子"

这篇采景记仅介绍巡景定景阶段的情况，为了解后段拍摄等更多情节，我很想找到采景记中提到的那个"带路的小伙子"。先前从宣传部门找没能找到，换个思路，到外景拍摄地水头大队找能否找到呢？即使找不到，找队上的老人问问，说不定会有新的收获。

癸卯年七月下旬的一天上午，我在家人的搀扶下来到了肖家生产队。村庄里宁静得几乎看不到人，车停下后，女儿和儿媳要我和老伴不要下车，她们去找人。她们在前一栋房敲门后，有位七八十岁的老大娘开了门，40多年前在这里拍过电影老大娘记得，具体的事讲不上来。后面那栋老屋有位老人在清理家什，我们出现在他屋门口时感到突兀，很难为情。因已迁居多年，屋子里除了一张积有厚厚灰尘的木条凳，就是四面墙壁。他只好转到屋后面不知从哪里取下了一块长木板垫在条凳上供我们坐。我把他拉在身边，问他的基本情况，问拍电影的相关事情。他提供了有价值的素材，特别是通过他联系上了当年大队党支部书记李纯机。

十几分钟后李支书赶来了，通过接触交谈，我们从陌生到相识，他比我小几岁，也已七十加五。他本为桂阳敖泉人，20世纪60年代修欧阳海水库时，移民郴县坳上；桂阳一中高中毕业，1972年当了一年大队文书，1973年当水头大队党支部书记，一直当到1998年。他身体很棒，头脑精明。他讲述了当年队上为拍摄电影所做的一件件事情及所见到一幕幕拍摄场景。然而，那个"带路的小伙子"他却不知道，当年公社领导中几位熟悉情况的，可惜已离人世。好在他讲到了县委黎副书记为拍电影开了专会。我问，黎副书记如今在何方？他摇头。

经过托人多方打听，黎副书记名叫黎承文，调离郴县后，在地区转了几个部门，曾任行署常务副秘书长和秘书长。又托人找他的电话，终于与他联系上了。已是92岁高龄的黎老回复我，为拍电影专门召开过一个会议这个还有印象，但对为摄制组"带路的小伙子"和县里安排的接待、联络人员没印象了。为找当年带路的小伙子和接待、联络等相关人士，我还通过朋友，找到了当年的县委办主任，县招待所所长、办公室主任、总台服务员、楼栋服务员等，但都说时间太久没印象了。

三十多天搭了两个拍摄工程

采景组定下水头大队肖家生产队作为电影外景的拍摄地后，再次来到队上，协商急需办理的两件事。一件是要在肖家生产队盖一栋影片主人翁金竹居住的农舍；另一件是，拍摄还需要搭一座跨江木板桥。

听罢摄制组的介绍和要求，大队支书立马陪同摄制组的同志来到肖家生产队，首先商定盖房的事。导演和摄影师经过观测，看中了一块空地，既适合居家住房和农家种养布局，也便于架机拍摄。在征得生产队同意后定下在这块空地上盖房。

金竹的房子怎么盖呢，是虚盖还是实盖？美工师程明章抢先发表意见："不盖实的，把可见的部分搭出来就行了。导演和摄影师点头认可，要求美工师绘制金竹农舍的图纸，盖房工程由大队和生产队组织施工，经费摄制组按双方审核拨付。

盖房工程商定后，大队支书和生产队长肖贤胜等随摄制组人员来到江边，导演和摄影师现场选定了江这边与江对面的位置以及桥的高度和桥面宽度。木料问题，生产队同意就地取材，经双方评估约五个立方，定下由摄制组去县林业局申办砍伐指标。美工师绘制木板桥图纸，大队生产队组织施工，经费摄制组按双方审核拨付。

两个工程项目商定后，导演拜托说：虽是临时性工程，但质量不能马虎，一定要扎实牢固，因为这关乎到演职人员和民众的人身安全。

大队支书充分发挥生产队的积极性，两个工程项目都以生产队为主按要求组织施工，劳力不够大队协助调派。

金竹的房址前有个修粤汉铁路时堆积的小山包，按拍摄要求，房子大门外要有一块较宽的平地，从住房大门至猪圈和弯里路口要铺石板。生产队合理安排男女劳力，有技艺的劳力砌房子、架桥；一般劳力学"愚公移山"，他们用锄头、镰刮、镐头、铁锹和扁担、粪箕等工具，搬移堆积了几十年的山包，修整成一块宽敞的坪坝。由大队支书调派的劳力铺设了从房屋大门前至猪圈和湾里道口的石板路，金竹农舍包含附属工程三十多天竣工。架桥工程虽要到山上砍松树锯板子，江水中竖桥墩要取青石板，施工很艰难，也是三十多天就竣工。

拍摄现场散记

国庆节后，电影进入拍摄阶段，剧组20多位演职人员携带行李和拍摄器材南下郴州。他们包下了郴县招待所九栋的二楼和三楼。早餐后，他们乘车至坳上水头村拍戏，中餐有时招待所工作人员送到现场，有时演职人员回招待所吃。

坳上作为电影外景的主拍摄地，公社和大队都指定了联络协调工作人员。公社确定由副书记陈圣洋负责，陈副书记原是县千字号矿的矿长，对县里的工矿企业说得上话，拍摄需要运煤的货车，就是陈副书记从矿上借来的。公社文化站李长云具体负责剧组与大队间的联络协商事务，水头大队由党支部书记负责。

李支书认真作了布置，要求生产队搞好服务，拍摄如果需要借家具、农具，甚至借猪、借牛，都要从方便出发，找主人协商。协商好后找人搬运，包括抬猪赶牛，拍戏后归还原主。李支书说："人家老远到我们这里来拍电影，这是看得起我们，他们是客人，我们应讲礼俗，有觉悟，不能丢格。"演职人员拍戏有先有后，大队安排了三四家农户供拍完戏的或等待拍戏的演职人员歇脚休息，这几家农户都把房子和桌子板凳打扫得干干净净，用山泉水烧好茶水。已是82岁但身体单瘦硬朗的李纯政告诉我，那年拍电影有六七位演职人员在他厅堂歇脚。家里拿不出什么好东西，就给他们煮了红薯吃，他们也蛮喜欢的，说好吃。

剧中作道具的螃蟹，据说是从长沙买的，本来想买个一斤重的，没有，买了个不到半斤的。小演员欢欢，社员们都以为是剧组人员的小孩，其实是剧组从西安市小学低年级学生中选拔的，其父母是工人。

金竹丈夫王大猛井下挖煤牺牲，为拍大猛殡葬的戏，摄制组人员在围子湾竹山选定了一块地，出10块钱由生产队安排了李钝俊和崔太娥先去挖土堆坟。随后，矿里相关人员和金竹及女儿欢欢、二猛等亲属出镜拍戏。坟堆好后，30出头的崔太娥触景生情，跪扑在坟堆前痛哭流涕，泪水汪汪；崔太娥生育有二男二女，几年前丈夫却因病离她而去。摄制组和送葬人员看到这一幕，都十分感动，眼泪也忍不住夺眶而出。

依照剧情：一个宁静的深夜，二猛对象凤月的代销店大意失火，火势猛烈，二猛赶去救火受伤。

为拍这场戏，美工师在李家湾转来转去，发现有一间残缺不堪、没人打理的房子。他问大队支书："这房子是怎么回事？"李支书说："房子早几年被火烧了，户主一直没有修复。""我想借它再烧一次，行吗？"美工师向李支书作了解释，李支书当即联系户主协商。户主同意后，剧组邀约当地剧团参演这场戏。

剧团派人来到水头大队勘察了现场，与剧组进行对接。按照剧组的要求，剧团人员简单又巧妙地把原房子部分加高并搭盖了瓦檐，购买了几桶柴油。那时的柴油每斤一角一分，汽油每斤三角六分。

正式拍戏的那天夜晚，有不少人前来围观，除应邀而来的公安、消防、医院等相关单位的人员外，警戒线外还聚集了周边大队赶来的社员群众。二猛和剧团演艺人员按扑火场景化好了妆，多部摄影机从不同角度取景。房子着大火后，演艺人员奋力救火，房子垮塌，王二猛受伤……

依照剧情：那天，金竹背着生病的女儿从医院回家。苍天变脸，下起了瓢泼大雨，二猛冒雨赶来接过侄女。在走过木板桥道时，二猛脚底打滑，金竹伸手扶住二猛手臂，二猛不觉心头一热……

时令已是初冬少雨季节，为抢早拍摄这场戏，剧组只好请县消防大队协助，把消防车开到江边实施"人工降雨"。打霜天，江水冰冷，为使演员不被雨水淋透冻着，他们的外衣内层套穿了薄膜服装。现场也是多部摄影机从不同角度拍摄，江两边有许多群众观看。

12月初，摄制组完成外景的拍摄工作，撤离时在公社食堂办了一桌简朴的答谢宴，感谢公社对拍摄工作的大力支持和协助。水头大队支部书记李纯机应邀参加了答谢宴会，摄制组还给他发了一个月的劳务补贴30元。

为什么选择来湘南郴州拍摄

电影《山道弯弯》的拍摄工作于1981年内圆满收官。1982年1月，时长80分钟的电影《山道弯弯》正式与观众见面，拷贝发行到许多国家。

小说《山道弯弯》1981年2月公开发表，电影《山道弯弯》1982年1月公开上映，相隔不到一年。我缺乏这方面的数据，不敢说是"创纪录"，可否说"惊人""罕见"呢？这样的速度至少说明，作品美德的主题价值和极强的艺术感染力得到普遍认可，所以顺风顺水，路路畅通。

也许有人会问：谭谈是湘中作家，《山道弯弯》为什么选择来湘南郴州拍摄？这里有必要说说湖南日报社领导的一次采访调研活动。1981年4月底5月初，湖南日报社主持工作的副社长、副总编辑汪立康来郴州调研，地委宣传部领导派我参与学习。湖南日报驻郴记者李孔斌、谭涛峰和我随汪社长到宜章县梅田公社、资兴县坪石公社等地调研采访。我们写了多篇新闻稿并定下两个头版头条后，建议汪社长上苏仙岭看看，他欣然同意了。我们随汪社长的吉普车上山，到山顶上看了所有景观。下山时，下车看了景星观、三绝碑、白鹿洞等景观，汪社长对苏仙岭盘山公路上的风景大加赞赏，上山下山几次说到，谭谈的《山道弯弯》要拍电影了，这个地方的山道景观与小说写得很相似，建议他到郴州来拍。

原水头大队李支书回忆，在县委召开的短会上西安电影制片厂的同志说过，"是毛致用书记要他们到郴州来拍"，我不敢确认。心想，致用同志作为湖南省委书记，即使会见西安电影制片厂来湘拍电影的同志，按礼数，一般只会表达欢迎和感谢之意。

谭谈在一篇散文中提到过致用书记为他救急的事。那天，谭谈从后门进省委大院，被值勤卫兵拦住，要看证件。谭谈找了半天，从身上找出一个党费证，递过去。卫兵看了看，仍不让进。谭谈说，至少能证明我是一个共产党员吧，进自己党的机关都不行？年轻的卫兵十分尽职，很认真地说，这证上没有照片，怎么能证明是你的？谭谈是走路来的，再走回家去取一个证件，太费劲了。于是和这个年轻战士磨嘴皮，请求他放自己进门去，他硬是不干。谭谈急了，心里隐隐地来了气，说：他叫某某，还大言不惭地补了一句，省委候补委员，进自己的办事机关都不行。你打电话问问省委办公厅，看他们同不同意我进去？年轻的卫兵也怄气了，说："我不打，要打你打。"谭谈一时记不得省委办公厅值班室的电话号码，情急中突然想起有一次在和省委书记毛致用同志交谈中对他说，有什么事，让他打电话给自己，并随口告诉了他家的电话号码。这时，谭谈记起了这个号码。为这个小事找省委书记，人一急也管不了这么多了。随即，谭谈走进旁边的值班室，摇了一个电话到毛致用同志家，接电话的正是致用同志。毛致用问他有什么事？谭谈说，我要进大院来，卫兵不让进。毛致用同志又说，你是要到这里来，还是到其他部门去？谭谈如实说了，致用同志要他请值班的同志接电话。值班同志听电话后，对值勤卫兵说，毛书记请他进去，你让他进去吧。谭谈说，事情过去好多好多年了，那个年轻战士坚持原则和致用同志随和待人的形象，如同一幅凝重的油画，长久长久留在他的心头。

我引这个事例，是说明省委书记对谭谈的交往、关注和信任。这是1986年以后的事，谭谈是湖南省委五届委员会候补委员，中共湖南省第五次党代会是这年6月召开的。

我分析，1981年西安电影制片厂摄制组到湖南来拍电影，会礼节性地到省委办公厅、省委宣传部等相关部门拜会。而湖南日报社汪副社长，曾在省委办厅任副主任。省委宣传部副部长兼省文联党组书记车文仪，对《山道弯弯》高度评价，欣然为小说《山道弯弯》和电影《山道弯弯》合集出版写序。

我的这个分析，可从前面提到那采景记中得到印证。该文的结尾有这样的描述：当美工师说到大门外的戏都在郴州拍时，文章的作者惊问："门内的戏呢？"美工师说："西安，厂里摄影棚拍。"文章作者又一次惊讶："湖南、西安，仅是一门之隔呀！"导演笑了笑说："本来嘛，我们伟大的祖国，就是一个大家庭，我们这次来到湖南，来采景，省委、地委、县委和公社党委，都给予我们热情的支持，不就是如同一家人？"导演的一席话，说得大家都笑了。是呵，我们伟大的祖国，就是一个亲密、和睦的大家庭！

谭谈其事其人

之后，谭谈成为湖南文学艺术界的一面旗帜，陆续写了长篇小说《风雨山中路》《山野情》《人生路弯弯》，中篇小说《山雾散春》《你留下一支什么歌》等，先后有六百多万字、数十部著作面世，先后多次获得全国乌金奖、全国第四届青年读物优秀图书奖、湖南省"五个一工程"奖等荣誉称号；1999年作家出版社为其出版了八卷本文集。2006年，湖南文艺出版社为其出版了十二卷本文集。

谭谈1985年任湖南省作协副主席，后任常务副主席、党组书记；1995年任湖南省文联主席。他还曾任中国文联全委会委员，中国作协第六届、第七届、第八届副主席。

谭谈是中共湖南省委第五届候补委员、第六届委员；是中共第十三次、第十五次全国代表大会代表。

1997年，谭谈到贫困山区转了三个月，行程两万里，走访了20多个贫困县的百余个贫困村，看到最穷的农户，几乎都是没有文化的人。而乡村文化设施短缺，学习场地少。他想，自己是作家，要在伟大的脱贫攻坚战中有更多的担当。思来想去，他萌发了一个大胆的主意：借天下朋友温暖的手，汇广大作家的爱心，在贫困山区建一个作家爱心书屋，给贫困山区人民，尤其是青少年，送一批精神食粮。

1998年初春的一个晚上，谭谈满怀渴望的激情，写了一封《谭谈致文坛师友的信》。信发出后不久，立即得到了广泛热情的响应，收到四千多位作家、艺术家亲笔签名的著书万余册。有许多作家、艺术家在赠书时还寄来了题词、赠言和诗联。谭谈又倡议刻碑建廊，名曰"爱心碑廊"。

1999年，由巴金题名的作家爱心书屋，在风景秀丽的涟源龙山脚下、白马湖畔的田心村巍然耸立。阅览室有60个座位，藏书库藏书近5万册。书屋一年365天，天天免费开放，每周56个小时。20多年来，浏览量已过百万人次，外借图书已超50万人次。周边几个村经常爱阅读的青年多数考上了大学。

2004年，与作家爱心书屋为伴、由沈鹏题名的爱心碑廊随即落成。碑廊采用回廊式建筑，长达千余米的回廊上，嵌有花岗岩石碑320多块，每块高1.1米，宽0.6米，展示了文学家、艺术家和党政人士写的精美题词、赠言、诗词、楹联。这个碑廊具有独特的设计，具有极高的文化和历史价值。

谭谈还在自己的老家曹家村，捐出祖屋地基，卖掉了自己在娄底市区的一套商品房，搭上两部新著的稿费，再拿出家中的部分积蓄，一共百万余元，于2019年建起了占地两千六百多平方米，集"晚晴书屋""晚晴广场""晚晴诗湖"为一体的涟源市曹家村老农文化中心。

　　2002 年，湖南省委、省政府从全省各行各业的优秀专家中挑选 20 位，作为湖南省首批获表彰的优秀专家，谭谈名列其中。2023 年，湖南文学艺术奖的表彰增设的"终身成就奖"奖项，此奖项是新中国成立以来湖南省第一次给文艺家颁发这样的奖项。获得这个奖项的共四人，谭谈名列其中。作家仅他一人，其他三人分别为画家、书法家、摄影家。

原载《郴州日报》2024 年 5 月 11 日

晚　晴

石光明

谭谈于我，亦师亦友，更是兄长。有人问，谭谈是当代湖南文坛的一座高峰，文学大家，你是如何高攀上的？我说，全凭一条"山道弯弯"，曲径通幽。早年廖静仁曾戏称我是文学领域"边缘风景"，但正是这边缘角色，让我"别具只眼"，寻到"终南捷径"。

1981 年，谭谈就以中篇小说《山道弯弯》蜚声文坛，而我刚从大学毕业，分配在崀山下游的回龙寺公社工作。改革开放初的第一届选调生，带有试验性质。面对陌生艰苦的农村基层环境，我心多纠结。扶夷江边，公社小院木楼清冷的夜灯下，读文学作品成为我化解心结的最好方式。当时"伤痕文学"风行，多写知识分子悲剧。而描写农村底层人物生活的《山道弯弯》，仿佛是对身边山乡人和事的观照，特别是主人公在命运波澜中向善而行的正能量，很容易引发读者共鸣。我读过多遍，对作者心生佩服。很多年后，我见到谭谈，便执弟子礼，诚挚地告诉他，我是读着他的书成长的。

第一次见到谭谈，是 20 世纪 80 年代末，我已到省委大院工作。他陪同刚刚创业的梁稳根来十号楼办事。我匆匆一瞥，印象不深，但不敢相信，这个一口方言、敦厚平易的中年人就是自己仰慕的大作家。

接触更多的谭谈作品，是在 1992 年上半年。省里换届在即，要进行人事安排、人物摸底，文艺界人士中便有谭谈，当时他已是省作协党组书记。为让我们了解其创作，谭谈带来了好几部作品。交谈结束后，他把散发墨香的书留下，说是送给我。我忐忑，似乎有"以职谋书"之嫌。但对书籍的爱好，对谭谈小说的向往，让我先坦然，后欣然，继而陶然。

后来，谭谈担任省文联主席，不多久又当选中国作家协会副主席。我也到了省总工会工作，对矿工出身、又在工人报刊工作多年的他多了几分身份认同感。他总是说，工会是自己的娘家，一直对工会的活动很关心，对由《主人翁》杂志改版而来的《湖南工人报》很关注。我们的交往渐多，对他的了解益深，对他的感情也由最初文学的仰慕升华为对他才华、个性、人品的崇敬。

谭谈的生活经历，现在说是丰富，当时可谓坎坷。他当过工人，当过兵，当过记者，当过编辑。当了专业作家后，又当过省作协和省文联的掌门，成为作家的"勤务员"。他连续出席过两届中国共产党全国代表大会，所以在他面前，我不敢提

自己曾是中国共产党第十七次全国代表大会代表的经历。谭谈
生长于中华人民共和国成立初期，那时农村还相对落后，他家
底子薄，他的少年时代是在贫困中度过的。他初中一年级便辍
学，14岁去砸石头修公路，进铁厂当翻砂工，下矿井挖煤。直
到今天，他还是个有文化无学历的作家。当年职称评定，他达
不到学历的门槛，评委们犯了难。但无学历的他写的作品却是
有学历者的教科书，最后还是实事求是的思想路线解了这道难
题。他是在三年困难时期参军的，他直言不讳，当兵是为了能
吃饱饭。我纳闷，曾问他，人说不想当将军的士兵不是好士兵，
你怎么就没想过立军功当将军，反而爱上了写作呢？他一笑：
"连队阅览室书刊真多，对想读书却失学的我是多大的诱惑啊。
还有高玉宝的故事激励了我，他只上了一个月学就能写小说，
我为什么不行？"水运宪评说："说当兵的时候写作是不务正业，
似乎就有点调笑了。他的起跑几乎懵懵懂懂，并不知道遥远的
未来有什么样的位置在等待他。"谭谈的励志故事感染了无数
青年学生。洞口雪峰博雅职业技术学校一位听过谭谈讲座的学
生就曾感叹："他有执着的追求，有不因生活的磨难而停止追
逐的文学梦。"另一个学生写道："他的经历激励我们要直面
困难，去实现柳暗花明的境界。"

　　受《山道弯弯》熏陶，在扶夷江畔的几年，我工作之余也
尝试写作，并陆续发表了几篇小游记散文。后来因工作原因搁
笔，长期耕耘"同志们文学"（谭谈语）。2006年4月，"我
们涟邵——涟邵矿工文艺创作成果展"在湖南省美术馆开展，
谭谈邀请我出席开幕式。涟邵矿务局是我省重点矿山，是产业

工人集中的地方。令人称奇的是，这里不但产煤，还产作家和其他文艺人才。同样是矿工出身的著名作家陈建功曾誉称"涟邵是个作家窝"。开幕式上，谭谈为涟邵文艺赋诗："黑溜溜地来，红彤彤地去。燃烧自己是你的品格，温暖他人是你的境界。"现场浓厚的氛围感染了我，我忽然有抒情的冲动，朗诵了一首自己写的《涟邵之光》，以此向从弯弯山道走来的热血儿女致敬，为在太阳城升起的闪光年华欢呼。作为工会工作者，我倾注了个人和职业的双重感情："矿洞里文心若水，幽淡的煤香氤氲出写意诗画；煤田中妙笔耕耘，浓郁的底色绽开了艺术之花。擎起井下暗夜的矿灯，照亮了无数矿工青春的梦想；开掘地层深处的光热，点燃百里矿区璀璨的朝霞。劳动，不是为了收获掌声和喝彩；创造，凝聚了人生价值的升华。"这是我第一次在谭谈面前"班门弄斧"，没想到竟得到了他的赞许，几天后他给我来电话说，《涟邵之光》推给《涟邵工人报》发了。这次"谭门诵诗"的经历，燃旺了我业余从事写作的热情。

谭谈培养提携文学后进，文坛有目共睹。撇开涟邵矿务局作家群体不说，20世纪八九十年代以来，得他指点、经他推荐的湖南作家数不胜数。文学湘军后继有人，后浪推前浪，他有着不可磨灭的贡献。有件事我记忆尤深：十多年前的一天，金竹山煤矿采煤工陈援华来到省总工会办公楼找我。他黝黑的皮肤，粗糙的手，从袋子里掏出一本诗稿，又递过来谭谈写给我的一封信。信的大意是，陈援华是一位一线采煤工，坚持创作难能可贵，写作也已见功底，希望工人自己的报刊给予扶持。不久，《湖南工人报》副刊便刊发了陈援华的一组作品，并配发了一篇评论加以推荐。后来，陈援华接连出版了诗集《时代遗落的音符》、散文集《人生苦旅》，诗集还入选了"湖南省作协50年优秀成果展"，他也圆了加入省作协的梦想。

谭谈这样的故事不胜枚举，我更是切身体会到他的提携。2010年，我把那些年写作发表的十余万字散文作品汇集出版，书名《岳麓山下》，请谭谈作序。开始我担心，我的习作还很不成熟，他是中国作协副主席，会同意吗？没想到他竟满口答应，并很快寄来了文稿。他在序中不仅肯定了我的写作，还从正面指点了我今后治学为文的方向。有他的序在卷首，书稿很顺利地通过了审查。2022年，我第二本散文集《诗狂何处》拟出版，集中内容他几乎每篇都审读评点过。他认为这些文章属于诗学历史文化散文。他又是二话没说，爽快地写了推荐语。因为他的推荐加持，人民出版社15位评委盲评，一致同意了选题申报。书印行后，人民出版社还将其列为精选图书。

谭谈是文学湘军的领军人物，是当代湖南作家中唯一担任过中国作协副主席的大作家，但绝无大作家的排场和盛气。他当过省文联主席，官至正厅级，但丝毫没有官场做派及官气。谭谈头衔很多，但他最满意的是涟邵矿务局授予的"终身矿工"荣誉称号。到他家，他颇得意地展示这块牌匾，还有涟邵矿工画家康移风以此为题的画像。他不讲究穿着，身上难得见到名牌，经常是穿一件昔日采风时接待单位发的、满是口袋的马甲四处行走。因此，在他担任湖南科技大学人文学院名誉院长的受聘仪式上，时任省文联主席的鄢福初笑言要公开谭谈的一个秘密，说他今天的穿着是最正式的。话音刚落，全场大笑。他是一直保持农家子弟、矿山工人本色的作家，无论是性格迥异的文人，稚嫩热情的文青，还是往日矿山的工友，农家纯朴的村民，他都一视同仁，怡然相处。我曾在他老家涟源曹家村看到一幅照片，他与一位老农"勾肩搭背"，憨态可掬。其弟速成告诉我，那是他儿时伙伴，不熟悉者都以为是农村老哥俩。北宋苏东坡曾说："我上可陪玉皇大帝，下可陪卑田院乞儿，眼前见天下无一个不好人。"苏东坡性格随和，参透人生，但高居朝堂和贬谪边鄙，表现还是不一样的。这一点上，谭谈做得肯定比苏东坡更到位。

真、善、美是文学创作的价值原则，是时代和人民对作家、作品的衡量标准，也是社会生活崇尚的道德品质。谭谈不仅把真、善、美奉为自己创作的圭臬，也在生活中力行。他的作品，无论歌颂还是暴露，都洋溢着正能量，流淌着主旋律，飘逸着人性的温情，焕发出时代的阳光。他为人民而写，为时代而作，把自己置身于新时代建设者的铁流，而不是旁观者、清谈家，这就是人民和时代需要的真、善、美。我眼中的谭谈，本身就是一位求真、求善、务实的人。他的谦和低调、淡泊从容和待人以诚、与人为善，一向为人们称道。一位省委老领导谈起他，竖起大拇指："谭谈是个善良厚道的人，只做好事，不计回报。"

谭谈纵横文坛数十年，见证了改革开放以来湖南所有获奖作品的创作过程，亲历了几代湖南作家的成长成名，对老作家的风流才华、所经历的酸甜苦辣耳熟能详。我戏称他是当代湖南文坛的一本"活字典"，建议他把自己熟悉的湖南文学界名家和名著的故事写出来，以飨读者，为湖南当代文学史添一抹瑰丽色彩。湖南文艺出版社社长陈新文在旁当即约稿："写吧，我们来出版。"他却默然。当然也一直没动静。过了许久我再问他，这么好的选题何以束手？他慨然道，作家也是有七情六欲的平凡人，一生或长或短，都是多姿多彩的岁月，还是留待后辈研究者去写吧。谭谈是位现实主义作家，写作史料性的文章必须写实，不容虚构，他不愿自己的文字让故友和同仁们难堪。文人相轻是自古以来的流弊，至今难以根绝。这个陋习似乎没有影响谭谈，他与我们谈论作家作品，总是赞许、夸奖，一有机会便推荐。

　　谭谈不仅是著名作家，还是卓然的社会文化活动家。他的社会责任感让我们这类从政者也自愧不如。文联、作协都是无权无钱的社团组织，谭谈任内却留下了名垂史册、泽被后世的巨大资产。1995 年，他谋划创建了毛泽东文学院。这不仅是培养新一代文学湘军的"摇篮""杏坛"，也以其独特风格，成为古城长沙的一个地标建筑。1997 年，他倡导设立了毛泽东文学奖，该奖每三年颁发一次，奖掖、激励湖南作家潜心创作。同年他又先后在涟源田心坪、双峰富托村、郴州三峡移民新村分别建了三座作家爱心书屋，还在十四所乡村中学建有爱心书柜，这些都成为文艺界乡村文化扶贫的示范项目。为了筹建爱心书屋，他向巴金及全国作家写信："我想借助天下朋友温暖的手，汇集广大作家的爱心，在贫困山区建一个作家爱心书屋，给贫困山区的人民，尤其是青少年们，送去一批精神食粮。这不是学校，但又是一所学校无法替代的，富于个性和特色的，千百名文艺家用爱心搭盖的学校！尽管这个爱心书屋，只能放在某一个村镇，但她是一丛火，将会在千山万岭间燃烧……"
这些信今天读来，依然感受得到他那滚烫的情怀。

与爱心书屋几乎同时建成的，还有一座白马湖文艺家创作
基地。这个白马湖是20世纪50年代修筑的一座白马水库，位
于龙山脚下，风光宜人，只是在处处绿水青山的潇湘显得"大
众脸"，过去鲜为人知。朱自清的散文《白马湖》我读过，是
他当年在浙江上虞白马湖边春晖学校任教时所写。百年前的春
晖学校了不得，鸿儒云集，执教的是夏丏尊、朱自清、丰子恺、
朱光潜等文化名人，来讲学的有蔡元培、李叔同、何香凝、黄
炎培、叶圣陶、于右任、张大千等名流大师。"白马湖作家群"
更是成了中国现代文学史上耀眼的一页。20世纪20年代白马
湖就扬名学界文坛。初次听谭谈提及涟源白马湖创作基地，我
曾狐疑，有朱自清的《白马湖》在前，谭谈的白马湖将如何作
这篇同题文章？当我来到白马湖畔，心里有了答案。西南望龙
山，黛蓝逶迤，俯瞰湖水，幽绿沉沉，湖心有岛，小船移波，
成片的涟漪浮着天光，荡向远处。湖边绿树丛中，文艺家创作
之家的几栋小楼沿岸排开，粉墙黑瓦，如一本本翻开的书册，
辉映着湖光山色升腾的天地灵气。最引人流连的，是依山傍湖
而立，被谭谈称作"爱的长廊"的爱心碑廊，其中镌刻有巴金、
臧克家、周巍峙、贺敬之、张光年、沈鹏、李铎等一百多位著
名文学家、艺术家，周光召、袁隆平等科学家和毛致用等政治
家为爱心书屋题写的墨宝。此外还有创作之家院内一道依山蜿
蜒的小字体艺术长廊。一一读来，只觉墨香盈面，文韵盎然。
这座白马湖，是值得一读再读的，它不知撩起了多少作家、艺

术家的文思和创作灵感。

　　这几件大事办成了，谭谈也因此赢得了一个"三借堂主"的名号。哪三借？他诠释："向有权的人借权，向有钱的人借钱，向有名的人借名，来办我们作协、文联的事。"话虽轻巧，我却听出了其中沉甸甸的情怀和难梳理的曲折。因此，他把白马湖文艺家创作之家也命名为"三借楼"。只是"三借楼"的内涵，又赋予了文学元素——湖光、山色、人文，一并借来，岂不美哉？

　　去年初春，谭谈获得了第二届湖南省文学艺术奖终身成就奖，这是湖南文学界的最高荣誉，是对谭谈杰出的文学成就及其对湖南文学事业长期付出和重要贡献的最好肯定。我为之高兴，祝贺他。但谭谈看得很淡，似乎不太喜欢，揶揄说："我还没有奋斗到终身呢，这个奖早了点吧。"我理解，他不希图什么奖，追求的是"晚晴"的境界。确实，近两年谭谈又进入一个新的创作高发期，一年出版一本游记散文，让人好生羡慕。

　　望文生义，晚晴即傍晚晴朗的天色，比喻晚年优游裕如的生活状态。"晚晴"一词，最早见于南北朝何逊的诗："振衣喜初霁，褰裳对晚晴。"盛唐诗人高适将它与文墨风骚粘贴在一起："晚晴催翰墨，秋兴引风骚。"最著名的是李商隐在桂林写的："天意怜幽草，人间重晚晴。"如今已是千古名句。谭谈看重晚晴，其位于长沙城北土桥的小院亦取名"晚晴居"，退休后出版的一本文集也叫《晚晴居散集》。谭谈不吝啬晚晴，心中的晚晴不是个人的优裕怡情，而是包蕴了政治、文化、社会意蕴的时代价值，是他人生观的厚积薄发。

他放不下故乡文化贫瘠的乡亲，要让大家都感受到新时代的晚晴。他说："我这辈子的梦想，是能在养育自己的村子里，为童年的伙伴们建一个健身、阅读、休闲、娱乐的场所。"年逾古稀的他又开始"折腾"。这次他捐出祖屋的宅基地，卖掉娄底的住房，再拿出积攒的稿费，着手在老家曹家村筹建老农活动中心。建设中，他约我为活动中心的"还童园"撰一副楹联，请何满宗书写。所谓人杰地灵，一点不假。曹家村的山川形胜，注定了要出文豪的。村子后靠一座花山岭，前瞻一脉洪界山，酷似笔架，谭谈在这里出生长大，饱蘸天地灵气，怎能不妙笔生花？

他酝酿了二十年的梦想，两年时间便实现了。曹家村老农活动中心建成后，谭谈的"晚晴"情结进一步发酵，他把它命名为"晚晴书屋"，征集来近万册图书。他把屋前坪地辟为"晚晴广场"，疏浚了小池塘，在旁边的大理石护栏上镌刻了数十位名家诗人作品手迹，名曰"晚晴诗湖"。现在，晚晴书屋成了村民读书、集会的主要场所，既是村民们健身跳舞的去处，又成了远近作家学习研修的基地，人们誉之为"农家人的精神驿站"。

谭谈的"晚晴"，是社会责任感的发散，是文学时代审美的延申，是大美大爱的代名词。

原载《湖南文学》2024 年第 3 期

谭谈琐记

莫美

我和谭谈是同乡。因为文学，也因为其他一些琐事，我和谭谈打过很多交道，彼此非常熟悉。他朴实坦诚而又幽默风趣，外表木讷而又思维敏捷，颇有大智若愚的味道。他的一些话语，一些琐事，值得反复咀嚼，且越嚼越有趣味。

亲切鼓励

记得初次见到谭谈，是在 1983 年 11 月，他应邀回家乡给文学青年讲课。那时，我刚二十出头，是一个文学爱好者。谭谈呢，因中篇小说《山道弯弯》获得全国中篇小说奖，在文学界名声如日中天，成了我们很多文学青年的偶像。那天，谭谈穿着极为普通，一件夹克衫，一双解放鞋。那打扮，不像农民，不像工人，不像转业军人，不像知识分子。讲话呢，一口乡音，喜欢露出牙齿憨憨地笑。他讲课的内容，没有高深的文学理论，全是故事：如小时候家庭困难没读多少书的故事，在部队勤学苦练终于发表处女作的故事，创作《山道弯弯》的故事，《山道弯弯》一炮打响之后的故事，等等。我们听得呆呆的，从他那些朴实无华、生动活泼的故事中，我们不知不觉得到了文学的滋养和生活的启迪。

那次讲课的时间不长，交流却很充分。一个二十来岁的小伙子提问，大意是他酷爱文学，看了很多书，写了很多小说，但未掌握要领，寄出的稿件，要么石沉大海，要么原稿奉还。一位老作家告诫文学青年，不要拥挤在文学这条小道上。他因此苦闷、彷徨，不知怎么办才好。

作为提问，那位小伙子的话显得有点长，但谭谈一直脸带微笑，很认真地听着，没有半点厌烦之色。待那人讲完之后，他便张开嘴巴、门牙全露、露出一脸善意的标志性笑容，然后再拉家常一样地谈了自己的看法，最后说："你一定要有自信。你书读得比我多，生活条件比我好，可以写出比《山道弯弯》更好的作品。在座各位都要有这样的自信。"

这样的答疑，自然赢得了经久不息的掌声。

谭谈的这次讲课，给了我们莫大的鼓励。几年之后，涟源的文学创作出现一片兴旺的景象。我们虽然未能写出《山道弯弯》那样的作品，但却不时有作品见诸全国大报名刊。说来惭愧，此前，涟源本土作者已有 19 年没在省级以上文学刊物上发表过小说了。

谭谈本色

《山道弯弯》在《芙蓉》1981 年第 1 期刊发后，可谓一炮打响，作品很快被《小说月报》和《中篇小说选刊》等权威刊物转载，获得了全国中篇小说奖（相当于后来的鲁迅文学奖），拍了电影、电视剧，改编为广播剧、地方戏，还绘成连环画。谭谈成了名人。

谭谈饶有兴趣地和我们讲了《山道弯弯》发表后的两个故事。

一个是他去西安电影制片厂改编电影剧本的故事。

那是 1982 年夏天，谭谈应西安电影制片厂之邀，前去把小说《山道弯弯》改编为电影剧本。他出了机场后，走到那个举着牌子接站的人面前，打了招呼。那人看着眼前这个穿着背心、系着短裤、踩着凉鞋，一身农民打扮的人，不相信他就是大名鼎鼎的谭谈，冷淡地说："我接作家谭谈！"谭谈毫不在意，笑着说："我就是谭谈！"那人大吃一惊，很不好意思。

再一个是他在北京开会期间与刘绍棠就《山道弯弯》的对话。

《山道弯弯》所写的，是一个并不浪漫的爱情故事：大猛在一场矿难中不幸丧生，弟弟二猛与嫂子金竹，相互帮助，相依为命，渐渐产生感情，最后水到渠成，结为夫妻。这在我们湘中农村，是司空见惯之事。我的一个远房叔叔，也是哥哥下窑遭遇瓦斯爆炸死亡而与嫂子成家的。但在北方，这可能并不常见。于是，便有了两位作家的这段简短而有趣的对话。

那是1983年春，谭谈在《山道弯弯》获奖后，到北京开会。著名作家刘绍棠来到谭谈所住的房间，说："谭谈，你那个《山道弯弯》，我看了，写嫂子与小叔子偷情那么一些鬼事，是不是外国小说看多了啊？"谭谈听后，立马笑道："一个女人，丈夫死了，嫁给丈夫的弟弟，在我们那里，是非常普通的事情。外国小说，我还没看过呢！"

谭谈真是太坦诚了。一个获得全国大奖的作家，只要稍微有点虚荣心，可能说出自己没上过几年学的事情，但绝对不会说出自己没看过外国小说的事啊。

"三借"妙论

我是一名公务员，慢慢有了一官半职，谭谈希望我能为家乡的文学事业多做些具体工作。我自然也有这样的想法，但也有自己的难处。谭谈就多次以毛泽东文学院和作家爱心书屋的建设为例，向我讲述他的"三借"妙论。

谭谈任湖南省文联主席时筹建了毛泽东文学院，这对于当时的他来说完全是白手起家。他1995年起念，当年立项，当年动工。不到两年时间，即1997年，一座占地45亩，建筑面积近两万平方米，投资上亿元的江南民居风格的文学殿堂，便矗立在湘江之滨、岳麓山下，此文学院也成为省会长沙的标志性建筑。这样的省级文学院，在全国都是不多见的。

1998 年，谭谈筹建作家爱心书屋，向全国 5000 位中国作协会员寄上自己签名的著作，并附上了一封倡议信。信一发出，便有 4000 多位作家响应，陆续寄来了他们的著作和藏书，共十万多册。谭谈在涟源田心坪、郴州苏仙岭、双峰曾国藩故居建立了 3 个作家爱心书屋，并在涟源、新化、新邵、双峰的 14 所乡村中学建立作家爱心书柜。巴金、冰心、臧克家等文学大师，更是把绝笔留在了爱心书屋。作家们签名捐赠的 8000 多本个人著作，存放在涟源图书馆内的"作家签名书珍藏库"里。这在全国属于"仅此一家，别无分店"。

谈起这些往事，谭谈往往感慨万千，他说自己虽是文联主席，实际上有职无权，能办成一两件事，就是善于"向有名的人借名，向有权的人借权，向有钱的人借钱"。如文学院院名定为"毛泽东文学院"，并由时任总书记的江泽民亲笔题写院名，事情就好办多了。

"三借"妙论确实好，可惜我连皮毛都没学到。

善意批评

没有半点名人气，没有半点官架子，见面就笑呵呵的谭谈，有时也会批评人，并且挺严厉的。好在他的批评，是从善意出发，是为了促进工作。

2020年下半年，谭谈提议出版《涟源作家文存》，收入蒋牧良、谭谈、萧育轩、蒋子丹、梁尔源、莫美、廖志理、龙红年、吴中心、贺辉军等十位涟源籍作家的作品，以此向"建党一百周年"献礼。这个文学项目得到了当时的市委书记、市长的支持。但由于多方面的原因，经费迟迟没有落实，整个工作进展缓慢，礼是肯定献不成了，弄得不好，还有泡汤的可能。一天早晨，谭谈打来电话，口气很是严厉，说他"想起这事，一夜未睡"，说我是"秀才造反，三年不成"。他打了电话又发微信，当时让我实在不太好受。但我知道他是出于公心，是为了促成工作的圆满完成。

我立即与当时的市委常委、宣传部部长商量，原来她也同样挨了批评。我们加大了工作力度，后来，关键问题终于得以解决。谭谈非常高兴，他推荐出版机构，又请中国书协副主席鄢福初题写书名，请时任湖南省作家协会主席的王跃文作序，文存最终由花山文艺出版社出版。

成人之美

涟源市原文联主席、作家吴中心，其中短篇小说很有特色，结构之精巧、语言之张力，往往令人击节赞赏。他的作品散见于《人民文学》《芙蓉》《清明》《北京文学》《作品》等名刊，《中篇小说选刊》《作品与争鸣》等刊物曾予以转载。2017 年夏秋，他萌生加入中国作家协会的念头，想请谭谈帮忙推荐。谭谈当时在云南避暑，接到电话，立即写了推荐语，并用手机拍下，发给吴中心，使吴中心得偿所愿。

2018 年，吴中心加入中国作协后，便想出一部档次高的作品集。我出面与一家出版社的负责同志联系，那位先生也很欣赏吴中心的作品，答应帮忙。我们还商量好了一些具体细节。可不久之后，那位先生却撒手人寰，吴中心的出书也就成了南柯一梦。

2019 年 9 月，吴中心也离尘而去，他的出书梦便成了终生遗憾。

2020 年春，在白马爱心文化园，我与谭谈聊及吴中心的逝世与梦想，希望他能帮忙了却吴中心的遗愿。谭谈听后，沉默片刻，答应想想办法。

不久，谭谈便从长沙打来电话，说省文联同意资助出版经费，要我写一份报告送去，并可着手编辑。书稿初步编定后，他又帮忙联系了出版机构。最终，《吴中心中短篇小说集》得以由长江文艺出版社出版。谭谈还写了序言《不留遗憾在人间》。

吴中心的终生遗憾，终因谭谈的关心而消除。我想，吴中心若九泉有知，一定会感谢谭谈的。

谭谈年近八旬，身板硬朗，思维敏捷，还频频出席各种社会活动。他在活动现场往往随意讲讲便妙语连珠，赢得阵阵掌声。且他笔耕不辍，时有新作问世。"活动活动，活着就要动"，他还和年轻时一样，走在文学那条"弯弯的山道"上，不时留下独特的、让人津津乐道的足迹……

原载《湖南文学》2024 年第 3 期

弯弯山道里的人性与道德

——重读谭谈的《山道弯弯》

杨厚均

　　回眸 20 世纪 80 年代的湖南文学乃至整个中国文学，谭谈和他的《山道弯弯》总是绕不过去的。

　　清楚地记得，我最初是通过一部九英寸的黑白电视机接触到《山道弯弯》的。其时，我正在读高中。被株洲城里的姑妈家淘汰的这部电视机成了汨罗乡下我家乃至我们生产队的稀奇宝贝。电视只有晚上才有节目，因为质量或者信号或者乡下电力的不足，屏幕上常常是闪电一样的光带或者雪花一样的光点，这个时候的画面内容只能靠猜。每天晚上还不到断黑，拳头大的屏幕前就坐满了一二十号人。我就是在这样的环境中和我的乡亲们像今天的年轻人追剧一样追看由甘肃电视台拍摄的《山道弯弯》的。那时看过的节目我现在几乎都没有什么印象了，唯有《山道弯弯》连同看《山道弯弯》时的场景还历历在目。

男女老少，无不被剧中人物，尤其是金竹的命运所牵引，或凝神静息，或议论纷纷，好奇、愤怒、喜悦、叹惜，各种情绪随剧情一道流淌，连绵蜿蜒。那时的我，不过是一个和《山道弯弯》电视剧偶遇并被其打动的一个普通观众。

直到1983年我考上湖南师范大学（那时还叫湖南师范学院）中文系，有一次学校请谭谈来讲座，才知道我看过的电视剧原来是根据小说《山道弯弯》改编的，才知道坐在台上那个五大三粗的人就是小说的作者。讲座地点是在语数楼二楼的大教室。有一个细节我至今还记得清清楚楚：讲得兴起的时候，谭谈不小心把桌上的白瓷茶杯碰翻了。这时，他左手迅速把杯子捉住，右手则用肘袖随手在桌面使劲一抹，继续讲座。这样一副大大咧咧的形象，在我后来每次解读谭谈作品的时候总是不约而至，引导我去找寻他作品中最本真的色块。

我常常想，谭谈的《山道弯弯》当年为什么能引起那么大的反响。这自然与那个年代的精神需求相关。在社会重大转型的年代，在习惯了宏大政治叙事之后，一个疏离宏大主题的家庭感情故事，自然会引起每一个读者对于个体自身的关注。从这个意义上，《山道弯弯》是在为每一个读者代言，并以这样的方式参与社会的转型。问题是，读者群体庞大，他们的个体需求其实也是很复杂的，他们到底需要什么？他们的需要又会遇到怎样的阻击？

不能不说，无论是坐在我家九英寸破旧黑白电视机前的村民，还是坐在窗明几净的书房、图书馆里的读者，《山道弯弯》最吸引他们的还是二猛和金竹的叔嫂恋情，他们当年的争论或者内心的纠结都由此而致。这是一种在传统道德语境里不被肯定，而在个人内心深处又无时不在的情感与欲望的冲动。尽管大猛因矿难的缺席，在一定程度上消解了这种叔嫂恋的不道德感。但即使在这种情况下，传统的伦理其实也已经给出了最为理想的设计：嫂子像母亲一样对待小叔子，让其成家独立，最后自立门户；而小叔子也像对待母亲一样对待嫂子，顺从并保护好嫂子。大量的传统故事都遵循这样的原型来讲述失去母亲的小叔子与失去丈夫的嫂子之间的故事。《山道弯弯》没有遵循这样的设计，它突破了既定的故事原型，叔嫂恋情刺激了观众或者读者的好奇与冲动。

金竹和二猛的关系其实在大猛出事之前就有些异样。小说有两次提到金竹在大猛面前表示要把钱省下来给小叔子二猛办婚事：一次是在小说开始，等待大猛回来的过程中，借小女儿欢欢之口说出来的；另一次是在大猛出事后，在选择谁去顶职的关口，通过金竹的回忆表现出来的。这两次讲的其实是同一件事，本来作为嫂子，主动为小叔子结婚攒钱也算是人之常情。"异样"的是，第一次欢欢说起这事时，二猛和金竹都在场，也都听到了，当时的二猛"满脸通红，讷讷着，答不上话来"，金竹呢，则是"抿嘴笑了笑"；第二次金竹的回忆则更详细，也更有意思，特别在提到金竹和大猛在上床以后拒绝大猛给自己买棉毛衫的事上。两次叙述里，第一次俨然是在一个一家三口的温馨场景里，小叔子的"满脸通红"和嫂子的"抿嘴笑了笑"显然带有某种暧昧的意味；而第二次，在金竹自己的回忆里，将"用破衣服做里衣"与省钱让小叔子结婚联系在一起，多少会让人产生"过度"的联想。如果说，上述解读还有些"小人之心"的话，大猛走后，在继续为二猛婚事操心的过程中，金竹的"私心"就"原形毕露"了。刚刚安葬好大猛，还在坟地，金竹就开始考虑如何让二猛与凤月修复关系。她亲自把二猛送到凤月那里去量尺寸并借机离开，给二猛和凤月单独相处的机会。可当二猛再回到家里时，已经很晚了，金竹还一直在等，见到二猛金竹居然说了一句怎么看都有点"多余"的话："这么久，就只量个尺寸？"而事实上，正是在量尺寸的时候，二猛和凤月有了较为亲密的身体接触。作为过来人，这一点金竹应该也能猜出，何必多此一问呢？只能说口口声声关心二猛婚事的金竹，其内心深处其实是抵牾二猛和其他女子真正接触的。这种"私心"在某个月夜二猛答应凤月出去走走的时候更是得到了"实锤"，小说这样写道："当她听到他们的脚步声在门外远去的时候，她的心里，像突然倒翻了一个五味瓶……"她竟然在给欢欢讲故事的时候，都"慢慢地乱套了，后一句不接前一句了"，"她显得莫名其妙地不安起来。她不明白，二猛跟着凤月出去以后，自己的心里为什么会像丢失了什么贵重的东西似的，慌得很，闷得很呢？"如果真的只是关心二猛的婚事，这个时候的金竹应该是高兴才是啊。其实，用这样的一种思路去观察二猛，我们也会很惊讶地得出同样的答案：二猛对凤月的拒斥，其实源自亲近金竹的原始冲动。

问题的关键是，我们如何去看待这种人的原始本性，或者说我们该如何使这种人的原始本性合法化。因为如果不能合法化，那它永远就只是一种动物性存在。对此，《山道弯弯》采取了一反一正两种策略。一方面，通过一步一步将竞争对手凤月进行道德"矮化"，从而扫清二猛和金竹之间的障碍，使他们的结合获得道德的谅解。

凤月的自私自利，一开始表现为瞧不起二猛的贫苦家境，后来又因二猛身份的提升而主动追求，最后当二猛为了帮凤月的小商店救火而受伤，甚至可能致残成为负担时，凤月又在二猛还在住院治疗的时候无情抛弃了二猛并转而追随有身份、有地位的赵科长。凤月的行为在道德上一次比一次恶劣。如果说，对凤月的道德"矮化"还只是一场局部的酣畅淋漓的"战斗"的话，将二猛塑造为善良、诚实、勤劳的道德化身，则是《山道弯弯》的深谋远虑的战略决策。从小说叙事策略来说，这是一种正向的叙事。

当二猛和金竹内在的人性冲动与作为社会规范的道德秩序达成和解的时候，叔嫂恋便获得了合法性。《山道弯弯》一开始就在金竹的家门口设计了两条路，一条是新修的跑汽车的公路，一条是古老的弯弯曲曲的石板路。两条弯弯的山道，石板路代表的是传统，公路代表的是现代。二猛经常是坐矿里的便车从公路回，而几乎每一次又是从弯弯的石板山路出去。石板路是每一次出发的起点。与石板路相呼应的传统是什么呢？小说自始至终贯穿着一个田螺姑娘的故事。田螺姑娘是一个家喻户晓的民间故事，小伙子的勤劳诚实、田螺姑娘的善良能干，是故事的内核。金竹手中的田螺壳从奶奶那里传承而来，田螺姑娘的故事再由她传递给小女儿欢欢。因为大猛的勤劳诚实，善良的金竹不嫌弃大猛的家境，带着田螺来到了大猛身边。二猛同样勤劳诚实，大猛走后，金竹和二猛的结合就不能不说有几分"顺理成章"的意味了。正是这个田螺壳的反复出现，正是金竹的善良、纯朴，二猛的勤劳诚实，让我们在一定程度上原谅了来自叔嫂恋背后的原始人性可能造成的不道德感，正如曾经有人所提到的那样，作者把金竹、二猛的纯净美好的感情写得越深、越透，他们之间"原有的那一点伦理形式上的异常也就越不能在作品中占有触目的地位。"

由此，我们可以肯定，在《山道弯弯》里内含着作者两种创作意图：一方面是对人的生命欲望的发现，另一方面则是对传统美德的颂扬。作者也似乎意识到二者之间的龃龉，并以自己的方式来努力调和。其结果，是把人性的本能的冲动置于隐性的层面，而把对勤劳、诚实、善良等美好道德的歌颂置于显性的层面，从而达到二者之间的和解。我觉得这正是谭谈作品的意义所在。

我们发现，《山道弯弯》以后，谭谈越来越多的作品都是在人性与道德伦理之间努力做着调解。在他的长篇小说《风雨山中路》《山野情》《美仙湾》《桥》，以及《山雾散去》《山女》《山影》《月亮溪》等一系列中篇小说，以及大量的短篇小说中，我们发现都有着一个与人的本能冲动相关联的男女恋爱故事模型，那就是"女大男小"的模型。相比于传统的、理想的、男性主导的"男大女小"模型，"女大男小"是一种挑战，内置着对逸出传统道德伦理的人的本能的同情与理解。饶有意味的是，谭谈所有"女大男小"的故事模型中，无一例外都是小男勤劳诚实和大女善良能干，并通过道德上的合法的"乾坤大转移"来实现"女大男小"在人性上的合法。谭谈的这种努力，事实上触及了社会发展的一个重要的问题，那就是人的本性与道德伦理的关系问题。社会的发展，终归是人性的不断解放的过程，而人性冲动的最原始层面源自男女之间。然而任何人性的冲动最终又总是要接受道德伦理的规约。人性与伦理道德历来就存在着一种既对立又统一的关系。一方面，人的欲望、人的生命冲动，常常表现为对既有道德的挑战；另一方面，人的生命冲动又需要道德伦理的规范来予以尊重与保护。如果任由其放纵，最终的结果将是"冲动的惩罚"。

谭谈的创作给我们这样的思考：生命的冲动，人性的自由发展，与我们所熟悉的传统美德是否只能是一种非此即彼、你死我活的二元对立关系？在一百多年来的现代中国文学景观中，大多时候，二者是一种对立的关系。这几乎成为一种现代化的结构特征。谭谈创作这些小说的 20 世纪 80 年代，作为社会文化转型的文学，开始了越来越大胆地对人的本性的张扬，甚至展览。这种情况到九十年代登峰造极，以至于身体写作以各种名目得以合法化。在经过一段时间的闹腾以后，今天的我们归于冷静，得以重新发现传统的意义。传统的道德伦理中，其实也蕴含着我们过去可能忽略了的、对人的本性的理解与尊重。谁说田螺姑娘的故事，带给我们的只有勤劳诚实善良的道德追求，而没有青年男女的身体渴望与冲动？

正是从这个意义上来说，谭谈《山道弯弯》在当时的"走红"并不是偶然的，在传统美德的范畴里实现人性的释放，是

《山道弯弯》的秘籍所在。这一点，在今天看来，仍然意义深远。尽管文本在具体的处理上也许还略显幼稚粗疏，但其努力的姿态却是值得我们敬重的。

原载《湖南文学》2024 年第 3 期

我的心里话

谭谈

走着走着，就走到了人生的尽头。八十岁，离结束这趟人生的旅程不会太远了。

于是就想：此生如何？是否无憾？又何曰无憾？得闲时就瞎想。

思来想去，所谓无憾，就是你想做的事情做了没有？你想去的地方去了没有？你想见的人见了没有？你想说的话说了没有？你想实现的目标实现了没有？……如此等等。

大约半年前，我突发奇想，人去世以后，活着的人都会为死者搞一个"遗体告别仪式"。但斯人已去，什么也不知道了。我可不可以另辟蹊径，在自己还清白的时候，搞一个"活体告别的仪式"？把自己最想见的人请来，说说自己最想说的话——我的心里话……

我这一生，概括起来，是三个平台两件事。三个平台：军营（战士）、矿山（工人）、文坛（作家）；两件事：一是一个没有读多少书（上多少学）的人，学会了写书；二是做梦也没有想做"官"的人，阴差阳错，被"赶鸭子上架"，拉出来做了一个文化团体的"官员"。

　　先来说说一个没有读书的人怎么来写书的事。

　　提起学习写书这一档子事来，自己真有一肚子的话要说。你想想，一个只挨了一下初中门槛的人，要来写书，这不是癞蛤蟆想吃天鹅肉吗？

　　我走上这条路，不知有多少人手把手地教我，搀扶着我摸进这个门槛。

　　1961 年，一个 17 岁的山里娃，参军入伍，在南海边的一个军营里，被连队阅览室里的书吸引着迷上了文学。渐渐地，我"照葫芦画瓢"地摸索着写小说、散文。1964 年冬，写了一篇一万多字的自己叫小说的文章。当时，也是初生牛犊不怕虎呀，恰好自己正在看一本厚厚的旧杂志《收获》，我便在这本杂志封底处找到他们编辑部的地址，就把这篇叫《采石场上》的稿子，寄了出去。

　　那时，我才二十啷当岁，一个基层连队的小战士，稿子也不是写在有方格格的正规稿纸上，而是写在一些粗糙的信纸上。万万没有想到，不久，我就收到了编辑部小说组的回信：最让我心跳的是其中这样两句话：经研究，决定采用。信中，还就稿中的几个词的改动，与我"商榷"。就在这一年里，《收获》发表了我的两篇作品。这时，我又收到同样只署名小说组的一封来信。信里说，在一年的时间里，你就在他们刊物发了两个作品，值得向我祝贺！并说，他们的刊物，不一定都要上万字的长稿，几千字的短稿也需要。还举例说我那段时间在《羊城晚报》上发表的《向军长学理发》就很好……这位不知道姓名，更没有见过面的大刊物的编辑（后来我才知道，《收获》是当时全国唯一的一份大型刊物，从刊物名字上就可以得知，它主要是发表已有"收获"的大作家的作品的），不仅认真审读我这个小战士投去的稿子，还时时关注我在其他报刊上发表的作品。我真想知道，这位给我温暖的编辑叫什么名字。于是我写信去询问，他回复说："编辑的名字，编辑部有规定，不宜向作者张扬。好在我们是一条战壕里的战友，说不上以后我们还可以见面呢！这里，我告诉你一个字，我姓钱……"不久，一场政治风暴就来了，刊物停了，我也搁笔了，我们的联系也就中断了。

　　一直到1984年或1985年什么时候，上海文艺出版社决定采用我的长篇小说《山野情》，先在他们主办的大型刊物《小说界》"长篇小说"专辑上发表，再出版单行本。他们约我到上海去最后润色一遍这部作品。我到了上海后，立即找机会跑到已复刊的《收获》杂志社，去寻找这位钱编辑，方知他叫钱士权。刊物停刊后，他下放到上海钢铁厂去了。刊物复刊后，他不愿再回来，我还是没有找到他。虽然我至今都没有见到他，但是他永远永远地都在我的心里！

　　这样温暖的故事，我心里太多了。这一辈子，我只写过一篇儿童文学作品。那是短篇小说《我的同桌同学》。投给北京

的《儿童文学》杂志。为这篇小说的修改，编辑苏醒前后给我
写了八封信。她（我不知这个苏醒是男是女，从字面上看，我
猜应该是女的）写给我信的字数，比我这篇万把字的作品，还
要多呀！我也至今没有见到她，但她让我记忆终生！

这些是我没见过面的编辑，也有一些让我终生难忘的见过
面的编辑。

1975年，涟源钢铁厂成为我们省学大庆的先进典型。省里
组织一些作家，到涟钢采风，创作报告文学集《风呼火啸》。
我也参加了这次创作活动。这时，湖南人民出版社刚从动乱中
走出来，开始恢复出版业务。出版社派一位戴着深度近视眼镜
的老编辑到现场看稿、审稿。他叫王正湘。当时，涟钢招待所
的条件很差，客房里都是用的25瓦的白炽光灯泡，很昏暗。
而王正湘又是深度近视眼，晚上看稿时，他只好把木桌子搬到
吊得很高的灯泡下，自己又搬一条小凳子放到桌子上，凑近到
灯光下看稿子。这情这景，几十年过去了，还是那样清晰地刻
在我的心里。

就是那一次，他在与我闲聊时，无意间问我：我在1965
年的《收获》杂志上，看到过一个叫谭谈的写的短篇小说，那
个谭谈是不是你呀？我忙应下说是。并和他聊开了当年的情况。
那时，人民文学出版社在上海有一个分社。他们编辑了一套丛
书，叫《萌芽丛书》。当时已推出了胡万春等工人作家的作品集。
这套丛书编辑部给我写来一封信，说他们已注意到我发表在《解
放军文艺》《收获》等报刊上的作品，要我把作品剪报寄给他
们。如果数量够了，就给我编入这套书。如果不够，等我写出

新作得以补充后再出。没有想到，紧接着，一场大风暴就来了。文学刊物纷纷停刊了，报纸也没了副刊，只发新华社的电讯稿。我被《人民文学》等刊物留用的稿子，自然也就出不来了……

我们这次闲聊，我没有在意，很快也就忘了，但没有想到王正湘竟记在心里了。三年以后，我突然收到他的来信，要我带上我那本他看过的剪报本，到出版社去一趟。到了出版社，我才晓得，他们正在策划出版"文学"后的第一套文学丛书：朝晖文学丛书。进入这套丛书的，是周立波、康濯这样的老作家和未央、谢璞、孙健忠、刘勇等省文联的专业作家。在王正湘的积极争取下，我这个当时在煤矿工作的青年业余作者的作品集《采石场上》，也跻身到了这套丛书之中。我是这套丛书中最年轻的作者，《采石场上》也是我出版的第一本书。

我的第一部长篇小说《风雨山中路》，初稿完成后，就投给了湖南人民出版社。编辑高彬审读后，觉得很有修改价值，于是特意从长沙赶到双峰洪山殿——我们涟邵矿务局所在地，为我请创作假修改这部稿子。他先到湘潭看望了一位作者，晚上从湘潭上火车来洪山殿时，落雨、路滑、路灯昏暗，加上他又是近视眼，不小心踩到路边一条水沟里，折断了一条腿……别人发现后过来扶他，只见他趴在地上，双手四处乱摸，嘴里连连说：我的书稿，我的书稿。当他看到书稿被塑料袋装着完好无损时，才长嘘一口气……我得讯后，赶到长沙医院来看他。我来到他的病床前时，躺在病床上的他，竟连连向我道歉：对不住呀，误了你的事……

这部书稿，我只是熬了些夜，付出了些心血。而一个编辑，竟为它断了一条腿！

创作上，一个一个热情的编辑无私地向我伸出援手，耐心地帮助我，培养我。而思想上，也不乏为我捉虫治病的领导和朋友！

1965年，我相继在《解放军文艺》《收获》《儿童文学》《人民日报》《羊城晚报》等报刊上发表了十一篇作品。特别是《解放军文艺》当时正在开展"四好连队、五好战士"新人新事征文活动。上级要求，每个军要完成两篇稿子的任务。而我一个人，就在这一年的《解放军文艺》二月号、八月号上发表了两篇征文的稿子。一个人，完成了一个军的任务。为此，部队为我记了三等功。一时间，自己昏昏然，不知天高地厚了。这时，团里抽调我到八二炮连采写一位超期服役老兵的报告文学。稿成后，团政治处领导要我投给驻地报纸《汕头日报》。尽管《汕头日报》是发表我第一篇稿子的地方，但这时，我已看不上这张地方报纸了。但军人必须服从命令，我在把稿子寄给《汕头日报》的时候，附了一封信。名为自我介绍，实则是自我吹嘘。也正在这时，军部发下通知，召开全军业余作者经验交流会议，学习毛主席《在延安文艺座谈会上的讲话》。分配我在会上作典型发言。题目是：《如何在连队日常生活中发现题材？》。我不无得意地洋洋洒洒写了一个八千字的发言稿。开会前两天，军文化处一位干事，到《汕头日报》"韩江水"副刊了解部队作者投稿用稿情况。收到我那封信的副刊编辑，发觉我的情绪不对，便将那封信交给了那位干事。干事回来后，把信交到了军政治部主任手里。主任看过信后，决定改经验交流会为小整风会，我成了那次会议的整风对象。

开初，我真想不通，有很大的抵触情绪！在小组会上连续作了两次检讨，都没有通过。后来，军文化处王处长又把我喊到他家里个别谈话。这次谈话中，他的一句话，像鞭子抽在我的心上。他说："记不起谁讲过这样一句话，现在我把它送给你。'第一个作品的发表，可能是一个作者成长的开始，也可能是一个作者毁灭的开始。'"

这句话，像一记重锤敲在我的身上，让我猛醒！我认真地对自己的不良思想进行了自我批判！这句话，也从此深深地刻在我的心里，时刻在警醒自己！

当《解放军文艺》编辑部得知我们军这次整风会议的情况后，立即以编辑部的名义，给我写来一封信。信上说，我们要明白，反映部队生活的作品，真正的作者，是创造英雄业绩的广大指战员。而作者本人只是做了记录而已……使我从此摆正了自己的位置！

朋友，听了这些，这些，这些……之后，你一定知道了，我这个没有上过几年学的人，为什么能写出书来了。

我做梦也没有想到，这一辈子还会被拉出来"做官"，去主持省作协这个作家云集的团体的工作。

那是1985年5月，在省"作代会"上，不是组织上确定的候选人的我，竟被选为了副主席。又由于我当时是副主席中最年轻的一位，被未央、谢璞等几位老大哥推举为常务副主席。不久，省里召开党代会，我又被选为代表。那天，到大会报到，领到资料一看，我竟是大会主席团的成员。在省委委员、候补委员预备名单里，我又看到，自己是候补委员预备人选。这时，我入党才六年，刚刚符合做省委委员的党龄要求。接着，作协从文联分出，独立建制，我又被省委任命为党组书记。那时，我连一个党小组长都没有干过。我心里实在没有底。

加上我当时创作激情正浓，心中有好几部中、长篇小说在酝酿。我内心想，一个作家，是靠作品立身的。无论是现在的人，还是将来的人，看作家，主要看他的作品。作品才是作家的生命和人生的价值。我当时正在益阳兼职深入生活，兼任益阳市委副书记，于是我待在益阳不愿回来。后来，是省委下令，益阳地委派一位副书记把我送回长沙。我就是这样，被"赶鸭子上架了"。

作协从文联大院搬出来，到省文联在东风路上大垅建的两栋原准备做老文艺家宿舍的房子里"安营扎寨"。机关机构怎么设置，人员怎么配备，我都茫茫然。这时，省委常委、省委宣传部部长夏赞忠，把我叫到他的办公室，一项一项地帮我出主意、定盘子。比如，我原准备将党组会议秘书和人事科长，安排为同一个人。夏部长告诉我，这两个职务，不能一个人兼，弄不好会把你这个党组书记架空。你要尽快去物色一个党组秘书。当我来到我过去工作的煤矿，把物色的人选电话里报告给夏部长，他认真询问了情况。听我说此人师大中文系毕业，爱好文学，并在报刊上发表过散文，现在是这个企业的宣传部部长时，他立即表示同意，给予支持……

我上任不到半年，就碰上了一场大的政治动荡。那时，我刚刚分到新宿舍。某一天，我正在家里装修房子，一个电话打来，要我快到办公室去签字。我来到办公室，方知党组几个人都签字要辞职。我看到这封已有四个人签字的辞职信，一下子蒙了。在当时的大环境下，我真不知如何是好了。我坚持不在他们签字的地方签字，而是在一旁另外写了几句话，大意是，我缺乏做行政工作经验，不适合担任党组书记。为了使党的工作不受影响，请求省委另派有经验的干部来，云云。虽然这样写了，但我还是压下这封信，没有上交，并赶忙来到省委宣传部，找领导汇报。当时，夏赞忠部长不在办公室，我找到了分管我们的副部长文选德。文部长严肃地对我说，你们不能乱来。你赶快回去做大家的工作，千万不能把信交上来。我按照文副部长的指示，赶回来给大家做工作，也就把这封信撕毁了。但万万没有想到，这个辞职信的消息还是走漏出去了。据说，不知什么人，将它弄到一个大学的学生广播站广播了。

后来听说，省委办公厅的工作人员，还把这个未成事实的消息，写到一份汇报材料里了，但被当时的省委书记熊清泉审阅时发现，并立即予以删除了。

当我在中国作协工作会议上得知，中国作协要在全国选择六个省份建立青年作家培训基地时，立即回来找省委书记王茂林汇报。王书记当即表态：好事！我们省搞一个。并亲笔给中宣部副部长兼中国作协党组书记翟泰丰写信。接着，他召开会议，专门听取我们的汇报。把青年作家培训基地，定名为毛泽东文学院。后来，为资金的筹措，土地的划拨，他在省委常委会议室多次主持会议，一项一项为我们排忧解难。并亲自找江泽民总书记题写毛泽东文学院的院名。省委副书记储波兼任筹资领导小组组长，省委副书记郑培民亲自带领我们到国家计委汇报。因国家计委领导当时正在开会，一个省委副书记，和我们一道，在国家计委大楼门厅里站了整整五十分钟。省委常委、省委宣传部部长文选德则带领我们寻找、选择、确定建院地址……如果没有省委领导的强有力的支持，毛泽东文学院是无法这样顺利地建立起来的。

2000 年，省文联成立五十周年，我们决定编辑出版一套大型文献类图书：文艺湘军百家文库，对五十年来湖南文学艺术事业、文学艺术队伍，进行一次大检阅。这套书，整整一百本，十个方阵，每个方阵十本。每本 20 万字左右。按照当时出版此类图书每本补贴二万元计，需要 200 万元。而文联是一个既无钱又无权的文化团体，怎么办？文部长听了我的汇报后，坚定地说，我们支持你，主编由你担任。并提醒说，除了找钱外，最重要的是要把入选的文艺家选准！

我很快物色好了在各文艺领域有威望、有权威、有号召力、有责任心又公正无私的大家，担任各方阵的主编。我本人则做总主编兼小说方阵和红叶（老文艺家）方阵的主编。接着，我又找了五个图书发行商合作，决定印 3000 套（印数达到 3000，成本就大大下降了），四家公司加文联，共 5 家。每家 600 套。然后，我又找到湖南文艺出版社总编辑曾果伟，请他支持。我们两家议定，出版社免费办理出版手续，每书一号。但出版社不与作者、印刷厂发生关系。我们与作者签订合同，不付稿费，送 100 本样书。领样书时，作家签名 100 本给我们，使我们汇集 100 套作者签名的图书。六家直接与印刷厂结账，各家按每本 2 毛钱提供编辑费，用于各主编开支。这些纸上谈兵的事，很快就定下了。

这时，我们手上还是没有一分钱，又有哪家印刷厂敢承印？也就在这时，我偶尔听到时任长沙市市长的谭仲池说，长沙县一个人大常委会副主任，是一个搞印刷企业的企业家。他想认识谭仲池。同时，他的许多业务，都是来自出版社。当然也想结识省新闻出版局局长刘鸣泰。这时，我头脑中闪过一个念头，我对仲池说，你把这个你们相识的机会让给我。我马上在毛泽东文学院的酒店，订了一桌饭，把仲池和鸣泰请来，又把这位长沙县人大常委会副主任、鸿发印务公司的老总肖志鸿先生邀来。酒席上，我要仲池和鸣泰给肖志鸿敬了一杯酒……就是在这样的气氛中，我向肖志鸿谈了我们编辑出版这套书的计划，并坦率地告诉他，我们现在手里一分钱也没有，你敢不敢接下我们这个业务？肖连连说："我们干，我们干！"同时，他也兼做图书发行，也成为了我们六个合作商之一。

很快，小说方阵的十本书，就印出来了。那天，我兴冲冲地提着这套书来到文部长的办公室。文部长一边翻着书，一边吃惊地看着我："这么快？"不久，省委宣传部就拨给了我们 20 万元钱。

这套书，如果用 4 吨的卡车拖，要拖 30 多辆卡车。这套书共花费印刷费用 109 万。接着，我又以我的实名给全国几百家公共图书馆馆长致信推销，我们文联印制的 500 套，销出去了 260 多套。订购最多的，是香港中文图书馆与南京图书馆各订了 5 套。

为了答谢五家合作商，我请了五位画家各创作了一幅画，赠送这五家公司，并在毛泽东文学院举行了一个赠画仪式。赠画仪式上，我请来了时任全国政协副主席毛致用，向支持我们的这五家公司赠画。

　　我多么想把自己此生最想见的朋友邀到一起聚一聚啊！和他们面对面地说说自己最想说的话。尽管此生不少自己最想见的人已永远见不到了——他们远行了。但是，他们将永远永远地留在我的心里！

　　这就是我，一个八旬文艺老兵的心里话！

2024 年 3 月 1 日于大理

原载《湘江文艺》2024 年第 2 期